「ちゃんといい子でお行儀よくしてたら、また会ってやってもいい」
囁《ささや》くように男は喋る。そうか、いい子にしていたら、従順なふりをしていれば抱けるのか。体を楽しませてくれるのか。

（本文より）

カバー絵・口絵・本文イラスト■北畠《きたはた》あけ乃《の》

BBN
B●BOY NOVELS

セカンド・セレナーデ full complete version

木原音瀬

この物語はフィクションであり、実在の人物・団体・事件等とは、いっさい関係ありません。

CONTENTS

水のナイフ

視聴覚室での授業のあと、蒸し暑い廊下をダラダラと歩いていた時だった。名前を呼ばれたような気がして、明智拓磨《あけちたくま》は振り返った。遠く、廊下の向こうから砂原《すなはら》が駆け寄ってくる。『嫌だな…』と内心、舌打ちする。言われそうなことの見当はつく。きっと文化祭の出し物についてだ。

振り返ってしまった手前、無視することもできず、立ち止まったままで砂原を待つ。学生の白い夏服が行き交う中で、一人青いシャツで腕まくりをしているその姿は、周囲から浮き上がって見える。身長は百六十センチ前後、それ以上伸びる可能性がゼロに等しい二十四歳の数学教師が、体型の欧米化した生徒たちをかき分けながら走ってくる姿は『ご苦労様』という感じだった。

ようやく目指す生徒の前までたどり着いた砂原は、荒い息をつきながら明智の顔を見上げた。

「お前は確か2－Bの委員長だっただろ。文化祭の出し物についてだけど、あれじゃ許可できないぞ。今日の放課後までに決め直して俺まで報告してくれ」

「放課後ですか…」

明智は歯切れの悪い返事をした。

「モノによっては学校側から許可が下りないことがあるからな。なるべく早いほうがいい。だいたいお前らのクラスはたるんでるぞ。休憩所だなんて手抜きな案を俺が通すとでも思ったのか」

砂原は手にしているプリントの束を指先で弾《はじ》いた。同時にチャイムが鳴りはじめる。それをいいことに、続けて何か言おうとした砂原を強引に遮《さえぎ》った。

「わかりました。放課後までに話し合って、報告します」

軽く頭を下げ、明智は教室の中に逃げ込んだ。中は冷房が効いていて、スッと全身の汗が引いていく。七月に入り、ようやく教室には冷房が入るようになった。しかも期末試験の日程の発表と同時に。こういうところが、学校はずるいと思う。

「逃げたな」

一部始終を見ていたらしい隣の席の掛川《かけがわ》がニッと笑う。明智は苦笑いしながら椅子《いす》に腰掛けた。正直、あの砂原という教師は苦手だ。生徒に接する態度が公平だとか、気さくで話しやすいとか人気はあるけれど、自分はあんな熱血タイプは遠慮したい。第一ノリが合わない。

「たまんないよ。みんなで決めたことなのに文句を言われるのは僕なんだから」

「それが委員長の宿命さ」

おどけてそう言い、掛川は黒板に向き直った。ガラガラと教室の扉が開く音がして、一限目の教師が教壇に立つ。『内申のためじゃなきゃ、学級委員長なんて辞退してたんだけどな…』明智は小声で呟《つぶや》きながら机の中から教科書を取り出した。


放課後、明智はさあ家に帰ろう、クラブに行こうと腰を浮かせたクラスメイトに声をかけて全員を残らせた。黒板には『文化祭の出し物』の大きな文字。いつまでもザワザワと落ち着かない雰囲気に苛立《いらだ》って、明智はパンパンと二度手を叩いた。大きな音に一瞬みんなの視線が黒板に、自分に集中する。

「なんでもいいから意見を出してくれ。最初から決め直しだ」

「この前に休憩所って決めたじゃないか。どうなってんだよ、委員長」

教室のあちらこちらでブーイングが起こる。文句を言いたいのはこっちのほうだ。

「却下された。全クラス、全員参加でもっと具体的な出し物を、とのことだ」

不満の声がさらに高まる。不平ばかりを言う奴らにうんざりして、明智はそっぽを向いた。場を仕切ろうという気も起こらない。収拾のつかない文句の嵐の中、おずおずと挙がった手があった。

「映画はどうかな」

「映画？」

明智は首を傾《かし》げ、反芻《はんすう》した。発言したのは今年発足したばかりの映画研究部の部員である林田《はやしだ》。クラスの中ではおとなしい部類の男で、こういったお祭り騒ぎに競って参加するタイプには見えなかったので意外だった。

映画という意見に教室の中はざわざわと波のようにさざめく。林田は両手を強く握り締め、力説した。

「映画だと作るまでは大変かもしれないけど、当日は上映するだけだからすごく楽だよ。記念にもなるしさ。去年のミス東西《とうざい》の大友《おおとも》さんに出演交渉してもいいし…」

「それ、いいんじゃない」

間髪入れず、明智は相槌《あいづち》を打った。

「映画かぁ…」

「面白いかもな。他に映画を作るってクラスもないんだろ」

教室のあちこちでボソボソと話す声が聞こえる。感触も悪くないし、嫌だという意見も聞かれない。それどころか話はだんだんと盛り上がっていった。当日が楽、大友美奈子《みなこ》を起用する、この二つが大きく作用している。明智は早々に多数決を取り映画に決定すると腰の落ち着かないクラスメイトを解散させた。

自然と口許が緩《ゆる》まる明智に、掛川はニヤニヤ笑いながら近づいてくると馴れ馴れしくその背にもたれかかってきた。

「面食いだろうなとは思ってたけど、明智が大友美奈子のファンだったとはな」

『ファン』などという軽い言葉で大友さんに対する自分の思いを表現してほしくなかった。明智は純粋に彼女が『好き』なのだ。

「大友さんは決して顔だけじゃないぞ。あんなに綺麗で、繊細《せんさい》で、可愛い女の子なんて今まで見たことがない」

明智の頭の中では映画作りをきっかけに親密になっていく自分と東西高校きっての美女、大友美奈子のラブストーリーが展開されていた。自慢じゃないが明智は自分の容姿に少なからず自信を持っている。高い身長に、ほどよく整った顔。絶世の『美男子』とはいかなくても、その二番手、三番手にはなれそうだった。

甘い妄想にひたひたと浸《ひた》っていた明智はふと我に返り、掛川の顔を見た。奴は『なんだ』とでも言いたげに首を傾《かし》げる。掛川も明智とタイプは違えどいい男の部類に入る。自分が甘いマスクの二枚目だとしたら掛川は硬派、そんな感じだ。

もしかしてこいつも大友さんのことを狙《ねら》ってるのか？　さっきから妙に絡んでくるのもそのせいか。探るように掛川の目を覗《のぞ》き込んだけれど、そんな視線にはまるで気づかず奴はこう言った。

「大友美奈子か。大友っていえば砂原先生を好きらしいって噂《うわさ》があるよな」

「砂原ぁ？　冗談きついよ」

明智は口許に手をあて、クスリと笑った。

「趣味としちゃちょっとマニアックだよ」

2－Aの柴田《しばた》や3年の柏崎《かしわざき》、例えば隣にいる掛川あたりなら大友さんの相手でも納得できるけど砂原だって？　あんなチビで痩《や》せてて、いまだにソバカスが顔に残っているような万年お子様ランチは論外だ、論外。明智は自分の机に戻ると、学生鞄《かばん》を手に取った。

「じゃあな、掛川」

声をかけると、掛川は人を小馬鹿にしたように鼻の先でフフンと笑った。一瞬、ムッとする。

「砂原先生は人気があるぜ」

知ってはいるが、砂原を弁護するような言い方は気に入らない。さっき鼻で笑われたことも手伝って反論してみたくなる。

「けどあの背にあの顔じゃな。人気があるのは男だけだろ」

「そうでもないぞ」

掛川は断言する。けれど明智には砂原に人気があろうがなかろうが関係ない。

「明智は面食いだからな」

そう言うと掛川は教室を出ていった。…なんのために残ってたんだ、あいつは。面食いのどこが悪い。付き合うのならブスより綺麗に越したことないじゃないか。明智は口を尖《とが》らせた。

「砂原がなんだよ、あんな不細工野郎」

明智は砂原本人が聞いたら激怒しそうな単語を吐き捨てて、自分も教室をあとにした。


職員室のドアを開けると中は閑散《かんさん》としたものだった。もう五時を過ぎてしまっているので授業の終わった先生は帰っているし、クラブの顧問は体育館やグラウンドに散ってしまっている。残っている先生は少なかったが、砂原は職員室にいた。

ちょうど女生徒と話をしているところだった。明智に背を向ける形でその女生徒は立っている。背中のまん中あたりまである長いストレートの髪が、その娘《こ》が少し体を動かすたびにサラサラと背中で揺れた。華奢《きゃしゃ》な後ろ姿に視線を奪われる。

砂原はその娘の肩越しに明智の姿を見つけ、片手を上げた。女生徒が振り返り、長い髪がフワリと揺れる。ドキリとした。明智でなくても男なら絶対に心臓が騒ぐ。

大友美奈子、東西高校きっての美少女が明智に振り向き、しかもニコリと笑いかけたのだ。自分もぎこちなく微笑《ほほえ》み返す。それも束《つか》の間《ま》。砂原が何か言うと、彼女は再び明智に背を向けた。何か二言三言砂原の言葉を聞いて、大友さんは職員室を出ていった。しかも明智の立っている場所とは反対の扉から。従って彼女は二度と明智の顔を見ることはなかった。

「明智」

名前を呼ばれて我に返る。『あーあ、もっと彼女のことを見てたかったなあ』と思いつつ、のろのろと砂原の前まで歩く。映画に決まった旨《むね》を報告すると砂原の表情がそれとわかるぐらいパッと明るくなった。

「映画かあ、映画はいいよな。多分やれると思うぞ。もう脚本は決めてるのか」

「まだ、これからですけど…」

自分には全然関わりのないクラスのことなのにやけに嬉しそうだった。どうでもいいけど、こっちは早く帰りたいんだよなあ。大げさに時計を見るふりを繰り返していると、砂原はそんな演技に見事引っかかってくれた。

「よし！　まだ残っているはずだから、さっそく教頭にかけ合ってやる。お前はもう帰っていいぞ。そうか、映画か。うん、うん…。そうだ、もし映画に関して何かわからないことがあったらいつでも俺に相談してくれ。俺も学生の頃に映画を作ってたことがあるんだ。アドバイスぐらいならできる。一応映研の顧問でもあるしな」

げっ、お前の世話になんかなりたくねえよ。心の中ではそう思いつつ、明智は表面上にこやかに笑った。

「お願いします」

そう言ったあと、極力何げないふりで聞いた。

「大友さんはなんの用だったんですか。話し中のところを邪魔しちゃったみたいで……」

砂原はちょっと首を傾げた。眉間《みけん》に皺《しわ》を寄せ考え込むような素振《そぶ》りを見せる。明智は平静を装いながら手のひらにジワッと汗をかいた。なんだ、そんな悩むようなことか?

「大友って誰だ?」

…明智は砂原を叩きのめした。あくまで心の中で。

「先生がさっき話をしていた女の子ですよ」

「ああ、あの子か」

砂原はパンと手を叩く。

「アンケートの集計を持ってきてくれたんだ。そうか、そういえば大友とか言ってたな」

一人頷《うなず》き、明智の顔を下から覗き込む。

「なかなかの美人だった、なあ明智」

ギクリとして背の低い男を見下ろす。奴は小さく笑っていた。ここで赤くなったりしたら相手の思う壺だと明智は微笑み返した。そんな反応を脈なしと見たのか、砂原はそれ以上深く突っ込んではこなかった。

「あの子は古い映画が好きだと言ってたな。『ローマの休日』とか『或《あ》る夜《よ》の出来事』とか。なかなかいい趣味だと思うが」

明智の頭はその映画のタイトルを瞬時に記憶した。『ローマの休日』は聞いたことがあるけど『或る夜の出来事』なんて初めて聞くタイトルだ。さっそく今日にでもレンタルして見てみよう。あの大友さんが好きな映画だ。面白いに決まっている。

「じゃ僕はこれで失礼します」

一礼して明智は職員室を出た。映画のタイトルを呟きながら、日が落ちても相変わらず蒸し暑い廊下を歩き、すっかり薄暗くなった玄関で靴を履いていると、正面玄関の向こう、グラウンドの端に大友さんの姿が見えた。

大友さんは空を見上げている。明智は玄関を走り出て、大友さんが見上げているのと同じ方向に自分も目を向けた。視線の先には職員室があり、その窓から砂原が大きく身を乗り出してグラウンドを眺《なが》めていた。

『何探してんだ？　あいつは』

砂原の視線と明智の視線が合う。砂原は明らかに自分に向かって手を振った。

「明智ーっ、ＯＫだってさ。教頭先生から許可が下りたからな」

砂原は大声で叫んでる。明智は大きく頷くと逃げるようにグラウンドを横切った。恥ずかしくて大友さんの横を急いで走り抜ける。すれ違いざまにチラリと彼女を見ると、あの綺麗な顔をフッとほころばせ笑っていた。砂原のバカヤローー！　よりにもよって大友さんの前で…あんな大声で名前を呼ぶんじゃねえよっ。

大友さんも砂原も見えないところまで来てから明智は大きく息をついた。大友さんの微笑が頭に焼きついて離れない。上を見上げていた綺麗な横顔から、明智に向かって笑った小さな微笑まで繰り返し頭の中をグルグルと回る。何度も繰り返す。大友さんは空を見ていた。職員室を見ていた。砂原を…見ていた？　その時、明智の頭は掛川の言葉を鮮明に思い出した。

『大友っていえば砂原先生を好きらしいって噂があるよな』

明智は砂原の顔を思い浮かべた。いくらひいき目に見ても『中の下』の顔がそこにある。どう見たって僕のほうが勝ってる。気にすることはない。それにあの大友さんが、大友さんほどの美人がどうして砂原みたいなチビで不細工なんかを好きになるというのだ。そう、あんな奴に僕が負けるものか。明智は鼻でフフンと笑った。くだらない人の噂話を気にしている自分がおかしかった。


映画の脚本は掛川が書いた。ほかに書き手がいなかったし、頭もいいから脚本も書けるだろうといういい加減な理由で明智が無理に押しつけた。掛川に脚本を書かせながら明智は散々注文をつけた。明智の願望をふんだんに盛り込んだその脚本は、流行《はや》りのドラマをミキサーにかけて混ぜ合わせたような、べた甘ラブストーリーになった。

明智は当然自分と大友美奈子が主演するつもりでいたけれど、それは同じクラスの大友ファンにそれとなく阻止《そし》されてしまい、結局おさまったのはカメラマンだった。主演の男優はクラス内の分裂を避けるため、担任教師に頼むことになった。明智は内心面白くなかったが、ここで一人勝手なこともできず、また委員長という立場上、涙を呑《の》んで諦《あきら》めた。カメラマンだからレンズ越しだけど大友さんの顔のアップをずっと見られるからいいや、そう思って自分を慰めた。

監督はクラスで唯一の映研部員、林田に決まった。小道具、役者も決まり、いよいよ委員長の明智と監督の林田は大友美奈子の出演交渉に向かった。しかし……二人の前途に大きな壁が立ちはだかった。大友さんは映画の出演をＯＫしてくれなかった。

昼休み、２－Ｆの教室の前で彼女は赤い顔をしてうつむきながら『ごめんなさい』を繰り返した。

「私は違うクラスだし、演技ってやったことがないから自信ないし……」

二人は困りきってしまった。東西高校はもと男子校で三年ほど前に共学になったばかりだ。共学になっても東西といえば男子校のイメージが強くてただでさえ女の子が少ない。大友さんが駄目だとなればクラスの数少ない女の子の中から女優を起用しなくてはいけなくなる。そうするとどうしてもクラスの士気に関わってくる。明智も大友さんに出演してもらえなかったらなんのために…という思いがあった。

交渉を始めて三十分も経《た》った頃には林田は半分諦めてしまっていたが、明智は諦める気はなかった。この機を逃《のが》してしまったらもう二度とお近づきになれない。だけど大友さんは頑《がん》としてその綺麗な顔を縦に振ってくれない。彼女にその気がかけらもないのは雰囲気で伝わってくる。明智は焦《あせ》った。焦りながら、頭の中では掛川の言葉がグルグル回っていた。

『大友っていえば砂原先生を好きらしい…』

試してみようか。でもこの手だけは使いたくない…。明智は一人悩んだ。もし砂原の名前を出して大友さんがＯＫしたなら、掛川の言ったことが本当になる。

弱気な思いをねじ伏せる。どうして砂原を気にする必要があるんだ？　あんな男を大友さんは好きなもんか。そう思いつつ、彼女の前で砂原をちらつかせた。

「脚本を書いた掛川もこの主人公のイメージは絶対に大友さんがいいって言ってるし、砂原先生もキャスティングはすごく大切で妥協《だきょう》しちゃいけないって言ってたんだけど…」

大友さんが顔を上げる。驚いたような表情だった。

「砂原先生も…参加されるんですか」

小さな声。手応《てごた》えはあった。それまでの頑《かたく》なな意思が揺らいでいる。やった、と思う反面、明智の心は複雑だった。しかしこのチャンスを逃すわけにはいかない。明智はわざと砂原の名前を強調した。

「砂原先生は映研の顧問だし、撮影中には色々アドバイスしてもらおうと思ってるんだ。なっ、林田」

林田は急に自分に振られて戸惑《とまど》うように目をキョロキョロさせた。

「あっ、うん。そりゃそうだけど……」

大友さんは明智と床を交互に見た。それを確認したうえで明智はいかにも残念そうに呟いた。

「でも無理を言っても大友さんに悪いよね」

諦めかけたポーズを見せると大友さんはひどくうろたえた。迷っている。『砂原』の一言で。行こうか、と明智は林田の肩を抱く。林田は『そうだなあ』と名残惜《なごりお》しげに彼女を見た。去りかけた二人の背中に大友さんは小さな声で呟いた。

「あの、私でよければ……」


撮影は夏休みを使って行われた。女優はなんとか大友美奈子に決定。主演男優は担任教師の藤崎《ふじさき》先生だが、奴も最初から快《こころよ》く引き受けてくれたわけじゃなかった。担任のくせに出演を相当渋っていた。映画撮影で、夏休みが潰《つぶ》れるからだ。そんな藤崎先生を説得したのが砂原だった。頼みもしないのにあちらこちらにしゃしゃり出てくる男が明智は気に入らなかった。大友さんのこともあるし、明智はいくら撮影中に困ったことがあっても絶対に砂原には助けてもらうものか、と思っていた。

それなのに映画を撮りはじめて三日目に林田が砂原に泣きついた。素人《しろうと》の集まりだし、機械の使い方にも慣れてなくて映画の撮影がうまく進まなかったからだ。時間だけが無駄に過ぎて皆イライラしていたし、大友さんも口にこそ出さなかったけど退屈そうだった。意味なく何時間も待たされ、そのうえ彼女のお目当てであろう砂原は、撮影が始まってから一度も現場に姿を現さないからだ。それは、『砂原の意見を仰《あお》ごう』と言う林田を、明智が『もう少し自分たちの力でやってみたい』と故意に遠ざけていたせいなのだが……。

最初に林田が砂原を連れてきたのは、学校内で撮影をしていた時だった。ちょうど休憩時間で、やけに人が集まっているなと思って近づくと、人の輪の中央に背の低い男がいた。明智はそれが砂原だと気づかず、ほかのクラスの奴だとばかり思っていた。パーカーにジーンズで、いつもはきっちり整えている前髪もだらしなく垂らしていて、全然雰囲気が違っていたからだ。長めの前髪の隙間から覗く目が子供っぽくて、おまけに背も低いので高校生、下手《へた》したら中学生でも通用しそうだった。

驚いて、物珍しげに砂原をじっと見ていると、ばつが悪いのか明智から視線をはずした。

「林田、台本を見せてみろ」

砂原がそう言うと、林田よりも早く大友さんが自分の台本を渡した。今日の大友さんはシンプルな白いワンピースを着ていた。台本を渡す指がかすかに砂原に触れたように見える。大友さんは指先を胸許で隠すようにしてそっと握りしめた。

パラパラとページをめくる。砂原が台本を見ている間、周りは緊張していた。誰も何も言わない。一通り読んだあとで『ふーん…』と砂原は呟いた。

「面白いんじゃないか。大筋はこれでいいと思うけど、もう少しカット割りを考えたほうがいいだろうな。それからいくら夏休みで時間に余裕があっても、撮影は計画をきっちり立てたほうが効率がいいぞ」

チビでガキのくせに偉そうに！　そう思ったけどもちろん口には出さない。さっきまで明智や林田が何を言ってもうるさそうに動かなかった仲間が、砂原の言うことは素直に聞いている。てきぱきと人を動かしていく砂原を見ているとムカムカとした。…面白くない。

明智はトイレに行くと断ってその場を離れ、トイレとは反対方向にある校舎裏まで歩いた。綿パンのポケットから煙草《たばこ》を取り出す。こんな危険なことは滅多《めった》にしない。だけど今日だけは我慢ならなかった。

「まったく…」

白い煙を吐き出す。煙草を覚えたのは中3の時。受験勉強で苛々していてうさ晴らしのつもりで手を出した。相当ストレスの溜まった時でないと吸わないようにしているけれど、ここ二、三日はハイペースだ。

「まったく、砂原の野郎…」

「俺がなんだって」

人の声に驚いて飛び上がった。校舎の陰から砂原本人が顔を出す。明智は場を取り繕うために強張《こわば》った顔で無理に笑った。そうして指の間に挟まっていた煙草をそっと地面に落とすと靴の先でギリギリ踏みつけた。

「なかなかいい根性してるじゃないか」

現行犯だった。

「成績はトップクラス。委員長までやってるような模範的な生徒が校舎裏で煙草ねぇ……」

喫煙は見つかったらもちろん停学になる。明智の顔は色をなくした。煙草で停学なんかになったら内申、進学に思いっきり響くじゃないか！　蒼白な顔で沈黙した明智に『悪魔』砂原は声をたてて笑った。

「そんな顔するなって。ほかの先生に言ったりしないさ」

明智は安心してフッと息をついた。

「これからのお前の態度次第でね」

ギョッとする。それが表情にも表れていたのか砂原はニッと笑った。

「俺が気に入らないのはお前の勝手だけど、映画作りに私情を持ち込むなよ」

顔がカッと赤くなる。悔しくて情けなくて唇を強く噛《か》んだ。そんな明智の前で砂原は嫌味ったらしく煙草を取り出した。明智は目を見開いた。呆然とする明智の前で砂原はいかにもうまそうに煙草をふかした。

こいつはー！　こんな奴、こんな奴……大嫌いだ!!　明智はくるりと踵《きびす》を返すと、猛ダッシュした。中庭を横切って仲間のいるグラウンドまで走る。息を切らす明智に、掛川は首を傾げた。

「どうしたんだ。まだ休憩時間だから、そんなに急いで来なくても…」

「撮るぞ、映画。撮るぞ、撮るぞ、撮るぞ」

あんな奴には絶対に負けない。負けてなるものか。砂原の意見なんか聞かなくてもすっごく面白い映画を作ってやる。絶対に！

事情を知らない掛川は一人両目を血走らせている明智を見て、『大丈夫かよ…』小さく肩を竦《すく》めた。


どうしてこんなことになったのかわからないけど、とにかく明智は砂原の部屋にいた。正確に言うと砂原の部屋にいたのは明智だけではなくて林田も掛川もいた。砂原に苛《いじ》められたことで相当頭にきた明智は、砂原にこれ以上大きな顔をさせてたまるか、と自分でも映画について調べてみることにした。しかし、いくら知識ばかり詰め込んでみたところで実際見て感じないことにはどうしようもない。明智は林田に電話をかけた。映研の部長ってぐらいだからきっと何本も映画ソフトを持ってるだろうと思ったからだ。林田は電話の途中で思いついたようにこう言った。

「俺よりも砂原先生のほうが色々持ってるし詳しいんだけどなあ。そうだ、見せてもらいに行こうか」

正直、明智は嫌だと思った。砂原に見せてもらうぐらいなら死んだほうがましだ。しかし明智の了解を得ずに林田は勝手に予定を組んでいった。

「いっそのことオールナイトで映画を見ないか、先生のとこでさ。俺さ、正直言うと明智がこんなに映画に興味持ってくれるなんて思わなかったから、すごく嬉しいんだ」

興味なんてない。映画を見る気になったのは砂原の鼻を明かしてやりたい、それだけだ。とんだお人好しに受話器の前で明智は舌を出した。

「俺、明智が映画に賛成してくれたのは、大友さんが目当てだと思ってたんだ。ずっと誤解してて悪かったよ」

大友美奈子が目当てだと隠すつもりはない。けれどこうはっきり『誤解してた。悪かった』と言われると今さら違うとも言いづらくなった。

「明智って真面目《まじめ》で頭よくてクールだから、ずっと近寄りがたいイメージがあったんだよな。映画をやりたいって言った時も『そんなの面倒だ』って言われるんじゃないかって思ってたけど、賛成してくれてすごく嬉しかった。撮影でも、一生懸命みんなを纏《まと》めようとしてくれているのを見てると、こっちもつられて頑張ろうって気になるんだ」

明智は林田の誘いを断れなかった。褒《ほ》められて悪い気はしなかったし、せっかくいい方向に誤解してくれているものをわざわざ訂正する必要もないだろうと思ったからだ。

けどやっぱり砂原は嫌だ。にこにこ馬鹿みたいに上機嫌で迎えてくれた砂原を見ていると、それさえも自分に対する優越感みたいに思えてよけい気が滅入《めい》る。

オールナイトの鑑賞会で砂原の選んだ映画は『太陽がいっぱい』『ニュー・シネマ・パラダイス』『自転車泥棒』などなど…。

どれもこれも初めて聞く映画のタイトルばかり。しかしこれも砂原に言わせると、いたって基本的で『初心者向き』らしかった。

自分と『名画』と名のつく代物《しろもの》が非常に相性が悪いと知ったのは、一本目の映画を見はじめてから三十分も経たない頃だった。まだ夜の九時なのに眠たくなってきたのだ。最初は知られないように欠伸《あくび》を噛み殺していた。でも襲いかかる眠気には勝てない。その場に座ったままで目を閉じた。すうっ、と意識が飛んでゆく。そのまま畳に転がって、明智は一分もしないうちに眠ってしまった。


気がつくと夜は白々と明けはじめていた。カーテンの隙間から弱い光が差し込んでくる。妙に寝心地がいいと思ったら明智は服のままで狭いベッドの中にいた。寝起きでぼんやりした頭を軽く叩きながら昨日の記憶をゆっくりとたどる。確か映画の途中だった。ほんの少しのつもりで目を閉じたら眠くなって、それから……。

明智はシーツの端をぎっと摑み、してやられたー！　と思った。また情けないところを砂原に見せてしまった。くそっ！　ベッドから起き上がり、寝室のような六畳ほどの部屋をそろりと抜け出す。隣にあるのが昨日映画を見ていた八畳くらいの部屋で、林田と掛川はそこの畳の上で打ち上げられたオットセイのような情けない格好で眠りこけていた。

砂原の姿は見えなかった。オットセイを踏まないように明智はその奥にある台所に入った。スリッパがあったので、一応履いてみる。ひどく喉《のど》が渇いていて、無性に水が飲みたかった。

「起きたのか」

キッチンの奥にある洗面所から、砂原が出てきた。赤くなっている目をこすりながら冷蔵庫を開け、コップに牛乳を注《つ》いでいる。

「お前も飲むか？」

いえ、いいですと断るつもりが反射的に頷いてしまっていた。砂原は手に持っていたコップを明智に渡すと小さな食器棚から自分の分のコップを取り出した。

「すみません」

しおらしく礼を言うと、明智をチラと横目で見て砂原は大きな欠伸をした。

「いかんな、お前らは。最後まで映画を見てた奴なんて一人もいなかったじゃないか。林田が三本目の頭に寝て、掛川は二本目の途中。お前に至っては論外だぞ、論外。俺が学生の頃は二十四時間ぶっ続けで見たこともあった。さすがにもうそんな気力は残ってないけどな」

ふだんの明智なら『二十四時間も続けて見るだって？　馬鹿じゃないか。そんなことしてなんになるっていうんだ』と笑い飛ばすところだが、今は状況が違う。これは砂原との闘いなのだ。

「はは…次は寝ないように努力します」

笑いながら『次はコーヒーを百杯飲んでも絶対に起きて、完全鑑賞して砂原を見返してやる』そう心に決めた。

「前向きなのは感心だな。……ところでお前、腹減ってない？」

言われてみれば減ってるような気もする。

「ラーメン食べるか」

あっ、いいです。そう言うつもりが体は正直なもので大脳の命令を無視して頷いていた。

「そこの棚の中にカップラーメンがあるから。湯を沸かして、一個お前にやるから俺の分も作っといてくれ」

「わかりました」

明智は終始笑顔だった。砂原の姿が台所から消えるまで。砂原が行ってしまってから明智は床を横断しようとしていたアズキ大ほどの小さな虫をスリッパの裏で踏みつけた。原形を留めないぐらい粉々に潰したら少しだけすっきりした。あんのくそ野郎、一体何考えてんだよ。よりにもよって僕にラーメンを作れだと。ふざけんのもたいがいにしろ！　汚い片手鍋で湯を沸かしながら明智はどれだけ砂原のラーメンに塩を大量に盛ってやろうと考えたことか…。

三分以上経過したカップラーメンを手に明智は砂原を探した。林田と掛川に遠慮して小声で砂原を呼んでみても返事はない。自分が寝ていた小さな部屋へ戻ると案の定、砂原は先刻まで明智が眠っていたベッドで丸くなり、スースーと小さな寝息を立てていた。

人に作らせておいてその態度はなんだ！　明智は冷めかけていた怒りがまたふつふつ湧き出してくるのを感じた。

「起きろよ、タコ」

もういい子で会話なんてできるか。砂原は『う〜ん』と寝返りを打った。ラーメンを作っていたのはほんの数分だったのに恐ろしい寝つきのよさだった。

「おい、チビ」

足でベッドの縁を蹴《け》る。砂原は反対側に再び寝返りを打つと小さな声で誰かの名前を呼んだ。

「ほなみ」

明智は蹴り出す足を止めた。女の名前だ。もっと何か言わないかと耳を澄ましてみたけどそれ以上は何も言わない。砂原から女の名前。付き合ってる女かな。こんなチビと付き合うなんてモノ好きな女だ。

「ほなみ」

繰り返される名前に足が止まる。少し気になったけど部屋を出た。畳の部屋は相も変わらず動物園だった。いつまで呑気《のんき》に寝てんだ！　明智は跨《また》ぐふりをしながら掛川と林田の腹や足を蹴り上げた。掛川は顔をしかめて起き上がったけど、林田には痛感というものが欠損しているのか蹴られてもなお眠り続けていた。

「ああ、ごめん。蹴っちゃったね」

明智は脳がまだ半分死んだままの掛川に笑いかけた。そうして不機嫌なその顔の前に砂原の分だったラーメンを差し出した。

「お詫《わ》びにこれあげるよ」

腹が減っていたのか、寝ぼけ眼《まなこ》のまま箸《はし》とともに渡されたカップラーメンの蓋《ふた》を開けた掛川は、口をへの字に曲げた。明智の予想通り、カップの中には汁を吸いきった麵《めん》が膨張しきって波形にうねっていた。

八月最後の日曜日、その日は朝からひどく暑かった。太陽の大きさがいつもの二倍になったのではないかと本気で思うほど。夏も終わりに近づき、一番暑い時期を過ぎて、夜吹く風には密《ひそ》かに秋の気配さえ感じることができるというのに、真昼の太陽はまだ夏は健在だと知らしめるかのようにギラギラと照りつけていた。

明智は額や首筋で玉になる汗にうんざりしていた。帽子はかぶっているけど、この蒸し暑さの中ではなんの役にも立たない。カメラマンという係を引き受けたことをこれほど悔やんだことはなかった。大友さんをレンズ越しに見ていられるのはいいけれど、それ以外の利点が一つもないからだ。役者同様、休憩時間もほとんどない。しかも炎天下に出ずっぱり…こんなに過酷だとは思わなかった。

Tシャツの背中に汗が流れて気持ち悪い。どこか木陰で一休みしたいけどカメラマンが休めば撮影は中断される。この暑さの中、インスタントの監督は妥協という言葉を知らないのか、なかなかOKを出さない。

休日の昼下がりの公園は人通りが多い。通りすがりの人に興味本位で覗かれていく。気恥ずかしさも手伝ってよけいに汗をかく。

「もう一回いこうか」

林田のその言葉を聞くたびに、

『ヒッチコックやフェリーニみたいな大巨匠《きょしょう》を気取ってんじゃねえよっ！』

喉まで出かけた言葉を何度も飲み込んだ。爆発しそうな明智の怒りを抑えていたのは優等生、かつものわかりのいい委員長という自分のイメージを崩したくなかったのと、大友美奈子の前で感情も露《あらわ》に怒り出したくないという見栄《みえ》だった。

何度目かのNGの声を聞いて、げんなりとしながら再びカメラを覗き込んだ時、明智の頬に冷たいものが触れた。顔を上げる。そこにはニヤついた砂原の顔があった。砂原は冷えたジュースを明智に手渡すと林田に声をかけた。

「みんな疲れてるみたいだし、十五分ぐらい休憩にしちゃどうだ」

ディレクターチェアーに腰掛けていた林田は不本意そうに頷いた。役者とスタッフは一斉に木陰に移動し、明智も真っ先に大きな木の根元に座り込んだ。その横に砂原が腰を下ろす。嫌だったけれど、動き出す気力もなかった。明智は『敵から送られた塩』の口を開けた。冷たい炭酸が胃に沁みる。あたりを見回すとみんななんらかの飲み物を手にしていた。砂原は明智にだけ特別というわけではなくみんなにジュースを振る舞ったらしかった。

「横にいいですか」

打ち上げられた魚のようにだらしなく座り込んでいた明智はぴんと姿勢を正した。白いワンピースが陽《ひ》を遮る。長い髪が生暖かく湿った風にふわりと揺れる。大友さんは緊張した面持《おもも》ちで微笑んだ。

「ここに座れよ」

気をきかせたつもりか、砂原は立ち上がり林田のいる向かいの木陰に歩いていった。大友さんは慌てて砂原を目で追い、そして小さなため息をついた。胸の中でくすぶり続ける嫌な予感。大友さんは仕方なく、本当にそんな風に明智の横に腰を下ろした。大友さんのそばにいられるのは嬉しいけれど、こんなのは嫌だ。プライドが許さない。大友さんは砂原からもらったであろうジュースを口も開けず両手でしっかりと握り締めていた。

「大友さんって砂原先生のことが好きなの？」

大友さんは勢いよく振り返り、驚いた目で明智を見た。

「そっ、そんな…」

赤い顔をしてうつむきながらも否定しない。決定的だ。暑さとショックで明智の頭の中は大音量のスピーカーが鳴っているようにガンガンと痛んだ。

「へえ、やっぱりそうなんだ。でも苦労するよね。先生鈍いからさ。告白するの？」

不思議なもので言葉はさらさらと出てくる。

赤くなった頰を大友さんは両手で押さえた。そんな仕種《しぐさ》もやっぱり可愛らしい。

「そんなに…わかりますか」

明智は笑った。こんな時でも笑える自分の外面《そとづら》のよさが今は虚《むな》しい。

「もっと積極的にアプローチしたほうがいいと思うけどな」

「…恥ずかしいもの」

消え入るような声だった。最近の女の子からなくなったこの奥ゆかしさ。やっぱり砂原だけにいい思いをさせるわけにはいかない。

「協力してあげようか」

大友さんは顔を上げ、綺麗な目で見つめてきた。明智は相手に好印象を与えるような表情を意図的に作成し、小さく笑った。

「協力してあげるよ。僕は先生とよく話をするしね。それとなく言ってあげようか」

大友さんは一瞬目を輝かせたけれど、すぐにうつむいてしまった。

「でも…先生は好きな人がいるかもしれない。私なんかが告白しても迷惑かもしれないし…」

大友さんに告白されて迷惑だなんて思う輩《やから》がこの世の中にいるもんか！　明智は心の中で大きく反論した。

「それとなく探りを入れてあげるよ。大丈夫だと思うけどなあ。先生からそんな話聞かないから」

明智はどさくさに紛れて大友さんの肩にそっと手を置いた。小さくて華奢な肩だった。ゴクリと唾を飲み込む。抱き締められたら死んでもいい、そんな危ない感情を起こさせる甘い感触だった。そうとは知らず大友さんは狼の手を細く柔らかい指で捕らえた。じっと明智の顔を見つめる。

「ありがとう」

心からの感謝の言葉に後ろめたくなった。しかしあとからなんと言われようと、どれだけ罵《ののし》られようと『大友美奈子』に関しては、明智のプライドにかけて砂原に負けるわけにはいかない。

大友さんとのきっかけはできた。あとはどうやって彼女に砂原を諦めさせるかだ。明智はそっと眉間に皺を寄せた。

砂原は畳の上に膝《ひざ》をかかえて座り、煙草をふかしていた。子供が吸っているようで全然似合っていない。パック牛乳でも飲んでいるほうがずっとサマになりそうだった。

「先生、毎日毎日生徒に付き合ってばかりじゃ彼女が怒るんじゃないんですか」

軽口をたたく掛川に砂原は苦笑いした。

「彼女なんていねえよ」

砂原が嘘を言っているとは思えないし、嘘をつく必要もない。いないのは本当なのだろう。あの顔に身長じゃ作ろうにも作れないだろうなあ、明智は納得する。しかし、しかし、それではいけない。あんな砂原でも好きになる女の子がいるのだ。

一日の撮影が終わって、みんながそれぞれの家に帰ってしまってからも明智は情報収集のため、『映画の勉強』と称して砂原のアパートに転がり込んでいた。明智だけではない。掛川も林田もなぜかアパートの常連になっていた。映画を見て、その間のたわいのない話の中で砂原の情報をかき集める。情報収集には掛川が大いに役立った。掛川は明智が知りたいけど聞きにくいなと思うことを、ストレートに砂原に聞いてくれたからだ。

「じゃあ先生は今まで女の人と付き合ったことがないんですか」

掛川は興味津々《しんしん》といった具合に詰め寄る。砂原は煙草の煙に噎《む》せてゴホゴホと咳《せ》き込んだ。

「ないことは、ないな…」

「どんな人だったんですか。僕も興味あるなあ」

明智は突っ込んでそう聞いた。砂原の好みのタイプの女性が知りたかった。いずれは諦めさせるにしても、ある程度の情報は大友さんに教えてあげるつもりだった。彼女の信用を得るためにも。

本日の映画は往年の名作『カサブランカ』。テレビ画面では、モノクロの美女が物憂げな表情でうつむき加減に佇んでる。砂原は明智の問いに困ったような表情で苦笑いした。

「まともに付き合ったことがあるのは一回だけだな。手酷《てひど》く振られて、落ち込んで二度とこんなのはごめんだと思ったたよ」

周りがシンと静かになる。

「俺…悪いこと聞いたみたいですね」

そう言うと、砂原は笑いながら明智の背を叩いた。

「五年も前の話だ。昔話だよ。相手のほうから付き合ってくれって言ってきたんだけど、結局最後に愛想を尽かされたのは俺のほうだった」

『As time goes by』

テレビ画面から古ぼけたピアノの音が聞こえてくる。

「俺がグズグズしている間に親友に持ってかれたんだ。本当にいい女だったんだけどな。気が強かったけど、素直で…」

「ほなみ…」

無意識に明智は呟いていた。掛川と林田が聞き流した言葉に砂原は思いきり反応した。まるで何かに弾かれたように体を震わせる。そうして明智を見た。追及の瞳。明智は視線を逸《そ》らした。逸らした先で考える。

『ほなみ』は親友に取られた恋人の名前だ。確信する。いまだ無意識に呟く名前。砂原はその女を忘れていない。

『カサブランカ』はラストに近づく。ボガードはバーグマンを、愛する女を見送る。

「やっぱり『カサブランカ』はいいよな」

一度も見たことがないのに、今もろくすっぽ見てなかったのに、明智は知ったふりで呟いた。振られる男の役に砂原ははまりすぎるほどはまっているように思えた。


撮影中に大友さんと話をするのは至難の業《わざ》だった。だから昼の休憩時間を狙って人気《ひとけ》のない建物の陰に彼女を呼び出した。二人きりなのを確かめてから、砂原には好きな女の人がいるらしいと教えた。確かに間違いじゃない。両思いかどうかは別にして、砂原にはいまだ忘れられないほど好きな女がいるのだ。だけどその女が今は他人の恋人だということを教えてやるほど明智は親切じゃない。誤解するのに十分な部分だけをかいつまんで話した。

大友さんは最初は息を弾ませて聞いていたけれど、そのうちに瞳を潤《うる》ませてうつむいてしまった。今こそがチャンス。明智はとびきり優しい声で囁《ささや》いた。

「でも付き合ってるって言ってたわけじゃないんだよ。好きな人がいるって話してただけだから。次はもう少し突っ込んで聞いてみるよ」

大友さんは嫌々をするように首を左右に振った。

「無理よ…私なんか駄目だもの」

大友さんが駄目だったら世界中の女の大半はどうすりゃいいんだ。しかし、この展開こそ明智の望んだものだった。

「大友さんの砂原先生への思いはその程度のものだったの」

わざと突っぱねるような言い方をする。諦めてくれるならそれはそれでけっこうなのだが、ここで親身になる男というイメージを植えつけておかなくてはならない。この時点で自分が好きだと気がつかれてはいけないのだ。ここで押して出るとあまりにもわざとらしすぎる。そう思ってもう一手、駒を動かすことにした。

大友さんは泣きそうな顔で明智を見上げた。綺麗で、純粋な瞳。

「ごめんなさい。明智君がこんなに協力してくれているのに…私…私…直接先生に聞いてみる」

心臓が飛び出るかと思った。そこでこの恋に挫折《ざせつ》してくれていいのだ。砂原のところに行かれて直接告白されて、うまくいきでもしたら取り持ったことになる自分が大馬鹿野郎だ。

「私、決めました。そうですよね。怖がってばかりいちゃいけないですよね」

やめてくれ〜とも言えない。『もう一度先生に聞いてあげるよ』と言ったけれど、大友さんは決心してしまったのか、吹っ切れた表情で明智に笑いかけた。

「本当にありがとう。でも決めたわ」

まずい。まずい。昼の休み時間はもう十分もない。明智は大友さんと別れてから急いで砂原を探した。何がなんでも二人が会う前に手を打たなくてはいけない。砂原にＯＫさせてはいけない。奴は掛川と一緒に撮影中の公園の近くにある自動販売機の前にいた。話は盛り上がっているようで二人して大きな声で笑っていた。

「先生、ちょっとすみません。一緒に来てほしいんですけど」

話の途中で声をかけられたのが気に入らなかったのか、ふだんはそれほど感情を露にしない掛川が、今回は見てわかるほど不快な顔をした。

「あとからじゃ駄目か」

話を続けたかったのは砂原も同じだったらしい。でもそんなこと気にしてはいられない。

「本当に急いでるんです」

自分の表情が切羽詰《せっぱつ》まっていたのか、砂原は観念したかのように明智のあとをついてきた。砂原を連れてきたのは、さっきまで大友さんと話をしていた人気のない建物の陰だった。

「話ってのはなんだ」

連れてきたはいいけれど、頭の中は混乱している。作戦も何も立ててないけど、のんびりとだけはしていられない。ことは一分一秒を争うのだ。

「今日、大友美奈子が先生に告白するかもしれません。でも、先生にはそれを断っていただきたいんです」

「大友？」

砂原は首を傾げ、そしてニッと笑った。緊張している明智をよそに、砂原はポケットから煙草を取り出し火をつけた。ゆっくりと大きく煙を吐き出す。

「で、どうして俺は大友美奈子を振らなきゃならないんだ」

「そんなこと、僕に言わせたいんですか…」

「ああ、大いに聞きたいね」

砂原は十中八九自分の気持ちを知っている。我ながらまずい方法を選んでしまったと後悔する。もっと別の、もっと効果的な…方法は…。明智は脳内の悪知恵をフル回転させた。そうして最も効果的な方法を思いついた。砂原以外の人間にことがばれなくて、そうしてあとくされなく正当に大友美奈子を手に入れられる方法を…。

「僕が本当のことを言ったら先生は後悔しますよ。それでもいいんですか」

砂原はフッと鼻先で笑った。

「俺が何を後悔するというんだ」

明智はうつむき、強く目頭《めがしら》を押さえた。いい具合に潤んできたところで、正面から砂原を見据えた。睨《にら》むように。

「僕はあなたが好きなんです」

「へっ？」

砂原は口をあんぐりと開けた。明智は苦悩するふりで小さく頭を左右に振ると、砂原に背を向けた。

「大友さんが先生に思いを寄せてるっていうのは前から知ってました…。先生が好きだと、人前ではっきり言える彼女が僕は羨《うらや》ましかった。どうして自分だけがこんなに苦しい思いをしなくちゃいけないのかと思うと夜も眠れなかった。理不尽なことを言っているのは百も承知です。男の僕を受け入れてくれとは言いません。だけど、先生が彼女のものになるのだけは耐えられないんです」

明智が振り返った時、砂原の顔はとんでもなく間抜けで半信半疑といった風だった。

「彼女の申し出を受け入れるなら、僕は死にますからね」

静かにそう告げる。砂原は無言で、ただただいたずらに煙草をふかしていた。まだ信じてないな…明智は砂原に近づくと砂原がくわえたままの煙草を抜き取った。そして自分も一口吸うとまた同じように砂原の唇に戻す。自分に遠慮してか砂原はその煙草を吐き出すことはしなかった。ただ呆然と立ち尽くしている。明智は寂しげに見えるよう微笑むと、砂原を残したまま立ち去った。

『完璧だ』歩きながら明智はそう思った。砂原にホモだと思われるのは癪《しゃく》だけど、これで大友さんを砂原の毒牙《どくが》から守れる。

「俺も役者だよな」

即席ながら、いい案だった。自分の演技にも惚《ほ》れ惚《ぼ》れしてしまう。のんびり歩きながら撮影現場に姿を現すと、フェリーニもどきの監督が大声でカメラマンを怒鳴《どな》りつけた。

「遅いぞ、明智!」

怒鳴り声さえ心地よい。それぐらい気分がよかった。けれどディフェンスのつもりのふざけた告白が、あとあと大きな問題を引き起こすことになろうとは、今の明智は知るよしもなかった。


避けてるな。これが告白したあとの砂原に対する印象だった。あれほど思い詰めた表情をしていたのに、大友さんはその日砂原に告白しなかった。

明智の計画では『大友さんが砂原に告白する。↓砂原は大友さんを振る。↓それを明智が慰める。↓そうして大友さんと十分に仲よくなった頃にアフターケアとして砂原に自分は先生を諦める踏ん切りがついたと告白する』となっていた。砂原も生徒が真っ当な道に戻ってくれたと安心するだろうし、明智も欲しいものは手に入れることができる…と完璧だったのだが、大友さんが告白してくれないことには話が先に進まない。

大友さんが砂原に告白するまでは、自分は砂原が好きなのだと思い込ませておかなくてはいけない。『好きだ』ということを認識させておくために、明智は砂原にある程度の意思表示をしなくてはいけなくなった。

二人きりになった時を狙って『好きです』と言ってみたり、見つめたりする。言葉や態度であからさまに愛情表現を始めた明智に、最初は驚いて逃げ回っていた砂原も時間が経つにつれてそれらを聞き流すようになってしまった。好きだという言葉も幾度となく繰り返すうちに、だんだんその効果が薄れていくようだった。

『お前の言葉には真実味がないんだよ』

何度目かの好きの言葉に砂原はそう返してきた。お決まり、砂原のアパートで映画を見ていた時だった。砂原はパジャマで、一緒に来ていた林田は部屋の隅で寝ころがっている。掛川は弟の誕生日だからと今日はまっすぐ家に帰った。砂原は映画を見ながらビールを飲んでいて、あんまり美味《おい》しそうに飲むから、明智も欲しくなって『僕も飲みたいな』とおねだりした。

「未成年だろうが。ジュースで我慢しろ」

やんわりと断られる。けれど煙草を吸っていても見逃してくれるような大雑把《おおざっぱ》な先生だから、ビールの一本ぐらい大丈夫だろうと冷蔵庫の中から勝手に拝借して飲んでいると、本気で怒ったのか明智に背を向け口もきいてくれなくなった。別に無視されようが、口をきかれまいが痛くも痒《かゆ》くもない。おかまいなしにグビグビ飲んで缶が空《から》になる頃には、フワフワしていい気持ちになった。林田は例の如《ごと》く、テレビの前で突っ伏して寝ている。一度眠ってしまったら、ちょっとやそっとのことでは起きたりしない。それを知っていたので明智はご機嫌取りと、好きアピールを兼ねて砂原に絡んだ。そんな行動に出るなど慣れないビールに酔ったせいに違いなかった。

「べたべたするなよ」

背中に絡みつく明智を、うるさそうに払いのける。砂原の首筋は風呂上がりのビールが手伝って、ほのかに色がついてた。嫌がっているのを無視して色のついた首筋にやんわり噛みつく。濡《ぬ》れた髪が鼻先をくすぐり、かすかにいい匂いがする。砂原は驚いて飛び上がったけれど、明智の腕が胸のところで交差しているので逃げることができなかった。

「好きです」

いい気持ちのまま、呟いてみる。

「お前の言葉には真実味がないんだよ」

砂原の声は変にうわずっていた。

「好きだとか、愛してるとか…ぽんぽん軽々しく使いやがって。俺はなぁ、好きな女に好きだって言うのにいっ…一年かかったんだぞ」

「へえ…気が長いですね」

「そうじゃねえ。口下手だったんだよっ」

砂原は明智から逃れるようにじわじわと前のめりになった。明智は小さく笑いながら抱く腕に力を込める。

湯上がりの熱《ほて》った体は温かくて柔らかくて気持ちよかった。男でもけっこういい具合だなあ…明智は呑気にそんなことを考えていた。直《じか》に触れたらどんな気持ちがするんだろう。

断言しておくが、この時は疚《やま》しい気持ちなんて微塵《みじん》もなかった。腕の中の気持ちいい体が、どんなものか触れてみたかった。それだけ。純粋なる『興味』だった。

砂原のパジャマ、胸にあるボタンを一つだけはずす。そして片手を隙間から中に滑り込ませた。少し湿った柔らかい感触。驚いたのは砂原だった。

「馬鹿、何してんだよ。手ぇ出せ」

躍起《やっき》になって明智の手を摑む。そういう態度を取られると出してやりたくなくなるのが明智拓磨という人間で、必死になって出されまいと抵抗した。争ううちに砂原のパジャマのボタンが飛んだ。

「ごめん、ごめん」

触れるだけだった素肌が、はだけたパジャマの合わせからチラリと見える。

「あっ、そうか」

狭い隙間から手を差し伸ばそうとしていたからいけないんだ。脱がせてしまえばことは早い。謝った先から明智はパジャマの合わせに手をかけた。

「やめろったら」

自分を阻《はば》むその手がもどかしくて明智はかけた指を上から一気に押し下げた。びりびりという布の裂ける音に、砂原が息を吞むのが見えた。

「やっぱり違うんだ」

平らな胸を見ての感想。自分と同じだと言ってしまえばそれまでなのだが、ふだんだってそんなに自分の

体を改めて眺めたりはしない。指を伸ばして鎖骨に触れる。胸骨、肋骨、骨の形に沿って指を這《は》わせた。

「人体模型みたいだ」

思ったままを口にすると、砂原はふっと笑った。

「お遊びはここまでだ」

砂原は明智の右手を摑むと自分の体から離した。砂原の手の中で明智の指はしんなりと力をなくした。頭が回る。自分を支える支柱が急にどこかへ飛んでいってしまって、明智はそのまま砂原を巻き込んで畳に倒れた。

「痛っ」

うつぶせのまま明智の下敷きにされて砂原は呻《うめ》いた。砂原の体の下に巻き込まれた明智の左指の先が、ちょうど砂原の胸にあたる。

「すみません」

手を引こうとして、明智は手のひらに小さな突起の感触があるのに気づいた。指先で挟《はさ》むようにして摘み上げる。胸の下にある体が大きく震えた。それが面白くて乳首を摘む行為を何度も繰り返した。砂原の吐息が微妙に色を変える。胸の先を刺激されると男でも感じるんだと初めて知った。

「可愛いですね」

耳許に囁《ささや》く。砂原は何も言わず、指先から逃げるように体をよじった。顔を見たくて明智は砂原の体をひっくり返した。すっかり赤くなった胸の先が妙に色っぽい。腕に絡むだけになったパジャマも…。明智は自分を押し返す指を握り込んだ。両手をまとめて、頭の上に持っていく。相手が男なのに妙な気分になった。体が熱くなって…まるで興奮しているみたいだ。たとえ相手が男で、砂原だとわかっていても。明智は熱くなった本能の命じるがまま、顔を相手の胸に押しつけて、ツンと上を向いた突起を口に含んだ。

「いっ…やだ…」

体のどこよりも柔らかい感触。昔…昔…自分はこうやって母親の胸にしがみついていたんだろうか。出るはずもないのにミルクを求めるように何度も吸い上げた。唇を離す。舌先で胸をつつく。相手の体がビクリと震える。どう扱おうがもう明智の思うがままだった。そのうちに柔らかな酔いが体中を包んだ。まるでハンモックで寝ている時みたいにふわふわと気持ちいい。明智は懐かしいものを思い出すようにそっと目を閉じた。同時に電気が切れるように意識もふっつりと途切れた。


明智が目を覚ました時、そばに砂原の姿はなかった。林田は窓の下で仰向けの他殺体みたいな変な格好で寝ている。少しクラクラする頭をかかえながら台所で水を飲む。流しの前にある小さな窓から、ほのかに朝の気配が漂ってくる。壁の時計は午前六時を指していた。家に帰るにしても早すぎる。寝直そうかと思ったけど、今まで畳で寝ころがっていたので背中が痛かった。

寝室を覗き込むと、薄暗かった。ベッドの上は布団がこんもりと丸くなり、人が寝ている気配がする。ベッドは狭いけど無理すれば二人寝られないこともない。端に寄ってもらおうと、明智は砂原の体を壁ぎわに寄せた。

「何するんだよ！」

眠っていると思い込んでいた物体がものすごい勢いで明智の腕を払った。あまりの剣幕に圧倒されて明智は口をあんぐりと開けた。砂原は険のある目で明智を睨みつける。

「表に蹴り出されなかっただけでもありがたいと思え」

ドスの効いた声でそう言われてもなんの覚えもない。どうして砂原はこんなに怒ってるんだ？　そんなに人にベッドを使われるのが嫌なのか？　わけがわからず、首を傾げた。

「この前は寝かせてくれたでしょう。畳に直接寝ると背中が痛いんです」

唇を尖らせそう言うと、砂原は呆《あき》れたようにため息をついた。

「あんなことをしておいて、よく平気で俺の前に顔が出せるな」

「あんなこと？」

この時点で、明智は昨夜のことなどすっかり忘れていた。しきりに首を傾げていると砂原は当惑したように眉をひそめた。

「覚えてないのか、お前」

「覚えてるも何もビールを飲んで、それから…」

淫《みだ》らなシーンが細切れのフィルムのように頭の中を駆け抜ける。半透明な記憶。けれどあまりにも現実離れしていて、きっとあれは夢だと明智は判断した。

「すぐに寝たでしょ。僕、特別暴れでもしましたか？」

砂原は額を押さえ『覚えてないのか…』と何度も繰り返した。そして勢いよくシーツを引き上げると再び布団の中にもぐり込んでしまった。

「僕、何かしたんですか？」

シーツ越し、くぐもった声で、

「何もねえよ」

砂原は返事をする。ベッドを折半《せっぱん》してくれる気配はなく、明智は諦めて寝室がわりの部屋を出た。少し動き回ったので目が覚め、すると急に空腹だったことを思い出す。コンビニで何か買ってこようかな…ジーンズの尻ポケットを探りつつ居間を横断していると何かを踏みつけた気配がした。足許を探る。それは二センチほどの大きさの茶色いボタンだった。

なんか見覚えがあるな…と思いつつ、テーブルの上に置く。最初は自分の着ている服のやつかと思ったけれど、今日着ているのはTシャツだ。ボタンなんかついてない。誰のかな…と思いつつ一歩踏み出したところで、また踏んだ。同じ感触。同じボタン。ボタンばかりこれで二個目だ。指の先で弄《もてあそ》んでいるうちにフィルムの記憶がリアルになって思い出された。これは…砂原が着ていたパジャマのボタンによく似てる…。ボタン、ボタン…嫌な予感が夏の入道雲のように大きく広がっていく。お腹が空《す》いたどころの問題じゃない。もしかして自分はとんでもないことをしたんじゃないだろうか。

明智は台所にあるゴミバケツの蓋をそっと開けた。予感は的中。バケツの中には引き裂かれたパジャマが無雑作に突っ込んであった。明智は慌てて居間に戻るとテーブルの上のボタン二つをバケツの中に放り込んだ。

途切れた記憶を組み合わせて明智は自分の恐ろしい行為を思い出していた。砂原が『蹴り出されなかっただけでもありがたいと思え』と言った理由がわかる。これからどんな顔して奴の前に出ればいいんだろう。

明智は取るものも取りあえず表に飛び出した。とにかくその現場から離れたかった。家に帰りながら明智は必死に言い訳を考えた。いくら考えても結局は言い訳に過ぎない。そんな時、明智は砂原の台詞《せりふ》を思い出した。

『覚えてないのか…お前…』

自分が忘れたふりをするのが一番いい。明智はそう考えた。自分も砂原も気まずい思いをしなくてもすむ。そう決めると気分がずいぶんと楽になった。それにしても…ねえ…いくら酔ってたといっても砂原なんかの裸に触るなんてどうかしている。明智は頭をかきむしった。この手でこの指であいつに触って男の乳首なんか舐《な》め回していたんだと思うと気色悪い。虫酸《むしず》が走る。明智が家に帰って最初にしたことは、洗面所で手を洗いうがいをすることだった。

「まったく…」

自分が綺麗になると落ち着いた。冗談でも、いくら酔ってたってもう二度とあんなことするものか。男相手に気持ち悪い…。明智は自分の粗相《そそう》を棚に上げて、砂原を散々こき下ろした。

あの事件があってからも明智は砂原のアパートに行くのをやめなかった。本当はやめたかったし、砂原の顔など見たくなかったのだけれど、急に行くのをやめてやっぱりあのことを覚えているんだと砂原に悟られるのは嫌だった。砂原の自分に対する態度はほとんど変化がなかった。砂原もあの件は忘れようとしているみたいだった。でも意識的にか、二人きりになる状況だけは極力避けているように見えた。

カーット。林田の声が耳に響く。ネジが緩むように役者とスタッフの顔から緊張が解かれる。明智は額の汗を拭った。夏の名残の炎天下の空の下、照り返すアスファルトの熱気と日差しは自分がオーブンの中のローストチキンになったような気分にさせられる。

「次のカットは」

明智はそう聞いた。ディレクターチェアーに座るインスタントの監督は鼻の頭に汗をかきながらニッと笑った。

「終わったよ。一応全部撮り終わった」

言葉が脳に到達するまで時間がかかった。その間に周りがワッと沸き上がった。明智はその場に座り込んだ。やっと…終わった。正直そんな気持ちだった。スタッフの中には手を取り合って涙する奴もいたけれど、そんな感激の輪からはずれて木陰までノロノロと歩いていった。最後のカットは学校の校門前で主人公の二人が再会するシーン。大きく枝を広げた木の根元に腰を下ろして、帽子を団扇《うちわ》に顔を扇ぐ。左右に動かす指でさえまどろっこしい。木を背もたれに座っていたけれどいつの間にかずるずると前に滑って、明智は盛り上がった根を枕に寝ころがる格好になった。蝉《せみ》の鳴き声が暑さに拍車《はくしゃ》をかける。『うるさい、静かにしろ』、そう思って目を閉じた時だった。

「明智君」

バッと起き上がった。大友さんが笑いながら、目の前に缶ジュースを差し出した。

「砂原先生のおごりなの」

砂原…ふん、またかよ。生徒の機嫌ばっか取りやがって。そう思ったけれど、大友さんとジュースに罪はない。素直に受け取る。大友さんも隣に腰を下ろした。彼女の手の中にあるジュースも明智と同じ種類のものだった。

「終わっちゃったね。暑くてすごく疲れたけどやってよかった」

大友さんは嬉しそうに笑うけど、なぜか寂しそうにも見える。

「うん、でも少し寂しい気もするね」

素直な感想を口にする。二人の視線が合う。気持ちがシンクロしたような気がして同時に笑い合った。

「大友――」

いい雰囲気もほんの数秒。名前を呼ぶ声に大友さんは勢いよく振り返った。

「掛川が呼んでるぞ。台詞合わせのことで打ち合わせがあるそうだ。それから明智を知らないか、編集をする場所のことだけど、俺ん家《ち》でいいか……」

砂原は大友さんの向こうに自分の姿を見つけたようだった。いい時に邪魔しやがって…怨《うら》みも込めて砂原を睨む。すると奴はわざとらしく視線をはずし、そばまで駆け寄ってきた大友さんに笑顔で話しかけた。

「大友もよく頑張ったな。偉かったぞ」

「そんな……」

彼女がいい演技をするのは百も承知だ。遠くから大友さんを呼ぶ声がする。痺《しび》れを切らした掛川が探しているのだ。名残惜しそうに大友さんは砂原の横をすり抜けていった。あとに残ったのは気まずいだけの二人…。

「先生、僕の言ったことを覚えていますか」

砂原も向こうに行きかけていた。立ち止まったけれど、振り返らずに『忘れた』とぶっきらぼうに言い放つ。背中に明智は釘を刺した。

「大友さんでもほかの誰でも、受け入れたりしたら僕は死にますからね」

「そんなの、俺の知ったことか」

一瞬、目が点になる。驚きはすぐさま怒りに変わった。生徒が死んでもいいだって！　それが教育者たる人間の言葉かよ。明智は砂原を追いかけてその肩を摑み、強引に振り向かせた。砂原は眉間に皺を寄せ、こちらが何か言う前にこう言った。

「俺が誰を好きになろうが、誰と付き合おうがお前には関係ない。俺を好きだっていうのはお前の勝手だ」

いやにきっぱりした拒絶にあってムッと腹が立った。目の前にいる男がたまらなく憎らしくなる。ギャフンと言わせてやりたい。思い知らせてやりたい。明智は砂原の腕を摑むと乱暴にぐいぐい引っ張った。

「離せ」

先刻まで寝ころがっていた木陰まで連れていくと明智は腕を離した。

「じゃ僕が何をしても僕の勝手なんですね」

明智は木の幹に砂原を縫いつけた。体で挟み込む。押し退《の》けようと必死の砂原の耳許にゆっくり囁いた。

「無駄ですよ、体格が違うんだから。あんたは小さいからね」

顎《あご》を無理矢理引き上げる。砂原は明智を睨みつけた。

「人が来たら……」

「僕は別にかまいません」

唇を重ねた。噛みつくみたいなキス。砂原の心臓がドクドクと音をたてているのがわかる。嫌がる舌を何度も絡めた。暑さと熱気と酸欠で明智の頭がぼんやりしてきた頃、不意に砂原は抵抗するのをやめた。唇を離すと力の抜けた体は明智に全体重をかけるようにして、ガクリと前向きに倒れ込んだ。

「暑気あたりだってさ。びっくりしたよ」

砂原のアパート、居間の真ん中で林田は山のようなフィルムに絡まりながら呟いた。同じようにフィルムの山の中にいた掛川は神妙な顔で頷く。

「撮影に毎日付き合ってくれたもんな。自分のクラスでもないのにさ。それにフィルムを編集するのに自分のアパートまで提供してくれたんだ。本当に先生には感謝だよ」

「そうだなあ…」

林田はフウッとため息をついた。

「暇だったんだよ、自業自得さ。最後になって倒れるのは迷惑だよ。先生がいないと編集が進まないってのにさ」

吐き捨てたあとで明智はギョッとした。掛川が睨むように自分を見ていたからだ。掛川はゆっくりと鋏《はさみ》を置いた。

「お前はまだ先生が嫌いか。何度もアパートに遊びに来てるじゃないか」

「そんなに怖い顔するなよ。誰も嫌いだなんて言ってないだろ。掛川こそどうしてそんなにこだわるんだよ」

険悪な雰囲気を誤魔化すように明智はおどけてみせた。

「掛川、お前本当は先生のことが好きなんだろ」

冗談だった。明智は掛川が笑い飛ばすのを期待していたのに、掛川は黙ったまま、否定しなかった。

「おーい、冗談にならないぜ」

明智は小声でぼやいた。掛川は否定しないどころか平然とした顔で当たり前のように『好きだ』と答えた。

「今さら隠しても仕方ないよな。俺は先生が好きだよ。男が女を好きになるみたいにさ。けど先生には言うなよ。あの人はそういう人じゃないからさ」

「…先行き暗いぞ」

明智の呟きに、不敵にも掛川は笑ってみせた。

「俺は先生って人に巡り会えただけで幸運だったと思ってるよ。今はそばにいられるだけでいい。俺のものになってくれるならそれに越したことはないけど…無理強《むりじ》いはしたくないんだ」

「やっぱおかしいよ。先生は男だぞ」

困惑顔で見上げる林田に、掛川は悲しそうな顔を見せた。

「お前から見れば変かもしれない。けど人を好きになるのに理由はいらないんだよ。俺はなんとも思ってない奴に好かれるより、嫌われてもいいから自分が好きになった人を追いかけたいと思う。俺は自分が一生を賭《か》けてもいいと思えるぐらい好きな人に出会えたんだからそれでいい。相手が男でも女でも関係ない。本気だから、誰に知られてもいい。幸せになれなくても別にかまわないんだ」

掛川の真摯《しんし》な瞳が怖かった。掛川の神聖なる砂原に無理矢理キスするわ、触るわ、そのうえそんな行為も全部『嘘』だと知られたら…。

「気持ちがわかんないこともないけど、俺やっぱり駄目だよ。そういうの、なんか生理的に」

林田は苦《にが》り切った顔でうつむき、明智は何も言えなくなった。口を開けば本当のことが知られてしまいそうで怖い。大友さんは砂原に恋している。砂原は掛川に恋されている。言葉がメリーゴーランドのように頭の中を回る。

「俺はお前がけっこう好きだぜ」

考え込んでしまった明智を見て、掛川はそう言った。

「妙に典型的なサラリーマン気質がさ。ずる賢くて計算高いくせに、妙に真面目で大事なところでポカをやるんだ」

好きだと言われても、掛川の言い方では自分がとんでもない大間抜けみたいに聞こえて嬉しくない。そんな気持ちが伝わったのか、掛川はフォローを入れた。

「悪い意味じゃないからな」

人の足音に、三人は同時に廊下側に振り返った。

「ああ、やっぱりお前らがいたのか」

Tシャツに短パンという格好で砂原が居間に顔を出した。顔が青白く見える。

「まだ顔色が悪いよ。寝てればいいのに」

掛川が立ち上がり、まるでエスコートするように砂原の肩を抱く。そういえば木陰で倒れた砂原を、病院やアパートまで嫌な顔一つせずにおぶってきたのは掛川だった。

「大丈夫だ」

砂原は掛川の腕をやんわりとはずした。

「悪いな、手伝ってやりたかったんだけど。かわりにこれで何か食えよ」

砂原は掛川に三千円を渡した。

「こんなのいらないよ。俺たちが無理矢理に押しかけてきてるのに…」

返そうとする掛川の手に強引に金を押しつけて、砂原は再び部屋に戻っていった。手のひらに残った三千円を見ながら掛川はぽつりと呟いた。

「俺たちにまで気を遣うことないのにな。安月給のくせしてさ」

砂原は毎日毎日、なんの得にもならないのに撮影に付き合ってくれた。そしてたまにジュースやアイスクリームをおごってくれた。しかも撮影に参加した全員に。全員に、何回ともなると金額も半端《はんぱ》じゃない。そうやって生徒に付き合ったあげくに倒れた。自分で好き勝手やって倒れたのだ。決して強引にキスしたのが原因じゃない。そう、自分のせいじゃ…何度自分に言い聞かせてもすっきりしない。あのことは砂原が謝れって言っても僕は謝らないからな！　だいたい砂原がいけないんだ。あんな風な言い方をするから…だんだん腹が立ってきた。

「明智、何そわそわしてるんだよ」

林田がそう聞いてくる。

「なんでもない！　あっ…」

「あー！　明智ッ、そこは切っちゃ駄目じゃないか」

林田が叫ぶ。切れてしまったフィルムを拾い上げて明智はため息をついた。調子が悪い。

「ちょっと外に出てくる」

心配げに声をかける林田と掛川をあとに、明智は表に走り出た。夜と夕方の狭間《はざま》の曖昧《あいまい》な時間帯。あたりのものが一番見えにくくなる薄暗さ。憂鬱《ゆううつ》な明智の気分にぴったりだった。


落ち着いた雰囲気のカフェだった。テーブルと椅子はアンティークのシンプルなもので趣味がよく、木目の壁には古い外国映画のポスターが飾られている。店内に流れているのは古い映画音楽のインストゥルメンタル。約束の十五分前に来たのに、大友さんは先に来て店の一番奥に座っていた。明智の姿を見つけると小さく片手を上げげた。大友さんはジーンズ姿で上は白いキャミソール、その上に花柄のシャツを着ていた。

「ごめんね、急に呼び出したりして…」

「かまわないよ。暇だったし」

編集に思いのほか時間がかかり、明智と掛川と林田は砂原のアパートに毎日入り浸っていた。今日も行かなくてはいけなかったのだけど、朝の電話で呆気《あっけ》なく予定は変更された。

『会って話がしたいんだけど…』

大友さんの一言に明智は『どこで会う?』と即座に答えていた。今頃、掛川と林田は首を傾げながら明智を待っているに違いない。

「映画の編集進んでる?」

椅子に座りかけた明智に大友さんは聞いてきた。

「順調だよ」

「そう、よかった。見るのが楽しみなの。早くできあがるといいな」

映画の話のためだけに自分を呼んだとは思えない。穏やかに話をしながらも大友さんの目は決して笑ってなかった。大学生ぐらいのウエイトレスに明智はアイスティーを注文した。

「今日も暑いね」

「そうね…本当。頭の中までおかしくなっちゃいそう」

明智は大友さんが自分で話しはじめるまで根気強く待った。お互い何も話さない。沈黙が流れる。気まずさを隠すために明智は店の中にあるポスターをじっと眺めてみた。『風と共に去りぬ』『カサブランカ』『エデンの東』『ローマの休日』…。

「明智君にしか頼めないの。私、最近何をやっても手につかなくて…駄目なの。毎日そわそわしてばかりで…」

大友さんは先ほどまでの沈黙が嘘のように自分の思いのたけを明智にぶつけた。撮影が終わってからも砂原に会いたかったと。砂原のことを考えると夜も眠れない…と。まるで水が溢《あふ》れるかのように流れ出す言葉。告白。

言葉がナイフのように明智の胸を切り裂いた。透明の血を流しながら、黙ってその言葉に耳を傾ける。思いをすべて打ち明けたあと、大友さんはやっぱり明智に自分の気持ちを伝えてほしいとそう言った。

そんな類《たぐい》の話ではないかと予想していた。だけど…明智はグラスに手をかけアイスティーを一口だけ飲んだ。喉がカラカラに渇いている。

「僕は別にいいんだけど…。大友さん、この前自分で言うって決心したんじゃないの」

「どうしても駄目なの。もし断られたりしたらきっと先生を困らせてしまうに決まってる。私ってわがままだから」

大友さんは明智の目を覗き込むようにじっと見つめた。視線に胸が締めつけられるような気がして、ひどく息苦しい。

「わかった。言ってあげる」

明智が彼女の頼みを断れるはずがなかった。

大幅に遅れて砂原のアパートにたどり着く。先に編集作業をしていた二人と砂原は、遅れてきた明智をさほど怒りもしなかった。黙々とフィルムをつなげる作業を繰り返しながら何度も砂原のほうを盗み見る。砂原はフィルムを明かりにかざすたび、難しい顔をしていた。夕方になって編集も一段落ついたところで作業はお開きになり、三人一緒に砂原のアパートを出た。そして五分も歩かぬうちに明智はぴたりと立ち止まった。

「どうしたんだ?」

一人取り残される明智に、林田が振り返って聞いた。

「忘れ物をした。取ってくる。先に帰っててくれ」

言い残し、早足にもと来た道を引き返した。早足はいつの間にか駆け足になり明智は全速力で走り出していた。アパートに戻るまでにものの二分もかからなかった。玄関の前で明智は荒い息をついた。ノックもせずにドアを開ける。足音を忍ばせて廊下に上がり、居間を覗くと砂原は飽きもせずに完成したフィルムを眺めていた。無防備な背中に声をかける。

「あんたのことが好きだってさ」

細い背中がビクリと震える。振り返った砂原は、明智の姿に気づくとあからさまに不快な顔をした。

「ノックぐらいしろよ」

「大友さんに頼まれたんだ。あんたに『好きだ』って伝えてほしいってね」

「大友だって?」

「そうだよ。まったく…。人の気持ちも知らないで……」

傷口が開く。じくじくと血が流れる。痛い。もう少し冷静に考えて、大友さんの気持ちなんて伝えないで自分に都合がいいように適当に返事をすればよかった。今さら砂原に気持ちを伝えてやってどうなるというんだろう。

「人の気持ちも知らないで…」

目頭が熱くなった。指で押さえると涙がぽろりと出て驚いた。泣くつもりなんてなかったのに涙はぽろぽろと零《こぼ》れ落ちる。

「何を泣いてるんだ…」

当惑しきった声で聞いてくる。人に泣き顔を見せるのが屈辱的で、明智は砂原に背を向けた。想像していたよりもずっと大友さんの告白がショックだったらしい。自分では気がつかなかったけど…。このまま泣き通しというのも癪《しゃく》で、涙声のまま明智は叫んだ。

「……どう思ってんだよ」

返事は返ってこなかった。返事を待つ時間が明智をひどく苛々させた。

「この前みたいに言えばいいだろ。俺には関係ないってね」

明智は砂原を睨んだ。すべての元凶はこの男にある。

「僕が死んでもあんたには関係ないんだったよね。試してみようか」

衝動的だった。本当に死んでやろうなんて思ってなかった。それでも何かに押されるように明智は台所へ走り、包丁を取り出していた。砂原の顔が一瞬で見たこともないぐらい青ざめた。

「それがなんだかわかってるのか」

明智はゆっくりと頷いた。そうしてなんの躊躇《ためら》いもなく手首を切りつけた。

最初の感覚は〝痛い〟だった。痛みはまともな神経を呼び戻した。血がどくどくと心臓と同じリズムで流れ出す。指の間を伝って床にぽたりと落ちた。包丁が音をたてて転がる。呆然とその光景を眺めていた砂原も、包丁の音で我に返ったのか、明智に近寄るとその頬を一発、容赦《ようしゃ》なく叩いた。

「このクソ馬鹿」

砂原は手近にあったタオルを傷口に押しつけ、しっかり押さえているよう明智に言い含めてから救急箱を取ってきた。ようやく血の止まりかけた切り傷にガーゼをあて、震える手で不器用に、だけど真剣に包帯を巻く。できあがった代物は出来損《できそこ》ないのミイラのように無様だったけれど、手当てを終えたことで強張っていた表情がほんの少し和《やわ》らいで見えた。

「大友さんのこと、なんとも思ってないだろ」

脅すように聞いた。残った包帯を救急箱にしまおうとしていた手が止まる。複雑な表情のまま、観念したように砂原は『ああ』と言った。

「これからもなんとも思わないよね」

「そんなの保証できるか。今の時点で俺はあの子のことをなんとも思っていない。それだけだ」

砂原は救急箱を手に立ち上がった。

「僕は本気だよ」

大友さんにね。本気で本気で好きだ。本気でおかしくなるぐらいに。

「…わかる気はするけどな」

砂原はぽつりと呟いた。

「あんたは誰が好きなんだよ」

何も答えない。何も答えず砂原は明智に背中を向けた。

『映画に行かないか』

誘われたのは九月の初めだった。フィルムもつなぎ終わり、声も吹き込んで、クラス全員での試写もやってあとは文化祭を待つばかりの頃。土曜日の夜、母親に『友達から電話よ』と呼ばれて受話器を取った明智《あけち》は、電話の向こうの相手が『砂原《すなはら》だけど…』と名乗った時、飛び上がるほど驚き、用件を聞いて二度驚いた。

『明日、もし暇だったら映画に行かないか。招待券を二枚もらったんだが…』

すぐに返事はできなかった。大友《おおとも》さんならいざ知らず、どうして砂原なんかと映画を見に行かなくちゃいけないんだ。あいつのせいでおかしくなって手首を切って…親に言い訳するのが大変だったのに。断る口実を探しながらハタと気づく。自分は砂原に惚《ほ》れてるということになっている。普通、好きな人から遊びに誘われたら何がなんでも行くよな…。

「…行きます」

砂原は待ち合わせの場所を指定するとすぐに電話を切った。

「何考えてんだよ。わけわかんねえよ」

切れた電話の向こう側に思わずそう呟《つぶや》いた。

翌日、待ち合わせの公園に砂原は先に来ていた。前も見たことがあるTシャツにジーンズ。とても二十四歳には見えなかった。相手のラフな格好を見て明智は何着ていこうかと迷った自分を後悔した。

「遅いぞ、もう始まるじゃないか」

砂原は明智に気がつくと右手を上げた。一休みする暇もくれず、先に映画館に向かって歩きはじめてしまう。

「待ってくださいよ。着ていく服を選んでたら遅くなったんです」

振り返り、砂原は鼻先で笑った。頭にきて明智は先に歩く男の腕を摑《つか》み、強引に振り向かせた。

「あんたに見てもらいたいと思って、時間をかけて考えたんだって」

嘘だった。自分が一番格好よく見える服を、自分のために時間をかけてコーディネートしたに過ぎない。単なる『見栄《みえ》』だった。砂原は眉間《みけん》に皺《しわ》を寄せると、腕を摑む明智を乱暴に振り払い、何ごともなかったように先を歩いた。

デリカシーのない奴め。人がここまで言っているのに！　そう思いながらあとについていく。公園を出て裏通りの商店街を抜け、薬屋の角を曲がり、信号で止まる。映画館が向かい側に見える。

「似合ってるよ」

それまで無言だった砂原が、一言だけボソッと呟いた。不意打ちに、明智は驚いてうつむき加減だった顔を上げる。信号が変わり、砂原はサッサと横断歩道を渡っていく。慌《あわ》ててその背中を追いかけた。細くて小さい背中を追いかけながら、前に砂原が話していたことを不意に思い出した。…好きな女に好きだと言うのに一年もかかったという話…。滑稽《こっけい》なほど口下手《くちべた》な大人がなんだかおかしくて明智は一人でクスクスと笑った。

砂原が誘ってくれた映画は、巷《ちまた》で話題になっているアメリカの人気女優主演のシリアスな恋愛映画だった。林田《はやしだ》が面白いよ、と言っていたのを聞いたことはあるけど、興味はなかった。それが見てみると、林田の言葉通り感動的でよかった。

それにしてもカップルの多いこと多いこと。男の二人連れというのは、いかにも『彼女、いません』と公言しているようで少々恥ずかしい。隣に座っているのが大友さんならなあ、と何度も考えた。

映画が終わったあと、館内のあちらこちらでグスグスと洟する人の気配がうかがえた。実は明智も泣きそうになってしまったのだが、男が泣いているなど恥ずかしくて…それを砂原に知られるのも嫌で…指の先で強引に目頭《めがしら》を押さえて我慢した。明るいロビーに出た時、隣にいた男を見て明智は驚いた。

砂原は年甲斐《としがい》もなく、まるで女の人のようにポロポロと大粒の涙を零《こぼ》していた。明智は大泣きする大人を慌ててロビーの隅に連れていき、人目から遮《さえぎ》るようにして立った。ハンカチなど持っていないであろう砂原に自分のものを差し出す。砂原はひったくるようにしてそれを毟《むし》り取ると、目許に強く押し当てた。

「恥ずかしいなぁ。いい大人が」

肩を竦《すく》め、軽い優越感とともに明智は呟く。砂原はズッと鼻をすすり上げた。

「駄目なんだよ。二回も三回も見たヤツなら大丈夫なんだが一回目に見るヤツは感情移入して…ここは監督が意図的に泣かそうとしてるんだってわかるのに、どうしてもそれに引っかかるんだ。ちくしょう」

明智はハアッ、と聞こえるぐらい大きなため息をついた。着ている服とか、こんな些細《ささい》なこと一つ取ったって自分のほうが何歳も年上みたいな気がする。

『喉が渇いたよな。何か飲むだろ』と言い砂原は先頭を切って喫茶店に入った。椅子に腰掛けるなり『よかったよな、あれが本来ある恋愛の姿だよな』と力説した。そこまできてようやく、明智は砂原が自分をこの映画に誘った意図に気がついた。こいつのことだから映画を見る前にどういった内容か入念に下調べしておいたに違いない。そのうえであれを見せた理由は…。

「よかったとお前も思うだろ」

どうやら男女の正しい恋愛の仕方を自分に説くつもりらしい。見え透いた手に明智は内心、苦笑いした。そんなに焦《あせ》らなくても僕は『まとも』ですよ、先生。あんたを利用してるだけなんだから…。

「確かにいい映画でしたね。けど、僕はそれよりも先生が映画に誘ってくれたことのほうが嬉しかった」

しんみりとした口調で呟く。砂原はムッツリと口を閉ざした。こいつの努力を水の泡にしてやる。

「これからどうしますか。まだ時間あるし、どこに行きます？」

砂原が戸惑《とまど》うのを承知で聞いた。恋愛映画を見せることしか考えていなかったであろう男は何も言わない。自分も映画を見たらすぐに帰るつもりでいたけれど、砂原の困った顔を見ているともっと困らせてみたくなった。

「海に行きたいけど、車じゃないですよね。ここからだと…そうだ、この近くにプラネタリウムがあるんですけど、そこに行ってみませんか」

無言の男を突っついて、強引に『うん』と言わせた。さっきとは逆、明智が先に立って歩き、砂原はその後ろをうつむき加減についてくる。映画館から電車二駅分離れた場所にある川沿いのプラネタリウムは次の入場まで三十分ほど時間があり、暇つぶしに二人は隣にある資料館をぶらりと一周した。シャッターを切らないで星の動きを撮った写真を見ながら明智はどうしてこのプラネタリウムにチェックを入れていたのかを思い出した。

もし映画作りをきっかけに大友さんと付き合うことができたら、ここに連れてきてあげようと思っていたのだ。二人で色々なところに行きたいなあ、とあれこれ計画を立てていた。まさかこんな時に役立つとは思ってもみなかったが…。そして今、明智の横にいるのは綺麗な女の子じゃなくて子供みたいな男だ。そっと隣を盗み見ると、渋っていたわりに熱心に星の写真を眺《なが》めていた。

休日だけど、小さな資料館に人はまばらだった。出入りする人を何げなく見ていた明智はそこによく知っている人の姿を見つけた。掛川《かけがわ》だ。掛川の右手をしっかりと摑んでいるのは小さな子供。前に幼稚園に通っている年の離れた弟がいると言っていたから、多分それだ。明智は砂原の腕を摑むと強引に出口まで引っ張った。

「なんだよ、見てる途中だろ」

砂原は不満そうに呟く。掛川だけには見られたくない。どうして砂原と二人でいるのか、聞かれてもうまく説明できない。デートだなんて知られたら、それこそあとが怖い。プラネタリウムの開始時間まであと十分を切った。上映案内のアナウンスが、外にいても聞こえてくる。

「お前の行動はわけがわからん」

資料館の裏は公園になっている。小さいけれど、川沿いで見晴らしがよく、吹き抜ける風が気持ちよかった。公園を囲う、木に似せたコンクリートの杭《くい》の一つに砂原は腰を下ろした。

「掛川がいたから」

正直にそう言ったあとで『しまった』と思う。砂原は怪訝《けげん》な顔で首を傾《かし》げた。

「掛川？　お前ら喧嘩《けんか》でもしてるのか」

曖昧《あいまい》に苦笑いをして誤魔化《ごまか》す。言いたくない気持ちを察してか、それ以上突っ込んではこなかった。風が吹いた。砂原の少し長めの前髪が揺れ、鬱陶《うっとう》しそうに片手で額を押さえている。ぼんやりと川岸を見つめる物憂《ものう》げな表情が、揺れる髪や額を押さえた指が、やけに大人びて見えた。男にしては細い指がジーンズのポケットから煙草を取り出し、一本くわえる。顔の前を覆《おお》うようにして火をつける。吐き出した煙は強い風に巻き込まれるようにして消えていき、砂原は西日が眩《まぶ》しかったのか少しだけ目を細めた。明智の心臓がドクリと大きく波打った。砂原は腕時計を見て、ゆっくりと立ち上がる。

「もう始まるぞ」

明智を見上げたその人の顔から不自然に瞳を逸《そ》らした。一撃の名残《なごり》のように、まだ胸がドキドキする。これは、なんだ…？

「見るのをやめるか」

聞かれた時、明智は無意識のまま首を横に振っていた。

土日、休みごとに砂原を遊びに連れ出した。深く考えず思いつくまま適当に映画や海に誘った。砂原も明智に声をかけた。その場合は、ほとんどが映画だった。どうして砂原を誘うのか、それには大友さんが砂原に告白するまで、自分の好意を相手に認識させておくため…という理由はあるものの、本来の目的以上に頻《ひん》繁《ぱん》になっていることに、明智自身も気づいていないわけじゃなかった。

ぶっきらぼうな男に腹も立てるし、心で思うには知られないのをいいことに散々悪口を並べたてたりもするけど、それでも一緒にいるのは嫌じゃなかった。正直言ってしまうと、楽しかった。砂原の前だと気を遣わなくてもいいいし、学校や家にいる時みたいにいい子にしてなくていい。

砂原も二人で遊ぶことがまんざらでもないようで、声をかけると文句一つ言わずに出てきた。日帰りで、公共の交通機関を使って行ける場所が少なくなってきた時、明智は何げなしに聞いてみた。

「先生、免許持ってるんでしょ。車買わないんですか」

「免許は持ってるが、三年前に取ってから車に乗ってないから、ペーパードライバーなんだよ。それともなんだ、俺に命を預ける気があるっていうなら乗せてやってもいいぞ」

「いいですよ。一緒に心中しますか」

笑い話で終わるはずだったのに、砂原は笑わずに生真面目《きまじめ》な顔で明智の顔を覗《のぞ》き込んだ。
九月の終わり、砂原は中古の車を一台買った。

三年乗ってなかったというわりに、砂原の運転には危なげがなかった。車を買ったと聞いた時は驚いた。『車があったらいいのに』と話してから一週間も経っていなかったからだ。明智の家の近くまで迎えに来た砂原は、中古の車、深い藍《あい》色のボディを得意げに叩き、夏のボーナスが全部消えたと笑っていた。

どこへ行きたい？　なんでもリクエストに応《こた》えてやるぞ、と運転席の砂原は上機嫌だった。明智は都氏浦《つじうら》に行きたいと言った。前に雑誌で『デートするならここが穴場』と紹介されていた場所だ。これも大友さんとのデート用の知識だったけれど、そのこともすっかり忘れてしまっていた。

車は流れるように高速を走った。朝から休みなしに走って都氏浦に着いたのはお昼前。鄙《ひな》びた古い店が立ち並ぶ、これといってなんの特徴もない港町だったけれど、地元の人に教えてもらって、断崖《だんがい》の綺麗な入り江を探した。

海沿いの山麓《さんろく》、でこぼこした草むらの坂道を二十分近く歩いて、『あのおばさん、間違った道を教えたんじゃないだろうな』と明智がぼやいた時、前を歩く砂原の足が止まった。急停止だったのでぶつかってしまい、顎《あご》を打つ。

「なんだよ、急に立ち止まるなよ」

何も言わず、砂原は前方を指さした。途端、パッと視界が開けた。ゴツゴツした石が多くて何度も転びそうになり、足許ばかり見て歩いていたから、目の前の風景に気づかなかった。

海が見える。一面の海だ。視界を遮るものが何もなく、海全体が綺麗に見渡せる。まるでガラスみたいに遠くからでもキラキラ光っている。

平たく突き出た岩の上には、背丈の短い草が一面に生《お》い茂り、ふかふかした緑の絨毯《じゅうたん》になっていた。断崖には柵も何もない。

「すごい……」

すごいとか綺麗だとか、ありきたりな言葉でしか言い表せない自分がもどかしい。視界百八十度のパノラマはただただ壮大で『穴場』というのは嘘じゃない。綺麗なところだけど反対に、一歩間違えたら自殺の名所にもなりかねない怖さも少しある。

砂原は一枚岩の断崖が気に入ったようだった。ゆっくりと端まで歩くと、下をじっと見下ろしている。何を見ているのか気になって、明智もこわごわそばに近づいた。おそるおそる覗き込むと、はるか下のほうで荒波が砕け白い飛沫《しぶき》が散っていた。下から巻き上げるような風に乗って、潮の匂いがする。飛沫がかかるわけがないのに、大きな波が打ちつける音がするたびに砂原は顔を引っ込めている。子供っぽいその仕種《しぐさ》に自然と明智の頬《ほお》がほころぶ。

十五分ほどして、ようやく気がすんだのか、砂原は明智のいる場所、岩と小道の境目あたりまで戻ってきた。

「すごい高さだったな。足が竦んだ」

ポケットから煙草を取り出しながら呟く。だけど風が強くてなかなか火がつかない。躍起《やっき》になってライターをカチカチいわせる砂原を見て笑うと『笑うな』と口を尖《とが》らせた。ようやく火のついた煙草を、満足そうにくわえる。子供っぽいのに、煙草を吸う仕種だけはやけにサマになっている。それが許せなくてくわえた煙草を抜き取った。

「おい、こら返せよ」

わざと頭上高く上げる。背の低い砂原は爪先立《つまさき》っても届かないとわかると、ムッとした表情で黙り込んだ。

明智は吸いかけの煙草をくわえた。肺まで煙を吸い込む。自分のほうがきっと奴よりもサマになってる。確信を持って振り返ると、砂原はスタスタともと来た道を戻りはじめていた。慌ててあとを追いかける。

「怒った？」

背中に聞く。砂原は『別に』とつっけんどんに答えた。

「じゃどうして先に行っちゃうんだよ」

「帰りたくなったから帰ってるだけだ」

細い後ろ姿は振り向かない。道が開けて、車一台ぐらいなら通れそうな道幅になる。ゴロゴロした石は少なくなってきていたのに、前を行く砂原はつまずくように大きくよろけた。咄嗟《とっさ》に手が出て後ろから支える。けど支えるまでもなく砂原は自分で体勢を立て直した。

「危なかった」

砂原は足許の尖った石を見ながら呟いた。

「前を見て歩かないからでしょ」

「転んでも痛いのは俺だ。お前には関係ないだろ」

きまり悪さを隠すように砂原はフッと横を向く。一緒に過ごす時間が増えるうちに男の行動パターンが読めるようになってきた。こいつは相当の意地っ張りで素直じゃない。それがわかってきたから、憎まれ口さえ妙に可愛いと思えてしまう。掛川が砂原を好きだと言ったその気持ちが今なら少しだけわかる。

小さな体を強く抱き締めた。理由はなく…もしあるとしたら無性にそうしたかった、それだけだ。砂原も抵抗しない。腕の中で借りてきた猫のようにじっとしていた。悪いことをしているともおかしいとも思わなかった。向かい合うと、自然にキスする形になった。重ね合うだけがもどかしくて、深い部分を知りたくて舌を絡めると、ほんの少しだけ応えてくれた。キスしたあとも離すのが惜しくてずっと抱いたままでいた。

「明智？」

「日が暮れる」

腕の中で低く、ボソリと呟く声。抱きたい…セックスがしたいと下半身がズクリと疼《うず》いた時、明智は怖くなった。『怖い』、ただ闇雲に怖い。正直な気持ちだった。

「帰るぞ」

砂原は急に後ずさった明智をいぶかしんだものの、気にする風もなくゆっくりと歩きはじめた。明智も隣に並ぶ。砂原の横顔をチラチラ眺めながら聞いた。

「キスするの、嫌じゃない？」

夏の暑い最中《さなか》、木陰で強引にキスしてから触れたことはなかった。隣が不意に立ち止まり、何を言われるのかと身構えた明智に、砂原は意外なほど涼しい顔で言ってのけた。

「別に、嫌じゃない」

都氏浦からの帰り、二人はほとんど話をしなかった。

文化祭は十月の第三土曜と日曜、二日続けて行われた。明智のクラスは八月の間に撮影も編集も終わって

いたのでほかのクラスのように慌てることはなかった。前日、教室に暗幕を張り椅子を準備するだけでよかった。

文化祭前日、昼休みに暗幕を借りようと職員室に行く途中で大友さんに会った。彼女とはカフェに呼び出されたあと、一度電話で話したきりだった。砂原は今の時点ではなんとも思ってないらしいと、その時は言っておいた。

大友さんは明智を廊下の隅に連れ出すと、そっと呟いた。

「文化祭が終わったら話しづらくなりそうだから、今日先生に告白するつもりなの。駄目でもともと、そう割り切ることにした。振られたら慰めてね」

おどけたように話すけど、目は笑ってない。真剣なのだ。当初の計画が再び動きはじめる。少し遅くなったけれど、計算通りの展開。なのに喜べなかった。

「……頑張って」

明智にはそれしか言えなかった。

職員室に砂原はいなかった。仕方がないから担任に物置の鍵を借りることにした。鍵の戸棚を開けた担任は首を傾げた。

「ないぞ、誰かが先に持ってってったんじゃないか。物置のほうに行ってみろ」

一階の西の端にある物置に行くと、戸は半分ほど開いていて中から人の気配がした。

「誰かいますかー」

薄暗い中を覗き込むと、黴臭《かびくさ》い匂いがした。六畳ほどの部屋の全面に取りつけられた棚《たな》は、そのすべてがわけのわからないガラクタで占領されている。正面の棚に梯子《はしご》をかけて暗幕を取り出しているのは砂原だった。その下に掛川がいる。

「遅いぞ、明智。暗幕取りに行くって言ってたから手伝いに来たのに、どこに行ってたんだ」

「ああ、ごめん。ちょっと人と話をしてたから…」

適当に言い訳をする。薄暗い部屋の中、白っぽい埃《ほこり》が陽《ひ》に透けて見える。

「六枚でよかったよな」

梯子の上から砂原が声をかける。掛川は先に手渡された三枚をかかえてそのまま物置を出た。砂原は残りの三枚を明智に手渡すと、梯子をゆっくりと下りた。身動きしない明智に首を傾げる。

「まだ何か欲しいものがあるのか」

「別に、ないですけど」

そうか、と砂原は鍵を片手に物置を出ようとした。明智は暗幕を足許に放り出すと、先回りをして物置の戸を閉めた。誰にも見られないようにしてから改めて砂原を抱き締める。

「おい、学校だぞ…」

文句は言ってるけど咎《とが》めている声色《こわいろ》じゃない。顎に指をかけると、自然に砂原は目を閉じる。胸がドキドキする。舌を絡めると、砂原は両腕を明智の背で交差させた。

「んっ…んっ…」

鼻腔から抜けるような甘い声にゾクゾクする。薄暗いけれど耳の赤いのがわかって、そっと噛《か》みつくと腕の中の体がビクリと震えた。

都氏浦から帰ってきて以降、何度もキスした。二人きりで、人がいなかったらどこでもキスした。そうするのが当たり前みたいに。キスを重ねるたびに思う。この次は、この次はどうなる？　例えば次に二人で会った時、触りたいと言ったらこの人はどんな顔をするだろう。断らないかもしれない。そんな予感がした。人の足音に反射的に二人は離れた。足音は物置の前をパタパタと走り過ぎる。二人は顔を見合わせて笑った。

文化祭当日、明智のクラスの映画は評判がよく、初回上映から超満員で椅子が足りなくなり、立ち見が出るほどだった。映画自体は四十五分あるかないかの短いものなので、日に五回は上映できる。クラスの人間を五グループに分けて、一時間ごとに交代して受付や色々な雑務をこなした。砂原は明智が受付をしている時にふらりとやってきた。客の入りが気になっている風だったが、満員御礼の教室に満足そうな顔をしていた。ブザーが鳴らされ、上映時間になる。二人は後ろの壁ぎわに立って映画を見た。

客の反応に砂原も微妙に反応する。それが可愛くて暗闇で見えないのをいいことに肩に腕を回した。腕に気づいたのか砂原は明智を見た。打ち合わせたように素早くキスする。目にした人がいてもそれは一瞬でわからなかっただろう。キスしたあとで砂原は寝ているふりをして明智の肩に頭を乗せた。

それは言葉を上手く使えない男の、精一杯の甘えだった。


誰もが振り返った。それぐらい大友さんは感情も露《あらわ》に取り乱していた。両手で顔を覆い、白く華奢《きゃしゃ》な指の隙間からは涙がぽたぽたと零れ落ちる。人の視線が気になり、明智は震える肩を抱いて使われていない教室に逃げ込んだ。誰もいない教室の窓ぎわの椅子に彼女を座らせた。

「好きでたまらない人がいるんですって。でも私、言ったのよ。思ってるだけでもいけないんですかって。

けどそれも駄目だって…」

語尾が消える。再び感情が高ぶってきたのか、細い体が小刻みに震えはじめた。廊下ではせわしなく人の行き交う気配がしている。けれどここだけは別世界のようだった。見ている明智も胸が締めつけられるように苦しくなる。慰めてあげたいけど、適当な言葉が浮かばない。もっと早い時期だったら、映画の撮影が終わった頃だったら、きっと十も百も励ましの言葉をかけてあげられたに違いない。こんな後ろめたさも感じずに。

泣き続ける大友さんを前に、明智はまるで『壇上に立たされた罪人』だった。自分で計画したことだ。こうなるのは十分に予測していた。だけど……砂原はついさっきまで自分の隣にいた。心臓の音が聞こえるぐらい近くに。キスもした。見えないと思ってあんな大勢の人間がいるところで大胆に。そんなスリルを楽しんでいた。

慰めるという行為には、彼女の関心を自分に向けさせるという作戦があったけれど、そんなことなどきれいさっぱり忘れていた。これ以上泣かせたくない。そのために明智は必死で慰めの言葉を探した。

「先生は下手に期待を持たせて自分のことで大友さんを悩ませたくなかったんだよ。もし大友さんの気持ちが先生に通じる運命なら、いつかきっとそうなる。離れてても、どこにいても。だから大友さんは次に先生に会う時のためにもっといい女にならなきゃ。先生が一目惚れするようないい女にね。あっ、今のままでも十分だけど…」

嫌々をするように頭を振るばかりだった彼女が、泣き濡《ぬ》れた顔を少しだけ上げた。

「頑張れ」

大友さんは鼻先と同じように赤くなった目を両手でこすった。そして強張《こわば》ったような表情で笑った。

「そうね、素敵な女の人にならなきゃ……」

明智は大友さんの横に片膝《ひざ》をついた。兎《うさぎ》のような目とかち合う。兎は明智の首筋にしがみついてきた。明智は後ろに倒れそうになる。長い髪が鼻先をくすぐった。…甘い花の香りがした。

「こうやって泣いても迷惑じゃない？」

明智は大きく頷いてみせた。


意識していなくても、それはハッキリしていた。砂原とのことが駄目になって初めて、彼女の中で明智拓《たく》磨《ま》という人間がクローズアップされてきたようだった。今まで夢見ていたことが現実になっていく。彼女は自分を気にしはじめていた。

文化祭の日に明智の胸を借りて大泣きしてから少しの間、大友さんはどことなくよそよそしかった。泣いたのが気まずくて、こちらを避けているような雰囲気があった。それが日が経《た》つうちに別の何かに色を変えた。多分、こっちのことを気にしている。気がつくのに時間はかからなかった。大友さんの視線がいつも自分を追いかけてる。振り返るといつも目が合う。明智は息を潜めていた恋心が、再び大きくなる気配を感じた。

けど単純に喜んでもいられない。万が一、大友さんとうまくいってしまったら、砂原はどうすればいいのだろう。

もとを正せば、砂原と付き合っていたのは大友さんへの牽制《けんせい》のためで、それ以上でも以下でもない。それならあいつは自分のなんなんだろう。休みのたびに出かけて、遊んで…一緒にいるのは楽しいし、面白いし、キスするとドキドキするし、触りたいとか思うけど…。『恋愛』の文字が浮かんで消える。

「男と恋愛かぁ…」

口に出すとたまらなく不愉快だった。けれど砂原との状況はそれ以外の言葉では表現できない。明智は予習していたノートを閉じた。ちっとも集中できないからだ。もっと別の方程式があってスッキリと答えが出てこないものだろうか。そもそも答えってなんなんだろ。考えるのに嫌気が差して明智はそのままベッドに転がり込んだ。


明智の『答え』を迫らせたのは大友さんの告白だった。放課後、偶然に玄関で鉢合わせた時、彼女は逃げるように表へ飛び出していった。別に避けることないじゃないか…そう思いつつ校門を抜けるとそこに、細い影が見えた。

うつむく頭。鞄《かばん》を握り締める細い指は小さく震えている。

「誰か、待ってるの？」

下を向いたまま、彼女は明智の問いに頷いた。

「明智君を、待ってたの」

消え入りそうな声。全部言わなくてもわかった。だから明智は細い手をそっと握り締めた。驚いて顔を上げる。今にも泣きそうな瞳。

「…一緒に帰ろうか」

彼女は小さくコクンと頷いた。別れぎわ、明智は『好きです』と告白された。その場でＯＫする。嬉しかったけれど、心臓は落ち着いていた。現実が想像を超えるようなことはなかったからだ。

その日の夜、明智は考えた。砂原とのことはどうしようと。このまま二人と付き合っていくなんて絶対に無理があるし、まず続かないだろう。そして何よりまずいのは、二股がばれた時だ。悶々《もんもん》と考えたわりに、あっさりと納得する一つの答えに出会った。

『砂原といたって先はないじゃないか』

奴との関係も恋愛かもしれない。たとえそうだったとしても、誰にも話せないし、社会的立場も悪くなるだろうし、結婚もできない。人に色々と言われるのも嫌だ。ほら、一緒にいていいことなんて一つもない。

それなら早いうちに縁を切っておくのが最良だろうと明智は思った。軽傷のうちに…。


車は渋滞にかかってしまい、歩くほどのスピードでしか進まなくなってしまった。砂原は時計と目の前の蛇のような車の列を交互に見ながらチッと舌打ちした。

「次のインターで下りるぞ。少し遠回りになるけど国道沿いに帰る。いつまでもノロノロ運転していられるか」

高速道路を使って三時間ほどのところにある海洋館に行った帰りだった。魚は綺麗だったし、海沿いの小さなレストランで食べたピラフも美味《おい》しかった。文句なしの日曜日だったのに、帰りの時間が近づくにつれて明智は憂鬱《ゆううつ》になった。もうこんな風には付き合えないと、どう切り出せばいいのか迷っているうちに夕方になってしまった。不機嫌に黙り込んでしまった明智を、渋滞にかかってイライラしていると思ったのか、砂原は混み合う高速を抜け出して国道に出た。かなり近くまで帰ってきていたので、国道を走っても帰り着くまでに一時間もかからないだろう。

「疲れたのか」

聞かれても明智は曖昧に笑って誤魔化した。するとそれ以上は何も聞かれなかった。

「少し休んでいくか」

三十分ほど走った頃、砂原は右に曲がり喫茶店の駐車場に車を入れた。


窓ぎわの席に座ると沈む夕日が硝子《ガラス》越しに見えた。注文をすませると砂原は煙草に火をつけた。明智は水を一口飲む。周囲に客の姿は見えない。今が絶好の機会に思えた。

「先生」

ぼんやりと外を見ていた砂原は、明智の声に振り返った。

「今まで僕のわがままに付き合わせてすみませんでした」

向かい側で、不思議そうに首を傾げる。

「別にわがままだとは思ってない」

「やっと先生のことをふっ切れそうな気がするんです」

煙草を吸っていた砂原の指がピタリと止まった。

「やっぱり僕がおかしかったんです。あの頃は色々とあって混乱してて…でも、最近ようやく落ち着いてきたから」

「ああ、ね」

砂原は煙草を灰皿に押しつけた。それと同時に注文した料理がやってくる。無言のまま二人は食事をした。明智が食べ終わるとそれを見計らったように砂原は伝票を手に立ち上がった。

車内で砂原は一言も口をきかなかった。怒ったのかなと横顔を盗み見たけれど、そんな風にも思えない。別れたいと暗《あん》に告げた明智に、砂原は反応らしい反応を示さなかった。ただ頷いただけ。そんな男に明智は『もしかしてこいつは僕のことをなんとも思っていなかったんだろうか』と考えた。キスは何度もしたけどそれだけ。砂原は自分のことを好きだなんて一言も言ってない。雰囲気で、付き合いで、キスしてただけなんじゃないだろうか。

どちらにしろもう少し問い詰められるんじゃないかと身構えていたので、そうでなかったことにホッとした。

「着いたぞ」

いつの間にかうたた寝していたらしい。目を覚ました時には家の近くの公園だった。明智の家は公共団地にあり、道が狭いので、砂原が送ってくれるのはいつもここまでだった。

「今日は楽しかったです」

シートベルトをはずしながらそう言った。

「そうか」

砂原は淡々と答えた。そして明智が車から降りてドアを閉めようとした時に、吐き捨てるように呟いた。

「俺は最低だった」

えっ、と思ってドアを閉める手を止めた。するとドアは内側から強引に引っぱられた。呆気《あっけ》にとられる明智の前で車はものすごい勢いで走り去った。その時になって初めて明智は砂原がひどく怒っていたということに気がついた…。


「砂原先生、何かあったのかな」

掛川が聞いてきたのは『例の日曜日』から十日ほど経った平日の昼休み。文化祭から何かにつけてつるむことが多くなった林田と掛川、三人で弁当を食べていた時だった。

「何かあったたって…なんだよ」

砂原の名前を意識しつつ、明智は問い返した。

「元気ないじゃないか。生徒にあたったりしないけど、口数も少ないし笑わないし…。心配なんだよ、ちょっと前から気にはなってたんだけどさ」

「俺もそう思った。確かに元気ないよな」

すかさず林田が相槌を打つ。鈍い林田が気づくぐらいだから相当なのだろう。でも自分はわからなかった。あの一件以降…故意に、無意識に砂原を見ないようにしていた。

「だから今晩、砂原先生のアパートに遊びに行かないか。色々食べ物持ってさ。パーッと騒いで元気づけてやろうぜ」

賛成、と林田は即座に手を上げる。

「僕はちょっと約束があるから」

不機嫌の原因かもしれない自分が、ノコノコついていくわけにはいかない。申し出を辞退した明智に、当然来ると思っていたらしい掛川は不満そうな顔をした。

「なんだ、明智も来ればいいのに」

呟いてから、林田は思い出したように拳《こぶし》でポンと手のひらを叩いた。

「わかった。大友さんとデートだろ」

明智と掛川が振り返ったのは同時だった。誰にも話してないのに、どうして林田がそのことを知っているのかわからなかった。掛川は『そんな話、初めて聞いたぞ』と身を乗り出す。二人に見つめられて林田は困ったように頭を掻《か》いた。

「お前、誰に聞いたんだ」

責めるような明智の口調に、林田は体を引いた。

「なんだ、言っちゃいけなかったか」

「そうじゃないけどさ…」

「この前、二人で帰ってるのを見かけたんだよ。手とかつないでたし、そうかなと思って…」

いくら『俗世』にうとい男でも、現場を見たのなら気づいて当然だ。

「大友は砂原先生のことが好きなんだと思っていたけれど、明智とは意外だったよ。けどお前は好きだって言ってたもんな。けっこういい感じなんじゃないか。俺としては『大友』って強力なライバルが一人減って、嬉しい限りだ」

上機嫌でニコニコ笑う掛川を見て、林田は眉間に気難しげな皺を寄せた。

「大友さんがライバルって言ってもなあ…」

林田の呟きは、掛川の声にかぶさって消える。

「そういうことなら仕方ない。青春を引き止める権利は俺たちにはないからな。でも暴走だけはするなよ」

肩をポンポンと叩かれる。明智は胸が悶々としたまま、素直に喜ぶことができなかった。


前の日に話していた通り、掛川と林田はその日砂原を訪ねたらしかった。翌日、明智は相手が話し出すのを待ちきれず、休み時間に掛川の席まで行くと、それとなく砂原の話題を振ってみた。

「来週の日曜日に先生と海に行くことになってさ」

待っていましたとばかりに、掛川は嬉しそうに喋《しゃべ》り出した。

「最近、元気ないですよって言ったら『ちょっと疲れてるかな、心配させて悪かった』って笑ってたよ。それから先生、最近車買ったんだってさ。藍色のやつ。表にあったから聞いてみたら自分のだって言ったんだ。乗っけてくれって言ったら、今週は用があるから駄目だけど来週ならどこでも好きなところに連れてってやるって言ってくれてさ」

「へえ…」

得意げに話をする掛川を見ていると、次第にムカムカしてきた。あの車は、僕が欲しいと言ったから砂原は買ったのだ。子供じみていると思われるかもしれないけれど、あの車の助手席には自分以外の誰も座らせたくない。けれどそんなことが言えるはずもなく、『よかったな』と心にもないことを口にしながら笑うしかなかった。苛々《いらいら》する明智の背中を林田は指先で軽くつついた。

「二人一緒に誘われたんだぜ。それなのに掛川は俺に来るなって言うんだ。ひどいと思わないか」

「いいだろ。先生と出掛けるなんてチャンス、二度とないかもしれないんだ。正直言うとさ、大友のことはかなり意識してた。明智と付き合ってるって聞いてホッとしたんだ。けどそのあとで、これから先に先生を好きだって人間が現れないとも限らないって気づいてさ。だからそんな奴が何人現れても負けないぐらいに先生と仲良くなる。それで、いくら時間がかかってもいいから俺のものにする」

明智は一瞬目の前が真っ暗になった。俺のものって、それなんだよ。足の力が抜けるような気がして、手近の椅子にストンと座り込んだ。

「そういうことだから、悪いなあ林田。今回は遠慮してくれ」

「行きたいって言ってもどうせ聞いてくれないんだろー」

林田は恨めしげに掛川を睨む。そして明智の耳許にこっそり囁いた。

「…男同士って不毛だよな。掛川っていい奴なのに、どうして男がいいんだろうな。俺も砂原先生のことは好きだけど、キスしたいとは思わないんだよな」

そんな林田の懸念《けねん》も掛川には伝わらない。

「好きな人はいないって言ってただろ。押し切るなら今だと思うんだよ。明智にも彼女ができたんですよって話したら、そりゃ俺ものんびりしちゃいられないなって笑ってたし」

椅子を倒しかねない勢いで明智は立ち上がった。

「掛川っ、僕が誰と付き合ってるか先生に話したのかっ！」

「映画の主演女優だって言ってやったよ。何かまずかったか？」

顔がザッと青ざめる。これまで大友さんと付き合っていることはわざと隠してきた。理由は砂原に知られたくなかったからだ。別れてからまだ十日しか経ってない。いくらなんでも早すぎる。青くなって黙り込んだ明智の肩を、掛川はポンと優しく叩いた。

「心配するなって。今、大友と付き合ってるのはお前だろ。自信を持てよ。それに先生が人の彼女に手を出すと思うか」

話しかけてくる掛川を無視して教室の外へ出た。トイレに入り、個室に閉じこもる。

「ヤバイよ。どうすりゃいいんだ…」

頭をかかえる。掛川の話を聞いて砂原はどう思っただろう。『別れたい』と言ったことと、大友さんと付き合いはじめたことがなんの関係もないと思うだろうか。関係のあるなしはわからなくても、『変だ』とは思うはずだ。タイミングが悪すぎる。…絶対にバレた。

どう思われているのか、どこまで知られてしまったのか気になって仕方ない。チャイムの音で教室に戻りはしたものの『知られてしまったであろう』ことが頭の中を支配して、結局一日中勉強が手につかなかった。

放課後、明智は決心した。本人に直接聞いてみるしかない。掛川は大友さんと付き合っていると話した時、砂原が笑っていたと言っていた。自分が気にするほど、向こうは気にしていないのかもしれない。

…明智は人のいなくなった西日の強い教室で、砂原と二人きりになる口実を必死に考えた。


あたりはすっかり薄暗くなり、職員室にも明かりがついている。けれど残っている先生はもう数えるほどしかいなかった。砂原は薄水色のピンストライプの半袖シャツを着て、椅子に腰掛けていた。背中を丸め、机に向かって熱心に書き物をしている。山と詰まれたプリントが見える。ひょっとしたら、テストの採点をしているのかもしれない。

「砂原先生」

どうやって声をかけようかと散々考えて、結局出た言葉はソレだった。振り返った砂原は、そこでようやく自分だと気づいたようで、『なんの用だ』と緩《ゆる》く首を傾げた。

怒った顔でも笑った顔でもない、ごく普通の表情。気まずさに続く声が出ないのではないかと思っていたけど、そうでもなかった。

「文化祭用に撮った映画なんですけど、あれをダビングしたいんです。知り合いがどうしても見たいと言ってるんで…」

あれか、と砂原は右手で顎を押さえた。

「八ミリフィルムは特殊な機械じゃないとダビングはできないぞ。どうしてもコピーが欲しいんだったら映写機で流しながらビデオカメラで撮っていくのが一番手っ取り早いんだが…」

砂原はチラリと壁の時計を見た。

「今日は時間も遅いし、明日にしたらどうだ」

「機械の使い方だけでも教えてくれませんか。そうしたら一人でもできると思うんで」

何か言いかけて、砂原はふと口を閉ざした。考え込むような素振《そぶ》りを見せる。短い沈黙のあと、ゆっくりと椅子から立ち上がり、鍵棚の中から視聴覚室とその隣の準備室の鍵を取り出して右手に握り締めた。

「…ついてこい」


西日の消えかけたオレンジ色で、廊下は寂しい色合いに染まっている。教室に残っている生徒もいない。

大友さんは先に帰したし、掛川や林田が帰ったのも確認ずみだ。あの二人に見つかるとあとが面倒だから帰るまで待った。

砂原は最初に準備室の鍵を開けた。四畳ほどの小さな部屋の壁全体が棚になっていて、古いレコードやビデオの類《たぐい》がところ狭しと詰め込まれている。

「ここにフィルムがある」

砂原は戸棚の中から、『Girl《ガール》』とラベルの貼ってあるフィルムの箱を取り出した。

「あとは映写機とビデオカメラだな。少し前にもあのフィルムのコピーが欲しいという生徒がいたから一本作ったことがある。ビデオカメラの位置もいい場所に印をつけてあるから…まずは映写機をセットして…」

淡々と事務的に作業がこなされていく。二人きりになれば砂原がもっと違うことを話しはじめるんじゃないかと思っていたのに、完全に無視されているような気がする。なんだか虚《むな》しい。こんな風に呆気なく『先生と生徒』という関係に戻るなんて思ってなかった。このままだと本当に八ミリをコピーするだけで終わってしまいそうだった。

「実は僕、大友美奈子《みなこ》さんと付き合うことになりました」

きっかけを作った。砂原がゆっくりと顔を上げる。

「そりゃよかったな」

相槌のように呟く。よかったと言っても、その顔に表情はない。

「可愛くて、優しいんです。姿だけじゃなくて本当に心から…」

「のろけを聞かせるために俺を呼んだんだったらもう帰るぞ」

砂原はそばにあった机を乱暴に叩いた。大きな音が、小さな部屋の中で反響する。ようやくその感情が見えてきた。

「先生にはやっぱり知っておいてもらいたいと思ったんです」

しおらしい態度でうつむく。言い訳は考えてある。口を開きかけた時、大きなため息が聞こえた。

「お前の性格がお世辞にもいいと言えないのは知っていたけれど、ここまで人の気持ちを考えない奴だとは思わなかった」

呆《あき》れたような口調に明智はギョッとする。しかも砂原の反撃はそれだけでは終わらなかった。

「俺をここに呼んだ理由を推測してやろうか。どうせ言い訳だろ。掛川から大友と付き合ってるのが俺にばれたんでそのフォローに来たんだ」

すべて知られている。ゴクリと生唾《なまつば》を飲み込んだ。気まずい明智の表情を一つ一つ読み上げるように砂原は続けた。

「最初からおかしいと思ってたんだ。俺を嫌いだって態度にも表情にもしっかり表してたお前が俺のことを好きだと言ったんだからな。初めはそんなの信じちゃいなかった。だけどお前の演技に丸め込まれて、すっかり騙《だま》されたよ。手首まで切るなんざなかなか凝《こ》ったシナリオじゃないか、大成功だったたな。俺が大友を振ったあと、お前は晴れて彼女と恋人同士になった。そうなりゃ当然俺は邪魔者だもんな」

「あんた、全部知ってたんだ…」

「知らなかったよ。掛川にお前が誰と付き合っているか聞くまではな。よく考えりゃ単純な図式だ。まさかと思ってたけどこれで決定的というわけか。理由がわかった時、腹が立つ前に呆れたよ。お前みたいなどうしようもない奴が一時でも気になってた自分が馬鹿だと思った。けどもうお前のことは気にしてないから、お前も俺のことなんか気にしなくていいぞ」

あっさりと切り捨てられて、返す言葉も出ない。砂原は出しかけた映写機を丁寧《ていねい》に箱の中に片付けた。

「俺もお前と話す機会が欲しかったから好都合だったよ。どうせフィルムのコピーは口実なんだろ。だったらもう用はないな。本当に欲しくなったら、次は林田に使い方を教えてもらえ」

砂原はすっきりとした顔をしている。反対に明智は気まずさと悔しさで胃がムカムカした。一方的に自分が悪者にされて、無茶苦茶気分が悪い。目の前の男に一矢報《いっしむく》いない限り、引き下がれるものかっ。

言いたいだけ言って奴が準備室を出ていこうとする気配がする。明智は先回りして入り口の扉の前に立った。

「まだ何か言い忘れたネタでもあるのか」

強烈な嫌味だった。カッと頰が熱くなる。なんでもいいから相手を打ちまかしたい。…泣かせてやりたい。

「そこまで知ってるのなら、中途半端じゃなくて全部知りたくない？　僕があんたのことをどう思ってたかとかさ。…確かに僕はあんたが大嫌いだった。ちびのくせして口うるさいんだもんな。それでも大友さんはあんたのことが好きだって言うから、仕方なく手を打ったわけさ。まさかあんたが本気で僕のことを好きになるなんて思わなかったよ。仕方がないからあんたに合わせてやってたけど…けっこううざったかったんだよね」

砂原の表情がみるみる険しくなる。明智は肩を竦めて苦笑いした。こういう場合笑ってやるのが何よりも効果ありそうだと思ったからだ。

「だんだんエスカレートしていったのには参ったね。あんたもおかしいんじゃない。自分の顔をもう一回鏡で見てみろよ。恋人を親友に取られたって言うけど、その背と顔じゃ無理ないと思わない？」

砂原の顔がザッと青くなった。何を言っても手は出さなかったのに『前の恋人』の話が出た途端に明智の胸ぐらをグッと摑んだ。それも背が低い砂原では形にはならず、一歩後ずさるだけで指は簡単に離れた。

「お前と話していても時間の無駄だ。そこをどけ」

怒鳴《どな》られても、明智はドアの前から動かなかった。そんな態度に業《ごう》を煮やしたのか、砂原は明智を押し退《の》けるようにしてドアノブに手をかけた。開きかけたドアを明智は足で乱暴に蹴った。

「話はまだ終わってないでしょ」

なおもドアノブにかきつく男の腕を摑んで、ドアから引き剝《は》がした。

「俺はお前と話すことは何もない」

きつい目で睨み返すこの人をメチャメチャにしたいと思った。二度と立ち上がれないぐらい、何も言えないぐらい傷つけてやりたい。

「あんた僕のことが好きだったんでしょ。思いをかなえてあげましょうか」

「…お、お前は何を考えてるんだ」

「多分、今あんたが考えたのと同じことだよ」

返事を待たずに無理矢理キスした。甘い言葉も吐息もない、がっつくようなキス。砂原は嫌がって両手で殴りかかってきた。抵抗を右手一つで押さえ込み、左手で髪の毛を摑んで頭を固定し唇の中を貪《むさぼ》る。こんな状況なのにひどく刺激的で、背筋がゾクゾクした。

キスをしながら右手の指をバックルにかけた。ベルトをはずしてジッパーを引き下げる。そこから指を忍び込ませた。下着ごと中心を強く握り締めると、砂原の体がビクリと震えた。握ったり緩めたり、自分のをする要領で刺激する。最初は柔らかかったそれが次第に固くなってきて、ドアに背中を押しつけたまま砂原はずるずると座り込んだ。目も閉じないまま明智を睨みつける。

「いっ……いや…だっ」

拒絶も無視する。自分の体は信じられないぐらい熱くなり、小さな男の体を夢中になって愛撫した。砂原を苦しめるためにしているのか、自分がしたいからしているのかだんだんとわからなくなる。苦しめたいのに、感じさせたい。よがらせて自分の名前を呼ばせたい。

欲望のままシャツのボタンをはずし、胸許をはだけさせた。薄桃色の突起を乱暴に摘む。砂原は一瞬泣きそうな顔をした。

「あんたここが感じるんだったっけ」

フッと笑った途端、頬に刺すような痛みを感じた。平手打ちされたと気づくまでに数秒かかる。体が離れた隙に砂原は明智に背を向け立ち上がろうとした。

背後から飛びかかって、床に押し倒す。うつぶせのまま押さえ込むと、砂原はろくに抵抗できなくなった。それをいいことに、砂原のスラックスを太腿まで引き下げた。

「やっ…やめろ…やめてくれ…」

小さな尻の隙間に、とうに猛り狂っていた自身の欲望をねじ込む。かなりきつい。強引に突くと、少しだけ入った。

「痛っ、痛い……うっ…」

砂原はうつぶせたまま、両手を強く握り締めてブルブル震えた。小さい背中に折り重なるようにして、明智はさらに強く腰を押しつけた。

イッた直後は、凄《すさ》まじい優越感に浸《ひた》っていた。強引に力でねじ伏せたのに、それでも勝ったと根拠もなく思った。

体を離しても、犯した体はすぐには動かなかった。しばらくしてようやくノロノロと体を起こすと、緩慢《かんまん》な仕種で服の乱れを直しはじめた。衣擦《きぬず》れの音だけが聞こえる。じっと見つめていると、視線に気がついたのか砂原は振り返った。

「満足したかよ」

目は赤く、唇は腫《は》れていた。

「やって満足か」

返す言葉が見つからない。

「何を言っても何をされても俺が傷つかないと思ってるのか。どこまで人をコケにすれば気がすむんだよ。俺はお前に文句を言わなかったろ。切り捨てられた時だって問い詰めも泣きつきもしなかった。いいように利用されたんだとわかった時も、お前からきっかけを作らなきゃ忘れてやるつもりだったんだ。それを、お前は馬鹿みたいな言い訳をするために俺を呼び出して…」

砂原は腕を大きく振り上げた。蛍光灯の明かりの下、チカリと何かが光った。硬いものが右の頬にあたる。鈍い痛み。チャリンと音をたてて床に落ちたものは、鍵だった。

「戸締まりして帰れ。もう今後一切俺にかまうなっ」

ドアの閉まる音が大きく響いた。鍵を拾い上げたあと、明智はしばらくその場に佇《たたず》んでいた。文字通り今度は自分が捨てられた、見限られたと気づくまでにそう長い時間はかからなかった。

砂原は『俺にかまうな』と言った。好都合だし、自分も忘れるつもりでいた。どういう形にしろ、終わってせいせいした。

けれど、学校の中で砂原の姿を見つけると胸の底がチクチクした。近づいてくるな、とわかると少し身構えた。すれ違う瞬間の緊張感、そのあとの憂鬱を言葉で言い表すことはできなかった。これはなんなんだろうと考える。切り傷みたいに、思い出したように痛み出す。どうすればいいのかわからないまま、時間だけが淡々と過ぎていった。

大友さんとデートしても楽しくなかった。一緒にいると嬉しいし、可愛いと思うけれど家に帰るとため息が出た。砂原といた時にはこんなことなかったのにな…と思うと猛烈に腹が立った。

二人で遊びに行く場所は、前に砂原と一緒に来たことのある場所がほとんどだった。せっかく彼女と歩いていてもつい昔の記憶をたどってしまう。あそこで昼を食べたとか、あの店に入ったなとか…。

少しも楽しめないデートを繰り返す。今日はつまらなかったけど、次なら、その次なら…と期待する。ある日、デートの途中でぼんやりしていた明智は、大友さんの話をちゃんと聞いていなかった。聞いてないくせに適当に相槌を打っていたので、少し怒られた。

彼女はうつむき、唇を噛んだ。

「明智君、私と一緒にいても楽しくないのよね。いつも上《うわ》の空《そら》だもの。いいよ、帰ろう」

先に走り出した彼女を慌てて追いかけた。自分が思うよりもずっと敏感で、鋭い。ようやく追いついて捕まえた時、大友さんは泣き出す寸前の顔をしていた。

どうしていいのかわからなくて、謝るのも白々しくて、明智はただ彼女を強く抱き締めた。

砂原という存在を意識したくない。それなのに聞きたくもない情報は掛川から嫌というほど流れてきた。月曜日、学校へ行くとにやけた顔で上機嫌の掛川が明智に近寄ってきた。

「昨日は最高だった」

なんのことかわからず首を傾げると、掛川は『鈍いなあ』と眉をひそめた。

「先生とデートしてきたんだよ。海ならどこでもいいって言ったら、都氏浦ってとこに連れてってくれたんだ。知る人ぞ知る…みたいな場所でさ、突き出した崖《がけ》の上から海を見たらすごく綺麗で感動した。結局時間がなくて海しか行けなかったんだけど、暇な時にはもっと色々なところに連れていってやるって言ってくれたんだ」

知らないうちに、握り締めた指先に力が籠《こ》もった。それは僕が教えた場所だ。二人で地図帳を見ながら、地元の人に道を聞いて…。砂原の無神経さに腹が立った。掛川と仲がいいことを知っているくせに、話が全部こっちに流れてくると思わないんだろうか。それを聞いた『僕』がどう思うかも。それに僕が駄目なら掛川か。よっぽど年下の男が好きなんだな…。

「今度は俺も連れてけよ、掛川はずるいぞ。俺だって先生の車に乗ってみたかったのに…」

いつの間にか横にいた林田が唇を尖らせる。掛川はあからさまに嫌そうな顔をした。

「明智もなんとか言ってくれよ〜。そうだ、次はお前も一緒に行こう。明智は乗ったことないだろ、先生の車」

林田が後ろから肩を摑んで大きく揺さぶる。掛川の話に苛ついていた明智は、乱暴に林田の手を払った。

「僕はもう乗った」

ぞんざいに吐き捨てたあとで『しまった』と内心、舌打ちする。掛川の表情が笑顔が一変したからだ。慌てて適当な言い訳を考える。

「九月の終わり頃だったかな。街で先生に会ったんだよ。僕は買い物の帰りでバスを待ってたんだけど、待ち時間がけっこうあってさ。そしたら先生が同じ方向だから乗せてやるって言ってくれたんだ」

「じゃあどうして先に言わなかったんだよ」

責めるような掛川の口調が怖い。車に乗った順番ぐらいで怒るなよっ、と背中に冷や汗が流れる。

「大したことじゃなかったから、今まで忘れてたんだ」

掛川は目を伏せ、フッとため息をついた。

「…お前に先を越されてたのは残念だけど、まあいいか」

適当な嘘を信じてくれたようで、ホッと胸を撫《な》で下ろした。いくら親密な関係でなくなったとしても、すべてを知られるわけにはいかない。セックスをしたなんて…それも無理矢理だと知られたら、間違いなく殺される。

「先生の話が出たところでさっそくなんだけどさぁ」

林田が話に入ってくる。

「今日、先生のアパートに遊びに行かないか。イランの映画が手に入ったって言ってたから、見せてもらいに行こうよ」

僕は遠慮するよ…と肩を竦めて逃げ出した明智は、喉許がツンとつっかえて立ち止まった。林田が首根っこにタックルしてくる。

「大友さんなら今日、休みだって言ってたぞ。たまには友達に付き合えよ〜」

そう言ったあとで、こっそり耳許に囁《ささや》かれた。

『…一緒に来てくれ、頼むよ。掛川と二人だとさ、ヤツが先生にベッタリで俺だけ疎外感あるんだよ。すっごく居づらくってさ』

「けど…」

「お願いだよ、明智」

懇願する林田を断りきれずに放課後、明智は二人のあとについていった。いくら誘われても、本気で行かないという気持ちがあれば、嘘をついてでも断ることはできた。それをしなかったのは、林田に強引に連れてこられたという建前があれば、自分の意思で『会う』ことにはならないと言い訳ができるからだ。

…きっかけが欲しかった。話すこともないけど、ただ砂原に会うきっかけが欲しかった。


七時過ぎに訪ねていくと、砂原はもうアパートに帰っていてTシャツにスエットと楽な服装に着替えていた。林田が『新しい映画、見せてもらえませんか』と言うと『仕方ねえなあ』と呟きながら部屋の中に入れてくれた。

視聴覚室の一件以降、間近で顔を見るのは初めてだった。やっぱり気まずかったからだ。掛川と林田の後ろにいた明智に気がついても砂原は表情を変えない。もしかして自分だけ玄関で追い返されるのではないかと危惧《きぐ》していたので、すんなり第一関門を突破したことにとりあえずホッとした。

砂原は以前となんら変わらない態度で自分に接している。けれどそれが表面上だということにはすぐ気づかされた。こっちには話を振らないし、目を合わせようともしない。明智が話をしていたら頷きはするけど、それだけ。『じゃあさ』『それなら』と話を続けるような相槌は一言もない。まるで自分だけが存在しないみたいに、ひっそりと無視される。自分たちの間には、二人にしか見えない防弾硝子のような分厚い仕切りがある…。

『持って帰った仕事があるんだよ。ちょっと片づけてくる。お前ら、好きに見てろよ』そう言い残して、砂原は居間を出ていった。少し時間を置いて、明智も手洗いに行くふりで立ち上がる。寝室になっている部屋をそっと覗き込むと、ベッドの隣にある小さな机に細い背中があった。ペンのカリカリという音が入り口まで聞こえる。足音を忍ばせて中に入り、そっと後ろから覗き込んだ。この前やったテストの採点だ。人の気配に気がついたのか、砂原はビクリと体を震わせると勢いよく振り返った。

「見るなっ」

嫌がっているのを知っていて、わざと大げさな身振りで覗き込む。砂原は乱暴に用紙をひとまとめにするとバッと裏返した。

「僕のクラス、そのテスト終わってますよね。少しぐらい見たって支障ないと思うんですけど」

砂原は不機嫌さを隠そうともしなかった。険しい表情に、睨みつける目、強く引き結ばれた口許。掛川と林田のいる前とは違う、全然態度が違っている。

「俺が何を考えてるかわかるか?」

感情を押し殺したような静かな声で、砂原は喋った。

「なんだろ? わかんないな」

「今すぐ俺の目の前から失せろっ」

唸《うな》るように吐き捨てると、砂原は机の上にあった参考書を明智に投げつけた。至近距離で分厚い本が顔面にあたる。それも痛かったけど、こんな近くで、まるで犬でも追い払うように本を投げつけられたことがショックだった。

「友達の手前、追い返さないでいてやったんだ。そうじゃなきゃ誰がお前なんか家に上げるものか。帰れよ。もっとはっきり言ってやらなきゃわからないか。同じ場所で、同じ空気を吸ってるのでさえ我慢できないんだよ。吐き気がする」

怒りで体が小刻みにブルブル震えた。言うだけ言うとすぐに机に向かった砂原には見えなかっただろう。ここまでコケにされて、それでも居座っているほど図々しくはなれない。でも、出ていくにしてもこのままじゃ腹の虫がおさまらない。

「言われなくても帰るよ。本当は来たくなかったけど、林田に付き合わされたんだ。あ、そうだ。気づいてないかもしれないけど、掛川ってあんたのことが好きなんだってさ。こんなチビで不細工のどこがいいのか知らないけど、人の趣味ってわかんないよね」

振り返った砂原は一瞬泣きそうな顔をして、それを見た瞬間に胸がズキリとした。うつむき、ペンの先を二、三度振ったあと、砂原は小さく息をついた。

「…お前は最悪だよ。これ以上、俺を幻滅させるな。掛川はいい子だよ…それに俺は言わなかったか。顔も見たくない、吐き気がするってな」

強い眼差《まなざ》しで『帰れ』と言われた。最悪と言われても明智は何も言い返せない。言えないことが悔しくて、部屋を出ていく時にわざと大きな音をたててやる。けれどそれも腹立たしさに拍車《はくしゃ》をかけるだけだった。居間に戻ると、掛川が立ち上がってこちらに近づいてきた。

「すごい音がしてたけど、あれなんだ」

明智は無言のまま学生鞄を摑むと、玄関に向かった。掛川があとを追いかけてくる。

「どうした、何怒ってるんだよ?」

「別に」

取り付く島のない返答に、掛川も戸惑うように眉をひそめた。

「先生と喧嘩でもしたのか」

「そうだよ。じゃあな、ばいばい」

砂原のアパートを出るなり走った。悔しくて悔しくて、気づけば涙まで出ていた。嫌われたって別にかまうもんか。最悪とか、吐き気がするのはこっちも同じだ。あんな変な顔、とっくに見飽きた…。

走る速度を緩める。立ち止まった。振り返る。後ろに続くのは街灯の明かりのみ。もう少しだけ歩く。振り返る。どんなに目を凝らしても、追いかけてくる人影はない。どうして今日、自分は砂原のアパートに行ったんだろう。用もないのに、断ればよかったのに。何か期待してたんだろうか…。

あんなことしたのに…砂原があの性格で『やっぱり好きだ』と自分に泣きつくとでも思ってたんだろうか。たまらなく虚しかった。そういうことを少しでも、心の片隅で期待してしまった自分がすごく情けなかった。


勉強に行き詰まってるわけでもないし、苛《いじ》めにあってるわけでもない。それなのに学校に行きたくないと思った。学校に行けば、どんなに気をつけていても砂原に遭遇してしまう可能性があるからだ。廊下ですれ違ったからといって、後味の悪い気まずさを思い出すだけで、特別何かがあるわけではないけれど…。

昼休み、一人でぼんやり窓の外を見ているのと、砂原が校庭を歩いているのが見えた。制服じゃないからすぐわかる。広い校庭を横切って、正門から外へと出ていった。時計を見ると十二時十五分過ぎで、外の店に弁当でも買いに行ったのかな…と思ってじっと待っていると、五分ほどして正門をくぐり帰ってきた。右手にビニール袋を持っている。

何を買ったのかな、弁当かな…と考える。前に一緒に食事をした時、ハンバーグは好きじゃないとか、ピーマンは食えないとか意外と好き嫌いが多かったことを思い出した。ものの数分で校庭を横切り、砂原は校舎の中に消えていった。

会うと気まずいのに、今日は見ていても平気だった。それどころか、帰ってくるまで待っていた。どうしてだろうと考えているうちに、砂原が自分を見てなかったからだと気がついた。こっちに気づかないだろうとわかってたから見ていられる。睨むような視線も、最悪だという言葉もないから…。それじゃあ、本当は会いたくて、話をしたいんだろうかと思ったけれどわからなかった。自分の気持ちなのによくわからなかった。

そうしているうちに、待ち望んだ冬休みに突入した。休みになれば学校に行かなくてすむから、砂原に偶然会うなんてこともなくなる。少しは気分的に楽になるかと思っていたのに、冷め切った水を何かの間違いで沸騰《ふっとう》させたみたいに、砂原に会いたくて会いたくてたまらなくなった。

嫌われて、拒絶された。身を持って知っているはずなのに顔が見たい。ちょっとだけでいいから話がしたい。最悪とまで言われた相手に未練を持つ自分が女々《めめ》しくて格好悪かったけれど、湧き上がるような感情はどうしようもなかった。

砂原のアパートに行きたい、飛んでいきたい自分をかろうじて抑え込んでいたのは、明智拓磨としてのプライドだった。こんなの自分らしくない、スタイルに合わない。言ったこと、したことを謝りたくなんかない…会いたい裏側にはそういう気持ちがあった。

会いたいけど会えないジレンマ、その反動のように明智は大友さんに頻繁に会った。優しくして、大事にする。彼女に優しくするたび、あの男のことを考えた。本当は僕にこうしてほしかったんだろうなとか、こう言ってほしかったんだろうな…と脳裏を過《よぎ》る。

砂原はこんなこと知らない。あてつけるみたいに大友さんに優しくしても、それを砂原が知ることはない。明智の虚しい自己満足でしかなかった。

砂原が忘れられない。大友さんにも夢中になれない。どれだけ時間が経っても、自分の気持ちは中途半端なままだった。


元旦は大友さんと初詣《はつもうで》に行く約束をした。林田からも一緒に行かないかと誘われたけど『先約があるから』と断ったら、それ以上は詮索されなかった。

午前十時、待ち合わせの駅前公園に行くと大友さんは先に来ていた。けど最初見た時は誰なのかわからなかった。着物を来て、綺麗に化粧をした彼女はまるで別人だったからだ。二日と間を置かず会ってるのになんだか照れくさくて、二人はあまり話をしないで歩いた。

「綺麗だね」

歩きながら話しかける。大友さんは着物の袂《たもと》をちょっと広げて見せた。

「姉さんが成人式の時の着物なの。結婚したから振り袖は着られないからって私がもらったの」

「いや、着物じゃなくて…」

大友さんはパッと赤くなった。

「お化粧したの初めてでちょっと恥ずかしいんだけど」

「綺麗だよ。最初見た時は君だってわからなくて、雑誌のモデルかと思った」

「また、冗談ばっかり」

大友さんが明智の肩を軽く叩き、綺麗な顔で笑った。神社が近づくにつれ、人が多くなってくる。草履《ぞうり》が慣れないのか、遅れがちになる大友さんと手をつないだ。つないだ指先の感触は、小さくて柔らかい…。

「明智」

聞き覚えのある声に振り返る。林田だった。

「あけましておめでと。美人と一緒じゃ男とつるむ気にならないだろうなあ」

林田は大友さんに笑いかけた。彼女も『あけましておめでとう』と小さく頭を下げる。

「一人なのか」

聞くと、林田は首を横に振った。

「あっちに掛川がいる。先生も」

指さす方向を見ると、掛川が右手を大きく振っていた。その横に砂原がいて、一瞬息を呑む。二人でいるところを見られた。そう思うと、緊張して背中がゾクリとした。

「じゃあな、またガッコで」

林田は人混みの中を縫うようにして二人のほうへ戻っていく。

「明智君?」

「んっ」

「何を見てるの」

……こちらを見ようともしなかった男の後ろ姿を、見えなくなったあとまで必死になって追いかけていた。


新学期になっても大きな変わりはなかった。目も合わさないし話もしないくせに、いつも砂原の存在を意識していた。期末試験が近づいてきた二月の終わり、明智はその噂を初めて耳にした。

昼休み、弁当を食べ終えると同時に、掛川は下級生に呼ばれて教室の外へと出ていった。部活動もしてない掛川を下級生が呼び出す理由は一つしかない。

「掛川に恋するなんて、不幸だよなあ」

学食の、三つ目になるパンをムシャムシャと齧《かじ》りながら林田は呟く。相槌を打ちながら、明智は上目遣《うわめづか》いに林田を見上げた。

「でさ、掛川ってどうなってるの」

どうって？　と林田は問い返す。

「先生に告白とかしたのかな」

林田は腕組みしたまま『ウーン』と唸った。

「まだだと思うぞ。この前、決心がつかないって言ってたから。そりゃそうだよな。相手が相手だもんな」

ははっ、と苦笑いしたあと、林田は思い出したように『そういえばさ』と身を乗り出してきた。

「砂原先生って今年異動するみたいだな」

「異動って…高校を変わるってことか」

そうそう、と林田は大きく頷いた。

「ここに来てもう三年だろ。ちょうどそういう時期なんだってさ。八割方異動だろうって言ってたよ。独り身だから遠くに飛ばされるかもしれないって言ってたな」

砂原がいなくなる…林田は三つ目のパンの残りを口の中に押し込んだ。

「話を聞いた時、掛川のやつメチャクチャ落ち込んでてさ。けどすぐ立ち直ったな。あいつバイクの免許持ってるから、休みごとに会いに行くって言ってたよ。パワフルだよな」

明智はバイクはおろか原付の免許さえ持ってない。異動になったら、学校で姿を見ることもなくなる。引っ越しでもされたら一生会えなくなる…。ちょうどよかった。あいつなんか異動になればいい。そしたら自分を悩ますものが全部なくなる。

「おい、明智」

当惑したような林田の声に振り返る。それと同時に膝の上にポタリと涙が零れた。泣いているという自覚がなかったから、自分で驚いた。

「あ、ちょっと目にゴミ入って…」

慌てて目頭を押さえると、涙腺が壊れているみたいに涙がボタボタ落ちた。体もおかしくてガタガタ震えてくる。

「大丈夫かよ、どうしたんだよ」

「なんでもない、なんでもない…多分…」

「嘘つけ、お前おかしいぞ」

慌てて椅子から立ち上がり、教室を出た。学校でプライベートを死守できる場所なんて限られている。トイレの個室に籠もり、鍵をかけた途端に体中の力が抜けて、その場にしゃがみ込んだ。涙は止まらないし、体は震えるし、胸もズキズキして痛い。うずくまったまま明智はヒックヒックとしゃくり上げながら大泣きした。欲求不満が体の内から滲《にじ》み出ているみたいで、自分がこんな風になるなんて信じられなかった。

こうなってしまった理由、それを考えるのももう嫌だった。

終業式の当日は、朝から気分が悪かった。食欲がないから食事には手をつけずコーヒーを飲んだだけ、調子が悪い理由はわかっている。ここ一週間ほど、まともに寝てないからだ。ベッドに入って横になると、色々と考えてしまう。

遅刻ギリギリの時間に登校すると、みんな終業式のある講堂に移動している最中だった。鞄を机の上に放り投げて、自分も群れの中に加わる。

講堂に入ると、クラスごとに整列し終業式が始まる。そしていよいよ、学校行事恒例の、校長の長話が始まった。ようやく話が終わったのは、話が始まってから四十五分後。気分が悪いうえに長時間立たされて、明智は頭がフラフラするような気がしていた。

終業式が終了し、生徒がドッと講堂を出はじめる。明智は人の波を少しはずれて、遠回りしながら出入口に向かった。前を担任の藤崎《ふじさき》先生が歩いてるな…と思って見ていると、隣に砂原がいて驚いた。背の低い男の頭は生徒の頭の中を見え隠れした。無意識にあとを追いかけていた明智を引き止める手。振り返ると掛川だった。

「砂原先生見なかったか。ちょっと話したいことがあるんだけど」

明智は咄嗟に今出てきた講堂を指さした。

「まだ中にいた」

「うわっ、マジ」

掛川は人の波に逆流するように講堂へと引き返す。悪いなんて思わなかった。前を向いた明智は、見失った後ろ姿を探して走った。

やっと追いついたのは職員室に入る直前だった。めいっぱい手を伸ばして、中に入りかけた砂原の腕を摑み、思い切り引っ張った。入る直前で不意打ちを食らった砂原は三歩ほど後ずさり、振り返った。自分を引き止めた男の顔を見て、砂原は驚いたように目を大きく見開いた。

捕まえたけれど、引き止めたけれど、それには何か目的があったわけじゃない。ただこれで最後だと思ったら走り出していた。手が、出た。

何も言えない。言葉が出ない。沈黙の間に砂原の表情が変化する。眉間にグッと寄せられた不機嫌な皺、いぶかしむような眼差し。見ているうちに胸がギッと痛くなった。砂原が乱暴に肩を揺さぶると、指が離れた。慌てて砂原の腕を摑み直す。強く握り締めた。

「ごめんなさい」

頭で考える前に、言葉が出た。砂原はわずかに首を傾げた。

「…ごめんなさい」

うつむいて、小さな声でもう一度繰り返す。その背中を誰かに押された。

「あぁ、悪いね」

物理の田中《たなか》の声。バランスを取ろうと前に一歩踏み出すと、膝に力が入らなくてガクリと前のめりになった。そのままへナへナと座り込む。立とうと背筋を伸ばすと同時に目の前が真っ暗になった。人の声は聞こえるのに、目が見えない。頭が落ちていく。怖くて、とてつもなく怖くて、明智は『先生、先生』と繰り返しながら、見えない闇の中にすっぽりと落ち込んでいった。

目が覚めた時、最初に視界に飛び込んできたのは保健室の白い天井だった。ゆっくりとあたりを見回すと、ベッドの脇に人の気配があった。…砂原がいた。

「目、覚めたか」

明智はゆっくりと頷いた。

「頭痛かったり、吐き気がしたりしないか」

首を横に振る。

「お前は職員室の前で倒れたんだよ、覚えているか」

なんとなく…と返事をする。

「校医の吉田《よしだ》先生は貧血だろうって言ってたよ。寝てたのは二十分ぐらいだ。今はHR《ホームルーム》の時間だけど、出席しなくていいから少し寝てろ」

声が優しい。たったそれだけのことなのに嬉しい。明智はじっと砂原の顔を見つめた。砂原は視線を逸らすと椅子から立ち上がり、白いカーテンをめくった。行ってしまう…わかっていても引き止める言葉が思いつかない。

背中を向けてから、砂原は振り返りもしなかった。この前に枯れきってしまったのか涙も出ない。明智は毛布を頭からかぶるときつく目を閉じた。

限りなく憂鬱な春休みが始まった。平日は塾に行き、土日は一日中家でダラダラとゲームをしたり、本を読んだりして過ごす。暇を持て余していたけれど、大友さんを誘って遊びに行こうとは思わなかった。それに誘おうにも彼女は春休み中、家族で祖父母の田舎《いなか》に帰ってしまっていた。

新聞だけは欠かさずに目を通し、とうとうその日はやってきた。教職員異動の欄に、砂原の名前を見つける。名前も聞いたことがないような小さな高校に転勤になっていた。なんとなく、なんとなくだけど、すべてが終わった…そんな気がした。

電話があったのは新聞に異動が掲載された翌日、水曜日だった。午後四時過ぎ、塾から帰ってきた明智が二階の自室へ行こうと階段を上りかけたところで、家の電話が鳴りはじめた。両親はまだ仕事から帰ってきてない。リビングまで戻り、ローボードに置かれてある受話器を手に取った。

「はい、明智です…」

相手からの反応がない。沈黙に『なんだ、悪戯《いたずら》電話か？』と明智が眉をひそめた時だった。

『砂原だけど…』

声を聞いた途端、背筋がピンと伸びた。受話器を強く握り締める。

『出てこられるか』

「えっ、今どこにいるの」

『……公園』

「十分、いや五分待って。すぐに行く」

返事をすると同時に電話はプツッと切れた。受話器を右手に呆然としていた明智だったが、家の鍵だけ握り締めると家を飛び出した。一分でも遅れてしまったら砂原がいなくなってしまいそうな気がして、歩道を全力疾走する。いつも待ち合わせていた公園の前に見覚えのある藍色の車が止まっている。中で待っていた砂原は、助手席側に立った明智に気がつくとサイドガラスを少しだけ下げて『乗れよ』と一言呟いた。


車は国道沿いを走っていく。お互い何も言わず、黙ったまま。二人いるのに話をしない空間というのは気まずいし、居心地《いごこち》も悪い。それは砂原も同じだったのか、隙間を埋めるようにラジオをつけた。古い雰囲気の洋楽が流れ出す。

砂原が車を止めたのは、公園を出てから四十分ほど経ってからだった。

「水曜は定休日か」

呟きながら駐車場に車を止める。カーテンが引かれ〝Closed〟の札がかかっている海岸沿いの喫茶店は、明智が砂原に『別れたい』と暗に告げた場所だった。嫌な予感がする。よりにもよって、どうしてこんなところに自分を連れてきたのだろう。

砂原は車を降りる。だからといって何をするでもなく、自分たちしかいない駐車場を歩いてみたり、煙草を吸ったりしていた。今日は短い丈の上着を着ていて、そのせいなのか中学生にも高校生にも見えなかった。歩き回ったあとで砂原は海に面した一メートルほどの高さの柵に腰をかけた。手招きをしていたわけではないけれど、なんとなく呼ばれているような気がして、明智は指が届く距離まで近づいた。

「ここで前に付き合っていた彼女に振られたんだ。お前にも似たようなことを言われて、二度と来るもんかと思ったよ」

人に聞かせるというよりも、独り言のようだった。潮風に長めの前髪を煽《あお》られて、砂原は鬱陶しそうに掻き上げた。

「けど、ここだとキリがいいような気もしたんだ。俺は高校を変わる。異動があったんだ。これを機にお前とのこともすっきりさせたいと思った。…まともな話もしなかったからな」

すっきり…とは、すべて清算してしまいたいということだろうか。わざわざそんなことをしなくても、放っておけば勝手に自然消滅するのに。

「俺はお前じゃないから、お前が何を考えているのかわからない。急に呼び出したりして迷惑だと思ってるかもしれないし、俺の顔なんて見たくないのに義理で来て、あげくの果てに愚痴《ぐち》まで聞かされてうんざりしてるかもしれない。そんな風に思われても、俺には一応区切りってものが必要なんだよ。うやむやなのは嫌なんだ。だから言いたいことは言っておこうと思う」

砂原は顔を上げ、明智の顔を正面から見た。

「俺はお前が好きだったよ。生徒で男で嫌な性格だと思ってたけど、馬鹿みたいに夢中になってた」

過去形の告白。苦笑いしながら砂原はこう付け加えた。

「お互い、これきりだ」

好きだと初めて聞いた。前に好きな人に好きだと言うのに一年かかったと言っていた。今度は半年だったから少しは進歩している。

身じろぎしない、表情を変えない明智をどう思ったのか、砂原はフッとため息をついて『帰るか』と聞いた。

「それとも何か、俺に文句があるか」

「僕は別に言いたいことなんてないよ」

何がおかしかったのか、砂原は静かに笑う。

「言いたいことはないけど、頼みならある」

肩を竦め、砂原は胸許から煙草を取り出した。火をつける。

「聞いてやらないこともないが、内容によりけりだな。いきなりここから飛び降りろと言われても困るし……」

明智は両手を伸ばした。砂原の頬が強張る。本気で落とされると思ったのかもしれない。明智は砂原の胸許に顔をくっつけて、細い背中をしっかりと抱き締めた。

「おい……」

「僕はずっと先生のそばにいたい」

小さな声だったけれど、砂原の耳には十分届く大きさだった。目を閉じると、顔を押しつけた服から煙草の匂いがした。

「悪いけど」

砂原は明智の肩をグッと押し返した。

「迷惑だ。お前といると調子が狂う。…はっきり言ったほうがいいか。俺はもうこんなことで悩むのは嫌なんだよ。お前に何か言われるたびに俺は落ち込んだり傷ついたりする。嫉妬だってする。そんなのがもう嫌なんだよ」

「僕のことが好きって言ったじゃないか」

「そうだ、好きだからもう嫌なんだよ。お前の気まぐれに付き合うのはな」

おかしいと思った。どこからどう見たって相思相愛なのに、別れるのは間違っている。間違ってるし…絶対に嫌だ。

「好きだから嫌だなんて、そんなふざけた理由は認めない。もし本気だって言うなら、このままここから突き落とす」

波の音がやけに大きく耳につく。砂原のため息が全身に響いて伝わってくる。

「そこが気まぐれだというんだ。いつもは冷静なくせにカッとなると思いつきでなんでもやってみる。あとになってからどうしてあんなことをしたんだろうと後悔するタイプだよ、お前は」

このままで終わってしまいそうな気がした。少なくとも砂原はそのつもりだ。だけどそれだけは避けたかった。見た目は子供っぽくても、砂原は明智が思うより何倍も大人だった。でも自分はそうじゃない。汚い手を使っても、嘘をついても一緒にいたかった。

「先生は僕を信用してない。勝手に気まぐれだって決めつけてさ」

「そうだな」

「結局、先生だって自分のことしか考えてないんだ。僕の気持ちなんてどうでもいいんだ」

「お前の気持ちなら嫌というほど聞いた。それに人のことが言えるのか。お前こそ俺の気持ちなんて考えたこともないくせに」

こんな風に言い争うためにお前を呼び出したんじゃない、と砂原は首を横に振った。話をするために呼び出したくせに、肝心の話を途中で打ち切ろうとする。明智は焦った。終わっちゃいけない。終わったらこのままになる…。細い背中を乱暴に揺さぶった。

「僕は先生が好きだよ。好きって言ってるじゃないか。大友さんと付き合ったって楽しくなかった。いつも先生のこと考えるからだよ。…無理に先生を抱いた時だって、あとから後悔した。普通に付き合ってる掛川とか林田にムカついた。本とか投げられてショックだったし、僕だって普通に話がしたかった。もう一回…キスしたかっ…た」

言葉の出る順番がグチャグチャで支離滅裂になる。収拾がつかなくなって、口許も曖昧に開いたまま。砂原は砂原で、そんな自分を戸惑うような表情で見ている。

「もういいよっ。先生が僕のことを考えてくれないいんだったら僕も先生の気持ちなんて考えない。嫌だと言ってもそばに居座ってやる」

何か言いかけた唇を強引にキスで塞《ふさ》いだ。これ以上駄目だとか別れるとか言われたら、気持ちが爆発する。言葉を奪うだけの目的だったキスが、少しずつ順応していく。恋人同士のそれみたいになる。

「頭が変になりそうだ」

貪り尽くした唇を解放すると、砂原はぽつりと呟いた。

「こんなはずじゃなかった」

顔をくっつけたまま、砂原の心臓はドキドキとしていた。最初よりもずっとずっと早い。突き放す以外の反応を見せなかった指が、明智の髪に触れて、離れてを逡巡《しゅんじゅん》するように繰り返す。そしてとうとう胸に押し

つけられている頭を両腕で抱いた。抱え込むようにして抱き締めたあと、明智の頭に自分の額を押しつけた。

「俺のことが好きか」

確認するようにそう聞いてきた。

「好きだったら…俺を嫌いになるなよ。ずっとそのまま好きでいろよ」


問題がないわけじゃなかった。大友さんと別れなくちゃいけないし、掛川のことだってある。そんな煩《わずら》わしいことが残っているとしても、今の幸せに比べたら些細《ささい》なことだった。隣で車を運転している人が自分のものになったのだから……。

薄暗闇の中を車は走っていく。日は落ちてしまって残光も残っていない。車の少ない国道で信号にかかった。止まっているのは自分たちだけでほかに車はない。砂原はギアをローに入れた。

「寒くないか」

そう聞かれた。春先は日中にかなり気温が上がっても、夜になると急速に温度が下がる。

「別に大丈夫だよ」

砂原の顔を見ていたら急にキスしたくなった。嫌がられないという妙な確信があって、明智は身を乗り出して運転席の人にキスした。砂原は驚いて身を引いたものの抵抗しなかった。

信号が青に変わり、いつの間にか後ろについていた白い車がクラクションを鳴らした。後続車が何台も止まり、そこはクラクションの渦になる。動き出さない車を見て対向車が不思議そうに車を覗き込んだけれど、薄闇の中で車内は何も見えなかった。

明智にも砂原にもクラクションの音は聞こえなかった。ただ二人して甘い口づけに酔っていた。

END

ONE NIGHT

受け持ちクラスの生徒に取り囲まれて、押し潰《つぶ》される夢を見た。うーんうーんと唸《うな》る自分の声で目が覚める。

胸の上で、気持ちよさそうに眠る男の頭を引き剝《は》がして枕に押しつけ、砂原《すなはら》はベッドサイドに置いてあった煙草《たばこ》に手を伸ばした。暗闇に目が慣れてなくて、闇雲にかき回す指先が何かに触れ、ガチャンとものが落ちる嫌な音がした。

短く舌打ちして、拾い上げる。プラスティックの端っこが欠けた目覚まし時計の針は、夜中の十二時に五分前。意外に早い時間だったことに驚き、ベッドに入ったのが八時頃だったからなあ、とボソリと呟《つぶや》いた。

手の中の時計がカチカチと音をたてる。二十代もあと五分で終わるのかと思うと、妙な感慨がある。同級生のうちの半分は、結婚して子供をつくり『家族』という形になった。

人と自分を比較するつもりはないが、取り残されるような焦《あせ》りと、寂しさが少しある。今の自分にはその形が無縁なだけに、よけいにそう思うのかもしれない。隣に眠る男との付き合いももう六年目。生まれた子供が小学校に入学すると思えば、その時間の長さに目眩《めまい》がしそうになった。

六年前、まだ高校生で自分の生徒だった年下の男、明智《あけち》と付き合いはじめた時は、こんなに長く続くとは思ってなかった。お互いが真剣なのはわかっていたけれど、恋愛の初めの、浮かされるような熱の時期がそう長く続かないことを、時間の流れと一緒に気持ちも変わっていってしまうことを、砂原は前の恋愛で嫌というほど思い知らされていた。

一年か二年か、口にこそ出さなかったけれど密《ひそ》かに終わりをカウントダウンしていた。それが六年。ひどい喧嘩もしたし、『こんな根性悪、コンクリート詰めにして海に沈めてやるっ!』と思ったことも一度や二度じゃない。けれど結局、今もこうして一緒にいる。上半身を起こして、カーテンを開けた。弱い月の光の中に、恋人の裸身が浮き上がってくる。付き合いはじめた頃に比べると、背も高くなったし、子供っぽさが抜けて男らしくなった。

「いい顔だよな」

気持ちよさそうに眠る男の頬《ほお》をそっと撫《な》でた。性格に反比例するように、整った顔。それを本人が自覚してるからよけいに質《たち》が悪い。性格は悪いし、たまに苛《いじ》められるけれど、最初に比べれば考え方もずいぶん大人になったし、優しくなった。

柔らかい髪の毛を摘んでみる。そういえば去年の誕生日は散々だったと思い出した。砂原は明智の誕生日を忘れがちだが、逆に明智はそういうところは妙に几帳面《きちょうめん》で、前もって食事の約束を取りつけ、毎年プレゼントを用意してくれていた。

去年は誕生日が近くなっても明智からなんのアプローチもなかったから、すっかり忘れてるんだと思って当日、仲間と飲みに出て午前様でアパートへ帰ってくると、玄関先で不機嫌に仁王立ちしている明智がいた。

『こんな日に出掛けるなんて非常識だっ』

砂原を見るなり、明智は怒鳴《どな》った。

『約束なんてしてなかっただろうが』

言い方が気に障《さわ》り、きつく返すと明智はますます機嫌が悪くなりむくれた。

『大学の試験期間中だって言ってあっただろう。それに僕は今まで一度だってあんたの誕生日、忘れたことなかったじゃないかっ』

それから一週間口をきかなかった。一週間後に、改めて誕生日をやり直して砂原は明智から細い銀色のチェーンネックレスをもらった。装飾品は嫌いだったし、そんなものをする柄でもないとつけずにいると、それに気づいた明智がまたふくれた。

『恋人からのプレゼントも嫌だって言うの。僕はあんたの愛情を疑うね』

仕方なしに身につけるようになり、最初はうざったくて仕方なかったその違和感にもそのうちに慣れた。つけ忘れると、胸許が寂しいとすら思うようになった。

去年は誕生日であれだけ騒いでおきながら、今年は誕生日の『た』の字も明智の口からは出てこない。自分勝手なものだと思いながら、それもこいつらしいか、と砂原は一人でクスクスと笑った。

……ジリジリジリジリジリ……

不意に手の中の目覚まし時計が鳴りはじめ、驚いた砂原は時計を放り出した。放り出された時計はジリジリ鳴りながら明智の頭に命中した。

「いっ…痛《い》ったあ…」

頭を押さえながらのっそりと体を起こした明智は、ジリジリ鳴りやまない時計を鷲摑《わしづか》みにして音を止めた。騒がしさが嘘のように途切れて、静寂が戻ってくる。

振り返った明智は、寝ぼけ眼《まなこ》でにっこり笑いながら、驚いた顔の砂原を抱き寄せてキスした。

「誕生日、おめでとう」

耳許に囁かれる。明智の肩口で砂原はため息をついた。

「目覚ましをこんな時間にセットしたのはお前か」

「そう」

明智は感触を楽しむようにそろそろと砂原の背中を撫でた。

「三十歳のあんたに、最初におめでとうって言いたかった」

もう一度軽くキスしてから、明智はベッドの下から小さな包みを取り出した。

「プレゼント、開けてみて」

促《うなが》されて、綺麗にラッピングされた包装を解いていく。シンプルな銀色のリング。それを取り上げた明智は、砂原の薬指にそっと通した。

「あんたがこういうのに興味ないのも知ってるけどさ、僕が好きでやってることだから、まあ付き合ってやってよ」

満足そうにそれを見下ろした明智は、リング越しに砂原の指先にキスした。唇が触れた部分がほのかに温かくなり、熱が全身に広がっていくような気がした。

「…嬉しいよ…」

囁《ささや》くような小さな声が、明智に聞こえたかどうかはわからない。表情は変わらないから、きっと聞こえなかったに違いなかった。

「明智」

「何」

「するか」

明智がいいよ、と答える前に抱き締めた。自分だって人のことは言えない、自分勝手な奴だ。人の誕生日は忘れるくせに、こんな風に好きだと態度で表されると、いても立ってもいられなくなる。みっともないと思いながらも、自分からかきついて、キスして、ねだる。

「あんたさあ…」

明智はそんな砂原を抱き締めながら、嬉しそうに囁いた。

「嬉しいと、やりたがるよね。それってボディランゲージってヤツ」

まるで自分がエッチ好きの男みたいに言われて、腹が立って首筋に噛《か》みついた。

「痛っ、冗談だって」

宥《なだ》められるように頭を撫でられて、拗《す》ねたままでいるのが馬鹿らしくなり、歯形に残る噛み傷にちょっとだけ舌を這《は》わせた。

「どうしてこんなにあんたのこと好きなんだろうな。僕もよく飽きないと思わない？」

好き勝手言う男に体の力ががっくり抜けて、砂原はだらりと明智の首筋に巻きついた。

「じゃ、やめればいいだろ」

冗談でそう言った砂原に、明智は瞬間真剣な顔をして言い切った。

「絶対に嫌だね」

絶対の根拠が知りたいと、ちらと思ったけれどキスしている間にどこかに飛んだ。

いられる範囲でいいから一緒にいたい。少しぐらい嫌な男でも、性格が悪くても、根性が捩《ね》じ曲がってても…いいから。

涙が零《こぼ》れそうになり、砂原は慌《あわ》てて明智の胸に顔をこすりつけた。みっともないほどに『重症』な自分を自覚して、言葉も出なかった。

END

セカンド・セレナーデ

道路までせり出した葉が緑色の壁になって視界の端を流れてゆく。急なカーブで車体を深く倒すと、それだけで腹に回された腕が硬く緊張するのがわかった。腰からのし上がってくる振動とうねるような風の音と、腹にあたる指の感触。

胸が、鳴る。

掛川進《かけがわすすむ》がバイクを乗り入れた時、目的地の駐車場は快晴の日曜日だというのに人もまばらだった。山間《やまあい》にあるこの川は、両岸にあるもみじの紅葉が綺麗なことでよく知られている。だけど中途半端な六月という時期には、魚釣りぐらいしか楽しめず人の足も自然と遠のく。

細い川沿いに少し上流へ歩けば、小さな滝がある。下へ下へと流れる細かい水の粒は見ていて飽きることがない。中学生の頃、同じ時期に従兄弟《いとこ》のバイクの後ろに乗せてもらってここに来た。最初は正直、どうして従兄弟が自分をここに連れてきたのかわからなかった。綺麗な川や山の観賞など年寄りの道楽だと思っていたからだ。

けれど幾重《いくえ》にも重なる緑色のもみじの葉の隙間から零《こぼ》れる光とか、見た目よりもずっと冷たい透き通った水とか、見たもの触れたものがすっと頭の中に浸透して、それがすごく気持ちよかった。帰りぎわ、従兄弟は『お前が十六になったら今乗ってるバイクを譲ってやる』そう約束してくれた。

従兄弟のバイクの後ろで遠くなる川の音を背に掛川は、好きな子ができたらバイクでここに連れてこよう、と決心した。その子も絶対に綺麗だと思ってくれると信じて疑わなかった。運命的なものを信じて真剣だったのが、今考えるとなんだかおかしい。

「ここです」

エンジンを止めて、背中の人にそう言った。

「ああ」

タンデムシートから降りた瞬間、あの人の膝《ひざ》がカクリと折れた。

「後ろに乗ってただけなのにまだ膝がガクガクいってやがる…」

膝を叩いて、言い訳するように呟いていた。二人分のヘルメットをホルダーにかけ振り返ると、あの人は少し離れた場所からバイクをじっと眺めていた。

「従兄弟が乗ってたヤツで、車に替えるって言うからもらったんです。少し古いんだけど…」

あの人はジーンズのポケットから煙草《たばこ》を取り出し、一本くわえて火をつけた。

「ZEPHYR《ゼファー》400、だろ」

「先生、詳しいんだね」

くわえ煙草のままニッと笑う。二十五歳とは思えない、子供みたいな顔だった。

「流行《はや》ってたよな。大学の時に友達が乗ってたよ。俺はあまりバイクに興味はなかったけどちょうどその頃にビデオで『イージーライダー』見てさ、あの中に出てくるのはハンドルがこんな…」

手首を曲げてみせる。

「チョッパーって曲がったやつだったけど、影響されてすごくバイクに乗りたくなって友達の後ろに乗せてもらったんだ。免許も取ろうかと思ったけどこの身長だろ。バイクに乗せさせてもらってます、みたいでかっこ悪いからやめた」

「今からでも遅くないですよ、免許取ったらどうですか。それで暇な時は一緒にツーリングしましょうよ」

「車買ったし、もうバイク乗るような歳《とし》でもないしな」

ハイペースでもう短くなってしまった煙草を人指し指の間に挟んだまま、視線があたりを彷徨《さまよ》う。

「あそこの階段の横にごみ箱がありますよ」

「そうか」

この人を好きな理由。同性で年上の、見た目ではかっこいいとお世辞にも言えない、そばかすのある童顔の数学教師を好きになった理由。

目指すごみ箱の中にすっかり火の消えた煙草を投げ捨てる。

「やっぱり先生ってきちんとしてますね」

「何が」

「ほら、ちゃんと捨てるから」

「馬鹿、常識だろうが」

並んで歩くと、掛川のほうが頭一つ分ぐらい高い。背が低いからこの人はいつも生徒の中に紛れ込んでいた。だからいつも必死になって探した。いつも、いつも。

高校に進学した頃は、特にこれといった目標もなくてぶらぶらしていた。小学校、中学校と続けていた剣道も、前ほどにやる気がしなくて近くの道場に通うだけ、部には入らなかった。

そんな怠《なま》けた高校生活に活を入れたのがこの人の存在だった。第一印象は『背が低くて変な顔』だった。授業は進み方がゆっくりしていてわかりやすく、若い教師にありがちな『話が脱線して一時間終わった』ということがなかった。真面目《まじめ》で面白くない奴、最初の頃はそう思ったりもした。

見方を変えさせられたのは入学して二か月になろうという頃だった。担任に次の授業は視聴覚室を使うから、先に部屋の鍵を開けてみんなを移動させておいてほしいと頼まれて『委員長に頼めばいいだろうが』と思いつつも結局断れず、鍵を借りに職員室に行った時のことだった。

掛川が中へ入ると同時にパンと小気味いい音が響き、視線はそっちへ流れた。短気ですぐに手が出ることで有名な英語教師の熊谷《くまがや》が、前に立つ男子生徒の頬《ほお》を張った音だと気がついたのはすぐだった。男子生徒は叩かれてもじっと熊谷を睨《にら》みつけている。どういった事情かはわからないけれど、どっちも一歩も引かず、そんな風にきつく睨み合っていた。熊谷の右手がじわりと動き『もう一発いくかな』そう思って見ていた時に無謀にも熊谷の右手を摑《つか》む人がいた。

「もういいじゃないですか」

背の低い数学教師だった。

「授業中に漫画読んでたこいつが悪いのは確かなんだけど、あまりやっちゃ可哀相ですよ」

「駆け出しのくせに、俺のやり方に文句をつけるのか」

熊谷の怒りの矛先《ほこさき》が数学教師に向けられる。叩かれた男子生徒はそっと体を引いて自分を庇《かば》った教師の背中に自分の姿を隠した。

「いや…俺も高校の頃に授業中『こち亀《かめ》』を制覇したから身につまされるんですよ、怒られるの見てると」

ニッと笑う。熊谷もその笑顔に怒りのモトを削《そ》がれてしまったようにため息をついた。

「もう授業中に読んだりするな」

数学教師は背中に隠れる生徒の背中を軽く押して、職員室から解放した。その場にいた全員が生徒が閉める扉の音に一様にほっとした顔をした。

数学教師は素知らぬふりで自分の机に戻ると参考書を広げていた。休み時間の終わりのチャイムが鳴る。

それに気がついて立ち上がり、教材を持って教室を出ていく。すぐ横をすり抜けていった。得意げな表情も傲《おご》りもなく、恐ろしいほどに自然体で。

こういう人もいるんだ、そう思った。傍目《はため》から見て正しいと思えることを、なんの気負いもなくやってのけられる人が。

数学教師、砂原《すなはら》のそんな気質に気がついたのは掛川だけではなかった。自然と砂原の周りには生徒の輪ができる、それが証明していた。

こんな人は見たことがない。もっと知りたい。自分のことも知ってほしい。気がついた時にはいつも数学教師を目で追いかけるようになっていた。優しい人の視線を独占したいと思うことが『恋』だと気がつくまで一年かかった。

二年になり、文化祭でクラスが映画を作ったことから映画研究部の顧問だった先生と急接近した。受け持ちクラスの生徒ではないけれど、家に遊びに行っても許されるぐらいに親しくなれた。舞い上がるほどに有頂天《ちょうてん》になったのも束《つか》の間《ま》、次の年に先生は田舎《いなか》の高校へ異動が決まった。

それから三か月。会えたのは今回を入れて三回だけ。離れている時間が長ければ長いだけ『会いたい』気持ちがよけいに強くなる。映画ソフトを貸してほしいとか、進学の相談に乗ってもらいたいとかそんな理由がなくても会える特権が欲しいと思った。

同性なのに『告白』することは先生を困らせるだけじゃないか、ずいぶんと迷った。いくら優しい先生でも自分を軽蔑しないとは限らない。そんな不安を抱《いだ》きはしたものの『万が一上手《うま》くいったら』そんな可能性も捨てきれなかった。

「先生」

上流の滝へ向かう川岸の石ころ道の途中で、先に立って歩いていた人はゆっくりと振り返った。心臓が倍ぐらいの速度で鼓動する。指先まで震えてくる。次の曲がり角まで、そんな風に先送りにしていたらいつまでたっても言えないような気がした。

「先生が好きです」

前に立つ人は首を傾《かし》げた。

「掛川…」

「好きです」

もっとかっこいい言葉を色々用意していたのに、どれも思い出せなくて馬鹿みたいに同じ言葉を繰り返した。途端に恥ずかしくなってうつむく。そうすると、先生にどんな顔で見られているのか怖くなって顔を上げられなくなった。

「お前の気持ちはわかった」

よく通る声だった。

「けど俺は応《こた》えてやれない。好きな奴がいる」

「嘘だ」

顔を上げる。去年、好きな人はいないと言っていた。そう言って笑っていたのに。

「嘘をついたって仕方ないだろう」

カサカサと緑のもみじがこすれる音がする。都合が悪いからといって嘘をついてやり過ごすような人じゃない。

「すみませんでした」

震える声を必死で押し隠した。

「今、俺が言ったことは忘れてください。これからも友達でいいから会ってください」

返事はなかった。急速に胸の中に広がっていく不安。

「会わないほうがいいだろ」

「嫌です」

叩きつけるように返事を返す。先生は苦笑いした。後悔に押し潰《つぶ》されそうだった。言わなきゃよかった。わかるのがつらい。もう先生とは会えなくなる。先生が拒絶するものをどうやって先に進めていくことができるだろう。涙が出た。悲しい涙じゃない。悔し涙だ。

「もっといい恋をしろよ」

胸を突き刺す。

「先生だけです。一生に一度だけです」

「俺はそんなに大層な人間じゃねえよ」

どこへも行けなくなって、その場に立ち尽くす。最初に座ったのは先生で、その横に並んで座る。泣いてるのを隠すように顔をうつぶせて涙が止まるのを待った。先生は何も言わずにただ隣に座っていた。

ようやく涙が乾いて顔を上げると、きらきら光を反射する川面《かわも》が目に痛かった。もみじの葉が水の中に落ち、回りながら流れていく。

「どんな人ですか」

聞かずにはいられなかった。

「先生の好きな人は」

絶対にかなうはずがない先生の恋人。優しくて、聡明に違いないその人。聞かれた先生は少し迷ったふりで額を掻《か》き呟いた。

「嫌な奴だよ」

失恋した。言葉にするとあまりにも陳腐《ちんぷ》な響きで繰り返すたびにうんざりした。正確に言えば、掛川が告白して振られたのは一年前。そして告白した相手の恋人が『自分のよく知る男』だと知ったのは今日、だった。

ずっと会っていなかった。会わないほうがいいだろ、と言われたから会いに行けなかった。会いたいけど、会えない。そうしている間に一年が過ぎて本当に疎遠になってしまっていた。

一生に一度の『恋』だと思った。そばにいたくて、もっと話をしたくて、触れる指先を想像して喉《のど》が渇いた。告白して拒絶された時も悲しくて悔しかったけれど『同性だから』そう思うと何かしら諦《あきら》めもついた。気持ちに整理もついて納得していたはずだった…。

昼間、大学のある街から少し離れた地方都市にいる友人の家へバイクで行った帰り、天気もよかったし気分を変えて、掛川は行きとは別の湾岸沿いの国道を選んで走った。途中で偶然懐かしい場所を通りかかる。前に好きだった人と遊びに来た場所で、道を右手に折れて少し行くと名前は忘れたけれど、景色のいい断崖《だんがい》があった。初めてその人の藍《あい》色の車に乗せてもらってドライブした場所で、嬉しくて楽しくて馬鹿みたいにはしゃいでいた。

高校生の頃、二年近く前の話だ。太陽は海岸線ぎりぎりで、寄り道すると帰り着くまでに暗くなるのはわかっていたけれど、どうしてももう一度行ってみたくて右に方向指示器を打った。

舗装の途切れる場所まで田舎道を進み、バイクを停める。少し離れた広い草原の向こうに車が駐車されているのが見えた。藍色の車。もしかして、駆け寄ってナンバープレートを確認する。あの人の車だった。

運命だと思った。車の中にはいなかったから断崖のほうに行ってるに違いない、確信して掛川は走った。誰かと一緒だなんて思いもしなかった。

見晴らしのいい断崖の端に後ろ姿が見えた。影が一つじゃないのがわかった時に足が止まり、無意識に体を木陰に寄せていた。相手を見極めようと目を凝《こ》らして、それが高校の時の同級生、明智《あけち》だとわかった時には拍子《ひょうし》抜けした。

明智とは二年の時に同じクラスだった。委員長でやさ男的な二枚目の明智とは、よく話をしていたけれど三年になってクラスが分かれてからはほとんど話すこともなく、卒業後に隣県の国立の医学部に進学したことだけは噂《うわさ》に聞いていた。

先生はジーンズにTシャツ、その上に水色のシャツを着ていた。明智は半袖のシャツに綿パンツ。髪が短くなって少し大人びたように見える。珍しい取り合わせだと思ったけれど相手が明智ならかまわないだろうと声をかけようとした時、明智の腕が背中から包み込むようにそっと先生を抱いた。

綺麗に重なる影。抱き合った二人はキスする。先生は嫌がるどころか明智の肩を抱いて自分に引き寄せた。

「嘘だろ…」

それが冗談だと自分に言い聞かせるには二人のキスは長すぎた。長いキスが終わって、先生は照れたように明智を突き放して踵《きびす》を返した。そのあとを明智が追いかける。足早に二人は道を引き返してくる。脇道に逸《そ》れていた掛川には気づきもしなかった。

家に帰っても、いつまでたっても疑問は消えなかった。二人はどういう関係なのか、どうしてあんなところでキスしていたのか。それにあのキス…初めて、そんな感じじゃなかった。

確かに明智も先生とは仲がよかったけれど、明智には恋人がいたはずだ。それがどうして先生と。それに先生も先生だ。よりにもよって男の明智なんかに…容姿が整っていて妙にずる賢い友人を掛川は気に入っていたけれど、明智はひいき目に見てもあまりいい奴だと言える性格じゃなかった。

思い出してしまった。最後に会った時の先生の言葉。告白して振られたあとでどんな人ですか、そう聞いた掛川に先生が「嫌な奴だよ」と教えてくれたこと。

夜、一人でアパートの中にいるのが耐えられなくて外に出た。いつもは騒がしい居酒屋のビール、杯を重ねて安価に酔っぱらって馬鹿騒ぎ。それはそれで楽しいけれど、今日はとてもそんな気分になれなかった。

ふらふらと街を歩く。蒸し暑い六月の終わりの夜、繁華街のきらきらした灯《あかり》の中で、一歩踏み出すごとにその人の顔を思い出す。二歩目に忘れたとしても何歩目かに思い出す。きっかけはなんでもないこと。明かりの消えたショップの窓ガラスに映った泣きそうな自分の横顔とか。そんな自分に気づかされるたびに足が止まる。胸がチリと痛む。

見覚えのある看板に立ち止まり、扉を押した。この前、何かの打ち上げの二次会で使ったのがこの店だった。カウンターにテーブル席が三つ。白壁に一定の間隔を置いて飾られているロートレックのポスター。ところどころに観葉植物が置かれた、これといって特徴のないありきたりの平凡なバー。

流行らない店なのか、九時過ぎとまだ時間が早すぎるのか自分以外の客はおらず、バーテンダーと向かい合うのも気が進まなかったけれどカウンターに座った。

「ジン・トニック」

その大してうまいと思えない酒を注文する。掛川よりも二、三歳《とし》は上かと思われる太めのバーテンダーはカウンターの向こうで眉を少し動かした。待つことなく組んだ指先のそばに置かれるグラス。

酔わないとやってられなかった。いつまでも頭から消えない、許せない。どうして先生の相手が明智なのか、自分じゃなかったのか。ようやく忘れかけていた気持ちが蘇《よみがえ》る。

あの明智に可能性があったんだから、自分にだってあったのかもしれない。もっと早く好きだと言っていれば振り向いてくれたかもしれない。後悔は底を知らない。どこまでも沈み込んで、いつまでも波のように押し寄せてくる。

退屈なのかバーテンダーの指先は、時間を持て余すようにマホガニーに似たカウンターテーブルの上でリズムを取っていた。苛々《いらいら》する。静かにしろ、掛川がそう言いかけた時に店の扉が開く音がした。

三席ほど離れてカウンターに人が座る。スーツを着た三十歳前後とおぼしきサラリーマンの二人連れ。グレーのスーツの男がビールを、掛川の近くに座った紺のスーツの男がマティーニを注文した。紺のスーツの男はちょっと見、驚くほどに整った顔をしていた。端正とでも言うのだろうか、細い顔だちに高い鼻、切れ長の瞳。だけど整いすぎた容姿のせいか近寄りがたい、冷たい雰囲気が漂《ただよ》う。柔らかそうな髪をきっちりと後ろに撫《な》でつけた一糸《いっし》乱れぬ横顔は、清潔を通り越して無機質な一枚の『絵』のようだった。

もう片方のサラリーマンはその男と比べると可哀相なほどに平凡な顔だった。

聞くつもりはなかったけれど会話は自然と耳に飛び込んできた。会話のほとんどを取り仕切っているのはハンサムな紺のスーツの男のほうだった。

「…最近の女子社員は躾《しつけ》がなってなくて困る。暇な時は喋《しゃべ》ってばかり、それもくだらない話ばかりだ。お茶汲《く》みとコピー取りぐらいしか仕事がないのにそれすらも満足にできない。二、三年してやっと礼儀も躾も見られるようになったと思ったら結婚退職だ。いい身分だよ」

別に珍しくもない、聞かされているほうは少しも楽しくない、そんな話。だけどその男の愚痴《ぐち》は延々と続いた。女子社員から始まり直属の上司、それから会社の体制に至るまですべてに愚痴を零した。

終わりの見えない話にうんざりする。掛川がグレースーツの男を盗み見るとその男も疲れたような顔で適当に相槌《あいづち》を打っていた。そんな話が三十分近く続いた頃、グレーのスーツの男も限界だったのか、途切れない男の話にやんわりと水を差した。

「別の話をしないか」

紺のスーツの男は返事をしない。長い間《ま》を置いてようやく口を開く。

「嫌なら帰ろうか。君にまで文句を言われたくない」

「文句だなんて…」

グレーのスーツの男は困ったように口ごもった。

「不愉快だな」

紺のスーツの男はそう吐き捨てると、バーテンダーに「同じものをもう一杯」と言って空《から》になった自分のグラスをカウンターの奥に押しやった。二度目の沈黙、それを破ったのはグレーのスーツの男だった。

「今日は君に大切な話がある」

紺のスーツの男は何も答えない。それにかまわずグレーのスーツの男は続けた。

「別れよう」

紺のスーツの男と一緒に、掛川までグレーのスーツの男に振り向いていた。

「ここをどこだと思っているんだ。どれだけ僕を苛立たせれば気がすむ」

紺のスーツの男の声は腹立たしさを通り越して、怒り出す一歩手前だった。

「俺と君は考え方が違う。他人なんだから当たり前だが、付き合っていくのならお互いどこかで妥協《だきょう》し合わなくちゃいけないと思わないか。俺はずいぶん君に合わせてきたつもりだけど、君は少しも俺のことを考えてくれない。それでこれから先も上手くいくとは思えない。君は難しい人だ」

突然の修羅場、しかも男同士のそれに気まずくて腰の据《す》わりが悪くなる。見るものじゃない、そう思いつつつい聞き耳を立ててしまう。

「今まで合わせてもらって悪かったね。ずいぶん苦しめたんだろう」

紺のスーツの男の、打って変わった優しい言葉。グレーのスーツの男の顔に一瞬、柔らかな表情が浮かんだ。

「君が別れたいならそうしよう。君ぐらいの男で文句を言わない奴はたくさんいるからね」

優しい言葉尻だけど、言ってることはすごかった。グレーのスーツの男の瞳に暗い色が宿る。じっと紺のスーツの男を見つめていたそれは諦めたように逸《そ》らされ、グレーのスーツの男は立ち上がった。

「容姿も整っていて聡明、仕事も有能な君を必要だという人間は多いのかもしれないけれど…自己中心的でわがままな君にプライベートで付き合える人間がそう多くいるとは思えないし、これから付き合っても長続きしないだろうね」

「悪あがきだね。早く帰ったらどうだい」

紺のスーツの男は鼻先で笑った。恋人だったグレーのスーツの男を少しも惜しんでない、そんな態度。一瞬、グレーのスーツの男の顔に朱《しゅ》が散った。

「最初から嫌味でわがままな性格だと知っていたら付き合わなかった。見かけに騙《だま》されて、実際食べたら中身が腐ってたって感じだ。取り柄《とりえ》はその顔だけなんだから、せいぜい大事にするといい」

バシャリと水の音が響いた。紺のスーツの男の背中越しに頭から水を滴《したた》らせたグレーのスーツの男が見える。濡《ぬ》れ鼠《ねずみ》の男は、優しげに小さく笑った。

「言いすぎた、悪かったよ」

グレーのスーツの男は店を出ていった。タオルを差し出そうとしたバーテンダーも追いつかなかった。出ていった瞬間、紺のスーツの男の表情が変わった。柔らかな表情が消え失せ、目を吊り上げたままカウンターテーブルを睨みつけギリギリと歯噛《はが》みしている。ぴくとも動かない男と、空のグラスを引き上げるタイミングを逃《のが》した気まずそうなバーテンダーと、一匹の野次馬。

「いくら」

男は顔を上げてそう聞いた。

「ああ、えっと…二千円です」

つっかえながらそう言うバーテンダーに、財布の中から紙幣を取り出し、男は呟いた。

「騒がせて悪かったね」

男は取り出した札を床の上に落とした。

「ああ、落としてしまった。悪いけれど拾っておいてくれるかい」

自分で、それもわざと零した水の上に落としたくせに拾う気配も見せず、男はドアに向かった。呆気《あっけ》にとられたバーテンダーがカウンターを回って拾いに来るのをチラと見て鼻先で笑っている。

男が店を出ると、それを待ちかまえていたようにバーテンダーは『ホモ野郎』と吐き捨てた。

男を追いかけるように掛川も店を出て、走って走って、信号待ちのために足を止めた男にようやく追いついて声をかけた。だけどそれが運命であるはずがなかった。

かすかな物音にうっすらと目を開ける。あたりは薄暗くて、まだ夜が明けていないのかと思ったけれどそうじゃない。雨の音が…する。シーツをはぐり広いベッドから下りて、隙間なく閉じられたカーテンを少し開ける。霧雨が細かい水滴になって窓硝子《ガラス》に張りつき、外はよく見えなかった。

昨日、どうやって脱いだのか覚えていない服はベッドの脇の椅子《いす》にきちんと畳んで置かれている。裸でいるのも間抜けのようで服を着た。寝るためだけに用意された部屋なのかベッドとサイドテーブル、自分が腰掛けている椅子のほかには何もない。ビジネスホテルのように無機質で清潔な部屋。息が詰まる。

足音が聞こえる。ドアを開けた男は薄暗い部屋でぼんやりと椅子に腰掛けている掛川を見つけて驚いた表情をした。

「目が覚めたら出てくるかと思ってた」

「今、起きたから」

「キッチンにおいで。コーヒーがある」

男について部屋を出る。昨日は玄関から寝室まで直行したから気がつかなかったけれど、かなり広いマンションだ。寝室以外の部屋が二つに十畳ほどの居間、それに続くキッチン。男に促《うなが》されカウンターテーブルに座るといい香りのするコーヒーが手許に置かれた。

「それを飲んだら帰ってもらえるかな。このマンションを出て右に曲がって、道路沿いに歩いていけば地下鉄の駅があるから」

男もカウンターの向こうでコーヒーを飲む。白いサマーセーターにベージュの綿のパンツ。昨日は綺麗に後ろに撫でつけていた前髪も下ろしている。そうしていると少しだけ先生に似てるような気がして、昨日の夜は何度も前髪をかき上げ額にキスした。

部屋の灯を落とす前からなるべく男の顔を見ないように目を閉じて、感触だけを味わった。これは先生の首筋だ。薄い胸板も、熱い中心も。柔らかい粘膜に痛いほど中心を締めつけられて、先生もこんな風に自分を締めつけるのかと想像するだけで背筋がゾクゾクと震えた。視線が合うと、男はうっすらと笑った。

「初めてだと言うわりには、まあまあよかったよ。相性も悪くなかったしね」

一目惚《ひとめぼ》れしたとかなんとか、口説《くど》いた言葉は覚えてない。嫌がる男についていって強引にマンションまで押しかけたけれど、男も最後までは拒まなかった。ただ、いざ入れようとするとそれまでおとなしかったのにゴムをつけろと騒ぎ出してうるさかった。無視して強引に挿入すると真っ赤になって怒り出した。仕方がないから初めてだと——確かに『男は』そうだったから——言うとやっとおとなしくなった。

男の仕種《しぐさ》は手慣れたもので、自分から腰を振ってしがみついてきた。掛川が動かなくてよかったぐらいだ。

「それからこれは忠告だけど、誘う時はそれなりに責任を持って準備しておくものだ。それにこれは好き好きだと思うが僕は直接中で出されるのは嫌なんだ。昨日は仕方なかったけど…」

コーヒーが苦い。舌先にじわじわと染みる。男同士だとこんなものなんだろうか。ゴムをつけろだとか、中で出すとか言えるものか？　いくらセックスしたからといってよく知りもしない人間の前で、あからさまに…。

感じのよくない男だ。いくら容姿が整っていて、優しげな言葉を使っていても滲《にじ》み出る底意地の悪さは消せやしない。態度一つ、仕種一つでわかる。

先生が好きだった。抱きたかった。かなわないなら、せめて誰でもいいから男を抱きたかった。あの人を抱いてるつもりで、泣きたい自分を、惨《みじ》めな自分を慰めたかった。

だからこの男を選んだ。優しい人だったら自分勝手な理由で抱くなど罪悪感でいたたまれなかったに違いない。だけどこんなに嫌な男だったら少しぐらい利用させてもらってもいい気がした。

男がカップを置く音で我に返る。顔を上げると男も掛川を見ていた。

「このまま帰ったら、それきりになるのか」

そう聞く掛川を男は面白がるような瞳で見た。

「そうだな、はっきり言っておこうか。昨日は付き合ってやったけど本当は年下は趣味じゃないんだ。君はまだ二十歳そこそこだろ。僕は三十一歳だ。十も離れていると話題も違うし、無理しても疲れるからね」

「俺はあなたが好きだよ」

簡単にそんな言葉が出た。それも切なげな響きを伴《ともな》って。面白かった。心の中じゃ男好きの淫乱な男を見下し軽蔑しているのに、上辺《うわべ》の自分はひどく悲しげになれる。

「このまま別れるのは嫌だ」

男は眉毛を吊り上げて、困った子供だ、そんな風に掛川を見た。

「確かに最近付き合った中じゃ君は見た目もいいし、考えてやらないこともないけど」

小さく笑いながら掛川の短い前髪を指先で摘む。

「ちゃんといい子でお行儀よくしてたら、また会ってやってもいい」

囁くように、男は喋る。そうか、いい子にしていたら、従順なふりをしていれば抱けるのか。体を楽しませてくれるのか。

「名前を聞いてなかった」

そう聞いた掛川に男は首を傾げた。

「教えてなかったかな、橋本《はしもと》だよ。橋本道也《みちや》」

「道也…」

橋本は腕組みしたまま、眉をひそめた。

「呼び捨てにするのかい。年下に呼び捨てにされるのは気分がよくないな」

「道也さん」

「名字で呼ぶほうが礼儀にかなってるよ」

「橋本…さん」

素直に従う掛川を見て、最悪の男、橋本道也は悠然と笑っていた。


同じ大学に進学しても学部が違えば当然必修科目も異なってくる。高校の同級生とも広い大学の構内で会うことは滅多《めった》になかった。お互いに違う友人の輪ができ行動範囲が変わってしまうせいで、たまに顔を合わせても共通の話題が少なく二言三言、言葉を交わす程度になってくる。

七月の初め、第二講義室の冷房の効きは今一つで、Tシャツの背中がじっとりと汗ばんだ。講義を終えて廊下に出るとかえってそっちのほうが涼しいぐらいだ。三限目が休講になっていて、午後の授業をさぼろうかどうしようか掲示板の前で迷っていた時、不意に大きな声で名前を呼ばれた。

冴えないベージュの綿パンツに半袖のデニムのシャツを羽織《はお》るように着て、ぼさぼさの髪に相変わらずの底の厚い眼鏡。どこからどう見ても『金のない貧乏大学生』の風貌の林田《はやしだ》は、振り返った掛川に声をあげて走り寄ってきた。

「一緒に昼を食べないか。話があるんだ」

林田とは高校二年の時にクラスが一緒だった。三年生になってからも時々話はしたけど、大学に入学してからはさっぱり縁がなかった。何かにつけて『鈍い』林田は掛川がかすかに感じている違和感をものともせずに、前と同じ調子で話しかけてくる。それも特技だなと思うとおかしくてその誘いに頷《うなず》いた。

「教育学部って忙しいか」

学生で溢《あふ》れかえっている広い学食で、二番目に安い親子丼をテーブルに置くと林田はそう聞いてきた。向かいの席に日替わり定食のトレイを置き「それほど」と答える。

「適当にやってる。一年生なんてどこも授業内容は変わらないだろ」

「そんなものかなあ」

林田は首を傾げる。この高校の友人は不思議と変わらない。大学生と高校生の間に確かな境界線があるわけでもなく、劇的に変わるのもおかしいといえばおかしいけれど、それでもマイペースな友人が羨《うらや》ましいような気がする。それとも変わったのは自分なのだろうか。

自虐的な気分になる。もしもこの初《うぶ》な友人に好きでもない男と付き合っていると言ったらどんな反応を示すだろう。知り合って一か月にもならないひと回り年上の男と頻繁《ひんぱん》にセックスしていると言ったら…。だけど考えてみるだけ。現実に言えるはずもない。

「俺に何か話があったんじゃないのか」

話を振ってやると、食べることに夢中だった林田が顔を上げた。

「ああ…もうすぐ夏休みだろ。夏休みにバイトか何か予定入ってる？」

「別に何もない」

やや迷ったふりで、それでも単刀直入に切り出された。

「映画に出演してほしいんだ」

映画好きの林田が大学でも映画研究部に入部したのは知っていた。掛川もいくつかサークルを見学したけれど、今一つピンとこなくて結局どこにも入らなかった。

趣味といえばバイクでのツーリングだけどそれはわざわざ大学のサークルに入るほどでもなかったし、それなりにバイク仲間もいる。真面目に勉強しようと、最初のうちは思っていた。けれど教育学部を選んだのも、もとを糺《ただ》せば好きだった人と一緒に仕事ができるかもしれないというささやかな願いがあったからで、先生の恋人が誰かを知ってしまってからはすっかりやる気が削げてしまっていた。

「部とか関係なくて個人でものすごく撮りたい映像があるんだ。脚本を読んだ時に、頭の中でぱっとイメージが膨《ふく》らんでさ。脚本書いた奴と撮ろうって意気投合したはいいけど役者がいなくてさ」

最初に頭に浮かんだのは『面倒臭い』だった。

「ほかをあたれよ、俺は演技なんかできないぜ」

「やっぱり駄目かあ…そんな気はしたけどさ。貴重な夏休みにわざわざ来てくれっていうのも悪いよな…」

尻切れトンボの声が小さくなる。そういえば前から林田は押しが弱かった。この調子でごねたら断れるんだろうな、そんなことを考えていると案の定、ふっとため息が聞こえた。

「やっぱり迷惑だよなあ」

伏し目がちに諦め半分そう言われると、なんだか可哀相になってくる。林田に監督としての才能があるかどうかは別にして、映画に対して真剣なのは確かだ。

「ものすごくいい脚本なんだよ…」

「どんな話だ。あらすじだけでも話してみろよ」

林田が勢いよく顔を上げる。

「主人公は十代の少年なんだ。バンドをやっていてメジャーデビューすることを夢見てる。少年は可愛い女の子に恋もしている、少年にしてみれば恋も夢も希望もあって最高の時なんだ。そこから場面が変わって大人になった少年が出てくる。ある日、彼は自分が少年の頃に見ていた夢を思い出して現実が窮屈《きゅうくつ》になるっていう話なんだ」

漠然とした説明で今一つ内容がよくわからないけれど、林田は目をキラキラさせながら語ってくれた。

「その少年を俺がやるのか」

「そうだよ、夢に破れる少年ってやつ」

「少年ね」

呟く。林田の視線が痛い。期待に満ちた眼差《まなざ》し。好奇心で聞いてみたものの、ここまで話させてしまっては断りづらくなる。結局『うん』、と言わざるをえなかった。

「そんなに長く時間がかからなかったらやってもいい」

「よかったあ」

林田は本当に嬉しそうに笑った。

「俺に期待するなよ。演技なんてしたことないんだから。ひどい下手くそでもあとから文句言うんじゃないぞ」

一応、釘を刺す。

「俺、掛川がよかったんだ。脚本を読んだ時、最初に掛川の顔が頭に浮かんだからさ」

林田は残りの親子丼に手をつける。掛川も最後のカツを口の中に放り込んだ。空のトレイを手に席を立つ。

「今度、Ｚシネマっていう映画会社で『フィルム・フェスタ』っていうアマチュアのコンテストがあるんだ。できたらそれに応募しようと思ってる」

別れまぎわに林田は『詳しいことはあとから電話するから』と言った。林田は夢中になれるものを持っている。それに対して一途で真剣だ。だけど俺は…。


『体の恋人』橋本道也は出歩くことがほとんどない。人との付き合いが得意ではなさそうだと最近気がついた。大手商社に勤めているらしいけれど、ほかのことはあまり知らない。聞いたこともないしその必要もない。

夜であれば掛川がいつ訪ねても大抵橋本はマンションにいた。橋本の手持ちのマンションは、株で稼《かせ》いだ金で頭金を払い、今は家賃程度のローンを毎月支払っているらしい。

話をするのを極力避けるために、掛川はマンションに着いて男の顔を見るなりすぐにベッドに誘って抱くことが多い。そんな掛川を冗談半分、橋本は『さかりのついた犬』と呼んだ。

抱く時はいい。有無を言わさずにキスしてベッドに押し倒して、ことがすむまで何一つ喋らなくていい。問題はそのあとだ。煙草を吸えば喋らなくてすむ。けれど橋本が煙草を吸ってるのを見たことがなかったから、試しに聞いてみたことがあった。吸わないのか、と。

『体に悪いだろう。ビジネスマンは健康管理も仕事のうちだからね。海外でも禁煙運動が盛んで煙草を吸う奴はそれだけで評価が落ちる…』

話が長くなりそうだったのでベッドだったのをいいことにキスで封じた。

話さない理由に煙草を使えなくて、結局掛川はセックスのあとですぐに眠ったふりをすることにした。そうすれば橋本も掛川を揺り起こしてまで話をしようとはしない。一緒に眠るか、掛川一人をベッドに残してシャワーを浴び、持ち帰った仕事の続きをするか。

眠ったふりがふりでなくなることも多かった。橋本の出勤前に起こされて、言い訳のように『好きだ』と呟くのもしばしばだった。

けれど今日は昼間、林田と話したことや高校の時のことを思い出してやたらと目が冴えてしまっていた。先にベッドを抜け出した橋本に少し遅れて起き上がる。服を着て居間を覗くと、橋本はパジャマ姿でソファに腰掛け、膝の上に載せたノート型パソコンの画面にじっと見入っていた。テーブルの上には書類が山と積み重ねられている。集中していると思っていた橋本は、居間の入り口で見ていた掛川に気がついて顔を上げた。

「目が覚めたのか」

呟き、橋本は眉間《みけん》を摘むように押さえた。

「泊まるのなら着替えるように。パジャマのある場所は知ってるね」

「ああ」

ため息をついて画面を見つめる横顔。疲れているように見える。橋本は思い出したようにもう一度掛川を見た。

「少し先になるが、九月二十七日の夜は空けておいてくれるかい」

「二か月先か、忘れそうだ」

ボソリと呟いた掛川に橋本は口許だけで笑った。

「夜だけでいいんだ。コンサートに行く」

橋本と二人仲よく出掛ける場面を想像するだけでぞっとする。コミュニケーションは体だけで十分だ。

「誰のコンサート？」

一応、聞いてみる。

「レオナルド・オドネルだよ」

「洋楽か」

橋本はプッと吹き出した。

「オドネルはヴァイオリン奏者だよ。七年前のチャイコフスキーコンクールに最年少で優勝している。世界的に有名な人だけど、君は知らなかったみたいだね」

何がおかしいのか橋本はクスクスと笑い続けた。

「ああ、ごめんよ。君はクラシックは聞かないんだね。でもオドネルの名前ぐらいは知っておいたほうがいいよ。僕だったからいいけどほかの人の前でそんなこと言ったら恥をかくだけだから。その程度の教養もないのかと思われるよ」

橋本の場合、わざと人を小馬鹿にしているのか、それとも本人も気づかないうちに人を馬鹿にしているのかわからない時がある。どちらにしろ質《たち》が悪い。

そばにいるのが不快でたまらない。だから話をしたくない。いつもこうだ。口を開けば人を小馬鹿にする。

家に帰るつもりで玄関で靴を履きかけた時、財布がないことに気がついた。どこに置いたのか、キッチン、居間とぐるりと一周して寝室に戻ると、財布はサイドテーブルの上に置いてあった。

雨の音が聞こえるような気がしてカーテンをはぐるとやっぱり降っていた。嫌味な男と雨足を天秤《てんびん》にかける。…どっちもどっちだ。

眠ってしまえば嫌味は聞こえない。結局泊まることにして、クロゼットを開ける。泊まることが多くなったこの頃、橋本は掛川専用のパジャマを用意していた。クロゼットの中にはスーツや鞄《かばん》が整然と並べられていて、綺麗好きな橋本らしかった。橋本がいつも通勤に使うバッグもあり、取り出して中を覗くと愛用のシステム手帳が入っていた。なんでも手帳に挟み込む癖《くせ》があったのを思い出して、中を開いて内ポケットを探ると案の定、コンサートのチケットが二枚出てきた。

『レオナルド・オドネル　来日記念公演』

九月二十七日の日付が入っている。驚いたのはチケットの金額だった。万単位。

皺《しわ》がつかないように綺麗に挟み込まれていたそれを、二つ折りにしてサイドテーブルの上に置いた。パジャマに着替えて、テーブルの上のチケットを右手の中に握り込む。

もう一度居間に戻る。橋本はパソコンと書類を見合わせたまま掛川には目もくれない。

「終わらないのか」

「…話しかけないでくれないか。気が散るから」

チケットを握ったままトイレに入る。しっかりと鍵をかけてから便器の蓋《ふた》を開け、クシャクシャになったチケットを一枚ずつ細かく千切《ちぎ》った。粉雪みたいになったチケットは水の音と一緒にザッと流れた。

九月の不満もこうして流れた。『悪いことをした』そんな罪悪感はカケラも胸の内に浮かんでこなかった。

映画の撮影について連絡があったのは、学食で話をしてから一週間ほどあとだった。林田のアパートにスタッフ全員が集まる、と聞いていたからさぞかし人が集まるのだろうと思っていたけれど、中にいたのは掛川を入れて三人だけ、拍子抜けした。

林田と掛川、それと脚本を書いたという女の子。細面《ほそおもて》に大きな瞳が奇妙にアンバランス、綺麗というより個性的といった顔だちの背が高いその子は、長い髪をひとまとめにして女の子にしては珍しく化粧っけのない顔をしていた。

最初に顔を合わせた時、彼女はただでさえ大きな瞳を最大限まで見開いてじっと掛川を見つめた。

「高木美恵《たかぎみえ》です」

不自然な間を置いて、掛川に向かって小さく頭を下げた。

「掛川進です」

「ねえ」

彼女、高木さんは隣にいた林田の服の裾を乱暴に引っ張った。

「すごくかっこいいよ。びっくりしちゃった。どうしよう、ドキドキする」

喋りながら本当に胸を押さえている。

「本人の前で言うなよ、掛川も照れてるじゃないか」

林田がそう言うから、妙に意識して表情がぎこちなくなるのが自分でわかる。

「イメージぴったり。本当にこの人が出演してくれるの？　嘘みたい」

高木さんはうっとりと掛川を見ていたけれど、そんな自分に気がついたのか慌てて薄いコピーの小冊子を掛川に手渡した。

「林田君が大体のあらすじを話したって言ってたけど、それだけじゃ細かいところがわからないと思うから、これ。脚本なの」

脚本は想像していたよりもずっと短かった。素人《しろうと》目から見てもかなり本格的だ。確かに内容は林田の言っていた通り『少年の挫折《ざせつ》』だったけれど…それだけじゃおさまりきらない。掛川が最後の行を読み終わるのを待って、高木さんは言った。

「『HATE MEDIOCRITY』ってタイトルなの」

同時にドアをノックする音がした。

「ほかにも誰か参加する奴がいるのか」

玄関に飛んでいった林田には聞こえなかったようで、かわりに高木さんが答えてくれた。

「林田君の高校の時の先生も協力してくれるらしいの」

ちょっと待て、そんな心の声が聞こえるはずもなく振り返った時には、部屋の入り口にあの人が立っていた。

「久しぶりだな」

Tシャツにジーンズ、少しも変わらないあの人が自分に向かって笑いかけてくる。今にも飛び出しそうな心臓を押さえつけて答えた。

「久しぶりです」

声がうわずらないように注意する。先生は林田に促されて部屋の中に入るとよりにもよって掛川の隣に座った。

「林田と同じ大学なんだって」

「ええ…」

　にこやかに話しかけてくる人と視線を合わさず、掛川はそっと自分の首筋を手のひらで隠した。昨日も橋本と『遊んで』いた。その名残《なごり》が残っていないか気になって仕方なかった。

「ちゃんと勉強しているか。大学生になった途端に酒も煙草も解禁で拍子抜けしたんじゃないか」

　笑いながら掛川の肩を軽く叩く。

「先生、これ」

　林田に脚本を手渡されて先生はさっそくそれをパラパラとめくり始めた。じっとそれに見入っている人を横目に、掛川は首筋から手のひらをはずせないでいた。

「面白そうだな」

　それが脚本を読み終えた先生の感想だった。

「期末が終わるまでは駄目だけど、夏休みに入ったらいつでも手伝ってやるよ」

「やった、お願いします」

　手を叩いて喜ぶ林田の肘《ひじ》を高木さんが乱暴につついた。

「少しは遠慮しなさいよ。本当にいいんですか。お礼なんてできないんですけど」

「俺はこういうの好きだから」

　先生はもう一度最初から脚本を読み返そうとして、不意に振り返った。

「掛川」

不自然なほどに背筋が震え、自然と姿勢が正される。

「お前が主演するんだって」

「はい…」

「林田はいい人選をしたと思うよ。お前らずっと仲がよかったんだな」

先生はニッと笑った。それから林田に今後の大まかなスケジュールを聞くと、早々に帰っていった。

「期末テストがまだできてなくてさ」

そう言って頭を掻いていた。先生が帰ってから、高木さんは独《ひと》り言《ごと》のように呟いた。

「先生って、感じのいい人ね」

「だろう」

林田が自慢げにそう言うと、高木さんは呆《あき》れたように林田の頭を軽く叩いた。

「いくら仲がよくて、もと生徒に誘われたからってあんなに気持ちよくOKしてくれる人はいないわよ。それに夏休みがほとんどこれで潰れちゃうの、わかってるわけでしょう。本当にありがたいわ」

さっきトイレに行ったふりで、洗面所の鏡の前で確かめた。橋本との遊びの余韻《よいん》はどこにも残ってなかった。だけどそんなこと気にする必要はなかった。先生は自分の首筋など全然見てなかった。

自己嫌悪。自分は何をしている？　最悪の男を、偽物《にせもの》を抱いて喜んでいる自分は一体なんなんだろう。惨めだと思う心が止まらない。悲しくなる。正しいものを見せつけられて、自分のやっている悪いことを再認識する。もう二度と橋本なんかに会いに行かない。そう決心したのも先生に再会したその夜限りで、次の夜になると半分投げやりな気持ちになった。

いくら自分が先生に義理立てしても、先生も明智と…するのかと思うと馬鹿らしくなってきた。思い続けているのは自分だけで、先生はそんなこと知りもしない。完全な一方通行。胸の中にくすぶる思い。溢れ出す前に靴を履いて外に出た。

夜中の十一時過ぎ、マンションのインターカムを押すと橋本は不機嫌な声で返事をした。居間でうたた寝していたと赤い瞼《まぶた》を指先でこすり、どういう目的で来たのか知っているくせに『なんの用かな』とわざと聞いてきた。

返事をせずにキスをした。頭の中にはセックスのことしかないんだと伝えるために。前戯を通り越した深いキス。

何人もの男を渡り歩いてきているくせに橋本は不思議とキスに弱かった。特に歯茎の裏側が弱くてすぐに腰砕けになる。いつもはじりじりと攻め落とすけれど今日はそんなに時間をかけるつもりはなかった。

恥もなく昂《たかぶ》らせた中心を掛川に押しつけてくる橋本を抱き留めながら、先生もそうだろうか、キスに弱いのだろうかと考えた。どんな風にすれば感じるのだろうか。

会社から帰った姿のまま、着替えもしていない男のスラックスを下着ごと押し下げる。壁に押しつけて両足を抱え上げ、まだ乾いたままのそこを下から突き上げた。

「痛いっ、馬鹿」

橋本が騒ぎ出す。わずかな抵抗もゆっくりと腰を動かしているうちに影を潜めて、誘うように掛川を抱き寄せてくる。

あの二人は…先生と明智もセックスするんだろうか。あんな風に平然とキスして、それでセックスしてないとは思えない。最初に誘ったのはどっちのほうだろう。どんな風に誘ったのだろう。やりながら橋本みたいに『気持ちいい』と喘《あえ》ぐのだろうか。想像ができなかった。あの人が男とセックスするのは想像できない。

「はあっ、はあ…」

現実の喘ぎ声。あの人の声じゃない。橋本は浅く息をつくと涙で潤《うる》んだ瞳で掛川を見上げた。

「ベッドに連れていけ」

ろくに足が立たない橋本を抱いて寝室まで行く。ベッドの上に押さえつけて貫く。何度も、何度も。途切れることのない欲。

途中で橋本は返事をしなくなり、体を離すとぐったりベッドに沈み込んだ。それでも最後の欲を橋本の中に打ち込む。時計の音しか響かない真夜中、裸のままでベッドの上に座り込んだ。嵐のような熱が体から、頭から引いてゆく。

急に隣でうつぶせのままピクリとも動かない橋本が気になって揺さぶり起こした。犯《や》り殺したかと思ったけれど、乱暴に揺さぶると瞼が細かく震えた。ほっとして息をつく。途端に肌寒さを覚える。冷房を止めるのも面倒臭くてシーツを引き上げ、ついでに橋本の体もシーツにくるむ。指先に触れる熱は温かい。

抱き寄せるともっと温かかった。首筋に鼻先をこすりつけると橋本の匂いがした。男性用の香水と体臭が混ざった独特の匂い。

白くて形のいい耳たぶを舐《な》めて、口に含んだ。柔らかくて感触のいいこれを何度嚙み切ってやろうという衝動にかられたかわからない。散々遊んで、飽きて、だけど温もりを放すのは惜しくて抱いて眠った。少しだけ涙が出た。

起きたのは昼に近かった。土曜日だったからまだいい。平日の前にあんな無茶をしていたら怒られ嫌味を言われるだけじゃすまなかった。

先に目を覚ましたのは橋本で、目を覚ましてもおとなしく掛川の腕の中にいた。あとから目を覚ました掛川は自分を見つめる視線に気づいて、背筋がぞっとした。

「嫌なことでもあったか」

そう聞かれた。

「どうしてわかる」

はぐらかすだけの頭が回らなかった。

「乱暴だったからな。やってて気を失ったのは初めてだ」

「ごめん」

素直に謝ると、橋本は唇の端だけで笑って掛川の頭を撫でた。短い髪の毛を緩くかき回されるのはひどく心地いい。その仕種がいつになく優しくて、橋本道也はこんなに優しい男だっただろうか…そう思ったのも一瞬、綺麗な顔で笑いながら橋本はこう言った。

「あんなセックスもたまにはいいかもしれないね。毎回じゃ体がもたないけど、すごく感じるよ。次から少し変わったことでもしてみるかい。バイブを使ってみるとか。変化があって意外と面白いかもね」


七月の最終土曜日が撮影初日になった。『大学の近くじゃ知ってる人が多くって気まずいものね』高木さんの言葉でまずは撮影場所になる、人の少ないバス停留所を探した。

足がないと不便だと車を出したのは林田だったけれど、お姉さんのだというそれは国産の赤い軽自動車で車内はひどく狭かった。冷房も全然効かなくて、窓を全開にして走ってもシートに密着した背中にじわりと汗が滲んだ。

どれだけ体を小さくしたつもりでも隣にいるあの人に腕が触れる。急なカーブで体が揺れると体重がかかる。

「けっこう暑いよな」

先生は窮屈そうに腕を伸ばし、指先で額を拭った。

「そうですね」

「俺の車を出せばよかったかな。そうすればもうちょっと楽に乗っていられたんだが…そういや掛川、お前は車の免許を持ってるか」

「まだです。バイクのほうが好きだしそんなに不自由してないですから」

「じゃ、足はあのＺＥＰＨＹＲか」

先生は二年近く前にタンデムした自分のバイクを覚えていた。

「古いから新しいのに替えたいと思う時もあるんですけど、やっぱり愛着あるから」

「いいバイクだったよな」

先生は呟き、窓の外に視線を移した。スピードが出ない軽自動車の横をバイクがすり抜けて、前に出たかと思うと陽炎《かげろう》の向こうに見えなくなった。

ようやくごみごみした街を抜け、少しずつ道路の両脇の視界が開けてくる。高台にある工業団地の下を通りかかった時、不意に助手席に乗っていた高木さんが、『止めてっ』と叫んだ。慌てて急ブレーキをかけた林田に、掛川は前の座席シートに頭をぶつけ、後続の車の怒鳴《どな》り声のようなクラクションが耳に響いた。

「ここがいい」

丘の斜面をコンクリートで固めた高い壁。その前にバス停留所だと知らせる看板。どこにでもある場所。けれど高木さんに訴える何かがあったんだろう。林田は反対車線にある空き地に車を停めた。

遠くからのカットだということで、林田は反対車線の歩道にカメラをセットしている。先生はそんな林田の横でレフ盤を片手に煙草をふかしていた。高木さんは高校の頃の制服だというセーラー服を着ていて、最初に会った時は一つにまとめていた髪も今回は二つに分けた緩い三つ編みにしている。恐ろしく違和感がない。それもそのはず、彼女は半年前まではそれを着て高校に通っていたのだから。

化粧をしているのか横顔は白く、唇には薄く色がついている。高木さんはバス停留所の後ろにある白っぽいコンクリートの壁を指さした。

「ここに立って。最初は立ってるだけでいいから。そして私が歩いてきたら私を視線で追いかけて、バスに乗って見えなくなったらそのまま向こうへ歩いていって」

歩け、と言われた先には同じ景色の中で同じような道が続く。

「俺は君のことが好きなんだよね」

どうしようか、そう思ったけど結局聞いてしまった。

「そうよ」

高木さんはにっこり笑った。

「私のことが好きで、私を見たくてここのバス停で待ってるの。私がバスに乗ったらもう用はないでしょう。だから帰るのよ」

「何度か脚本を読んだんだけど、やっぱり釈然《しゃくぜん》としないんだよな。俺が演じる男は、わりと派手な印象があるんだよ。そういう奴が好きな子を見たいってだけでここにずっと突っ立ってたりするかな。そうしてる間に声ぐらいかけそうじゃないか」

　彼女は首を傾げた。

「一人の女の子を十人の男の子が好きだったとしても十人全員がその女の子に好きとは言えないと思う。一人か二人はきっと何も言えない。女もそうだもの。本気で臆病《おくびょう》な人ほど躊躇《ためら》うの」

　大きな瞳がじっと掛川を見つめた。

「林田君のフィルムが回ってる間だけ私に恋してね。ひと目姿を見たくてたまらなかったから待ってた、そんな顔をして」

　クスリと笑う。

「そんなこと言っても無理よね、わかるわ。それなら私を掛川君の好きな誰かに置き換えてみて。付き合ってる子でも、前に好きだった子でもいいから」

　目を閉じる。一番最初に先生が頭に浮かんだ。道路の向かい側に立っているあの人。一生に一度だと本気で思った。話をするのが楽しくて、そばにいるのが嬉しくていつも目で探していた。少しだけ記憶が逆戻りする。…ぼんやりしていたことに気づいて慌てて前を向く。彼女がずっと自分を見ていたと知って気恥ずかしくなった。

「なんだよ」

　照れ隠し。そっけない口調になる。

「掛川君って」

　高木さんは嬉しそうに笑った。

「彼女いるでしょう」
「それがこの映画となんか関係あるのか」
「別に。ただきっと一生懸命に恋するタイプだろうなってそう思っただけ。図星でしょ」
鼻先に人指し指をさされ、そう言われた。

何台ものバスをやり過ごす。彼女は何度もバスに乗り、次の停留所で降りては戻ってきた。林田がなかなかOKを出さないからだ。時間も金もないのに妥協しない。こういうところだけは妙なこだわりを持っている。

コンクリートの壁にもたれる。背中に、額にじわりと汗をかく。Tシャツが体に張りついて離れない。自分の影は小さく、きつい日差しに体を隠す場所はどこにもない。

『映画だけの恋人』を待つ。姿を見つけて目で追いかける。彼女を先生だと思い込む。好きで好きでたまらないと、自分に言い聞かせる。そうして一時間ほど経った頃だっただろうか。何台目かのバスの中に、偶然よく似た横顔を見つけて驚いた。

バスの窓越しに見えたのは、白いシャツにくすんだ水色のネクタイ。切れ長の瞳に小さな横顔。職場でも一日中書類とパソコンに顔を突き合わせていると言っていた橋本がこんな場所を通るバスに乗っているはずがない。確かめようと目を凝《こ》らす。そうかそうでないか判断する前にバスは走りはじめた。

ゆらゆらと陽炎の中をバスが見えなくなっていく。慌てて追いかけて、追いつくはずがないと気がつくと自然と足が止まった。歩かなくてはいけなかったんだと思い出してまた足を動かす。

うずくまるような自分の影を踏んで歩く。車の音にかき消されて林田のＯＫの声はなかなか掛川の耳まで届かなかった。


ベッドサイドでは小さな星座球がぼんやりと光っている。広げた手のひらよりももう少し大きいぐらい、円形のそれは目覚まし時計の機能もついていて、ピッピッと優しい電子音で時間を知らせた。

以前は二つのベルがついた銀色のアンティークな目覚まし時計だったけれど、少し前にベッドから下りようとして蹴っ飛ばして掛川が壊した。さすがに悪いと思って『買ってくる』と言ったのに『趣味があるから』と丁寧に断られた。

断られはしたものの、またジリジリと音のうるさいのを買ってこられそうな気がして、壊した次の日にこれをプレゼントした。

「嬉しいけれど…少し子供っぽいな…」

橋本はやっぱり気に入ってくれなかったけれど、それでも捨てずに寝室に置いた。無機質な部屋に少しでも優しいものを置いてみたかった掛川の目論見《もくろみ》は一応、成功をおさめた。

体を起こして星座球を覗き込むと、午前二時を少し過ぎていた。薄暗い光の中で裸の首筋を、胸許をゆっくりと撫でてやると猫のように体を揺らした。気持ちよさそうにゆっくりと瞬《まばた》きして今にも眠ってしまいそうに小さな欠伸《あくび》をする。

「橋本さん」

呼んでも答えない、整った横顔。指先を、すっかり張りをなくした中心にあててそっとこすり上げるとビクリと背中を震わせた。

「俺、オドネルのCD買ったんだ」

橋本は慌てて中心を掴む掛川の腕を押さえた。

「わかったから…その手を離し…」

「もう少し触りたい」

撫でて、擦ってすっかり固くなったそれの根元を押さえつけて、耳許に囁いた。

「コンサートに行く前に、予備知識が欲しかったからさ」

「…そんなっに、はっ、焦《じ》らすなっ」

素直に手を放して右手で先をくるんでやると、かすれたため息が聞こえた。手のひらに液が零れる感触。汚れた右手を拭《ぬぐ》って橋本を腕の中に抱き込む。

「ヴァイオリンの音色は綺麗だな。たまにはクラシックもいいなと思ったよ」

顔を覗き込むと、視線が逸らされた。掛川の腕から体を離して壁ぎわへ寄りかかる。けれど狭いベッドじゃそれにも限界があって、掛川が体を寄せると、橋本は壁と掛川に挟まれるような格好になった。

「コンサートがすごく楽しみだ」

橋本はなかなか視線を合わそうとしない。チケットがなくなったことにはもう気がついているらしい。

連れていってくれる感謝のふりで頬にキスをする。薄い背中に耳をあてて、この男が今何を考えているのか心の声が聞こえたら面白いだろうなと思った。

「…そのことだけど」

体の中から響いてくる。

「僕の上司の奥さんでオドネルのファンだという人がいて、チケットを持っていると話をしたら、どうしても見てみたいから譲ってくれと言われたんだ。オドネルは人気があるからね、チケットが完売して手に入らないそうなんだ」

右手を橋本の心臓にあてる。ドクドクと手のひらに響く鼓動。

「上司の奥さん？」

「そう、上司。だから強く頼まれたら断れない。譲らなきゃいけなくなる。そうなったら行けないから」

嘘だ。譲るも何もチケットはどこにもない。捨ててしまった。橋本は即席の嘘を作る。それがばれてるなんて考えもせずに。

「俺、すごく楽しみにしてたんだけど…」

残念そうに呟くと、橋本の顔はそれとわかるほど不機嫌なものになった。

「もともと僕が自分で金を出して買ったチケットだろう。行けないからといって君に文句を言われる筋合いはないよ」

それもそうだ。掛川を見上げて橋本は眉をひそめた。

「どうして笑ってるんだ、気味の悪い奴だな」

「別に」

なくなったのだったら『なくした』と素直に言えばいいのにどうして嘘をつく？　なくしたという自分の手落ちを言いたくないのか。

安心する。こんな風に人を試す自分も嫌な奴だけど、もっと嫌な奴もいる。傲慢《ごうまん》で自分勝手、嘘ばかりついて少しも優しくない橋本を見ていると自分のほうがまだましだと思えるから安心する。

眠りかけた男の柔らかい髪を撫でながら、いつからこんな性格だったんだろうと考えてみる。子供の頃からそうだったのか。それとも成長していく過程で？　どちらにしても…三十過ぎまでこんな性格だったんだから、これから先も自分が変わろうとしない限り、誰かが何か言わない限り、このままなんだろうなと思うと、少し哀れな気もした。

すごくいい表情なの。高木さんはそう言った。バス停留所と貸しスタジオ、雨宿りのシーンをほぼ二週間かけて撮り終えた。それで主人公の少年時代、フィルムの半分を撮り終えたことになる。

次は後半、青年になった少年の撮影に入る。その日は公園で撮影の予定だったけれど予想しない雨のせいで中止になり明日に繰り越し、急遽《きゅうきょ》編集作業に変更されていた。林田が知らせてくれようとしたらしかったけれども掛川に連絡はつかず、結局、用事をすませて直接林田のアパートに行き、初めて掛川は中止になったという話を聞いた。

フィルムをつなぐ作業が始まっても、掛川の出る幕はなかった。高校の時の遊び半分の編集と違って真剣そのもの。手伝うこともできなくて、けれどそのまま帰るのも妙に気まずくて煙草を買いに行ってくると適当に理由をつけて外へ出た。

コンビニエンスストアで煙草と軽く摘めるものをいくつか買った。手伝えないならせめて差し入れでも置いて帰ろうと思ったからだ。漫画本を立ち読みして、煙草を買うだけにしては長すぎる時間を店の中で過ごして、少しもやむ気配を見せない雨の中、アパートに戻ると、高木さんが待ちかまえていたように靴を脱ぐ掛川の腕を引いた。最初のシーンだけはつなぎ終わったから見てほしいと嬉しそうに告げた。

「今から回すから。あとから率直な意見を聞かせてね」

部屋の電気が消され映写機が回り出す。画面がモノクロだったことに最初は驚いた。反対車線の歩道から撮っているせいで自分の姿は画面の中でもかなり小さい。白いコンクリートの壁の中にあって黒いTシャツにジーンズ姿の自分は奇妙に浮き立って見えた。画面に変化はなく、何台も車が行き過ぎる。だからバスが停留所に止まった時、初めて時間が流れ出したように見えた。

彼女がバスに乗り込む。不自然に自分が動いた気がした。視線がバスから離れない。バスが走り去って自分だけが画面に残る。少し走って、立ち止まる。うつむく。そうして歩きはじめる。そうして自分も画面から消える。そこで終わっていた。

「どうだった」

高木さんは顔を覗き込んでくる。

「どうって…」

何をどう説明すればいいのかわからない。

「繊細《せんさい》な感じが、すごくよく撮れてると思わない」

「俺は、ちょっと嫌だな」

「どうして」

驚いたように高木さんは首を傾げた。

「だって、あの中にいるのは俺だろう。なんだか人前で裸になってるような気がして…」

きょとんとした顔をして、そうして次の瞬間、林田と高木さんは同時に吹き出していた。どうして笑われるのかわからない。高木さんは目尻に涙まで溜めながら林田の肩を叩いた。

「同じこと言ってた女優がいたわよね。外国の、ヘップバーンが全盛だった頃に…」

「G・エリアスだろ。俺もそう思った」

林田が相槌を打つ。高木さんが笑いながら説明してくれた。

「昔の女優だけど同じこと言ってた人がいるのよ。すごく演技力のある女優でね、役になりきっちゃう人だったの。監督が『怖い』って言うぐらい。掛川君、才能あるわよ。役者をやってみない」

差し入れを残して、アパートを出る。雨はよけいにひどくなり、道路には水の膜ができる。靴が水を吸い込んでだんだん重たくなっていく。

自分で自分を見るのがあんなに恥ずかしいものだとは思わなかった。今すぐ全部燃やしてしまいたいけれど、そんなことをしたらあの二人に殺されそうだった。

あとから多少手が加えられるとしても『裸の自分』はそのままフィルムに残る。橋本が乗っていると思ってバスを追いかけた不自然な自分がそのままフィルムの中に残る。


高木《たかぎ》さんと林田《はやしだ》は公園のシーンでの撮影場所について、噴水のそばで撮るかベンチで撮るか言い争っている。二人が納得するまで撮影は始まらない。

『妥協《だきょう》』という言葉を知らない二人は、炎天下だろうが、真っ昼間の街中だろうが納得いかないことがあればところかまわず議論を交わす。撮影が三十分や一時間遅れるのはざらで、それに素人《しろうと》が横槍《よこやり》を入れてもなんの効果もないのは学習ずみだから、先生と二人で木陰のベンチに座り決着がつくのを待った。

木陰にいても風が吹かないとじわじわ汗をかいてくる。まるで高校の時に返ってしまったみたいで、懐か

しかった。上を向いたまま目を閉じると蟬《せみ》の声がジンジンと耳に響いて、時折吹く風はひどく埃《ほこり》っぽい匂いがした。

今日の撮影は子供も必要だというので、林田のお姉さんの子供で今年三歳になる優太《ゆうた》君も一緒に連れてきていた。叔父《おじ》さんになる林田よりも初対面の先生になついたその子は、最初先生の膝《ひざ》の上でおとなしく座っていたけれども、そのうち近くにあった砂場で遊びはじめた。小さな青い野球帽が砂場で揺れているのを先生は目を細めて見ていた。

「先生って、子供が好きなんですね」

「まあ…あれぐらいの子は可愛いよな。俺の友達の子供も女の子だけどちょうど同じぐらいでさ、俺が遊びに行ったら『おにいちゃん』なんてなついてきて可愛いんだよ」

「早く結婚すればいいんですよ」

相手が明智《あけち》なのに、そんなことできるはずないのに知らないふりでそう言ってやる。案の定、先生は口を閉じたまま黙り込んだ。

先生が黙り込んでしまったせいで、話しかけるのが気まずくなる。待つのにもうんざりして腕時計を覗《のぞ》き込む。三十分以上たつけれど決着の兆《きざ》しは見えず、二人は噴水とベンチの間を行ったり来たりしていた。隣の人に視線を移すと台本をぱらぱらめくりながらたまに欠伸《あくび》をしていた。

うつむく首筋、白いTシャツの奥、深い場所に赤い鬱血《うっけつ》が見えた。鮮やかな赤。自分の視線に気がつかないその人は平気でTシャツの襟《えり》ぐりに指をかけ、はたはたと扇《あお》いだ。

「恋人とはうまくいってますか」

先生はふと顔を上げると、掛川《かけがわ》の目を見て苦笑いした。

「まあまあ、だな」

呟《つぶや》きながらジーンズのポケットを探り煙草とライターを取り出すと、慣れた仕種《しぐさ》で箱の底を叩き一本だけ弾《はじ》き出し火をつけた。煙草を吸う仕種は、もう聞くなとそういう意味なのかと考えもしたけれど、それでも聞いてみたかった。

「ずっと同じ人ですか」

「まあな」

煙草をくわえたまま、さっき掛川がしていたように上を向いて目を閉じる。薄い布地に張りついた胸の筋肉が、呼吸と一緒にゆっくりと上下するのを見ていると触れてみたくてたまらなくなった。明智はどんな風にこの体に触れるのか…。

「お前は？」

不意に目を開けた先生はそう聞いた。いやらしい視線を咎《とが》められたのかと思って一瞬体が固まる。

「お前はどうなんだ。好きな子はいないのか」

一人で慌《あわ》てて、橋本《はしもと》のことなど話すつもりもなかったのに答えてしまっていた。

「俺も付き合ってる人がいます」

「そうか」

先生はニッと笑ってまた目を閉じた。それだけ。どんな容姿の、どんな職業の、どんな人間かなんて聞かれなかった。多分聞き出そうとも思わなかったのだろう。先生にとってそれは、大して重要なことじゃないからだ。

「付き合ってるのは年上の人です。見た目はいいんですけど性格が最悪で…」

だからどうだ。先生は別にそんなこと聞きたがってない。

「嫌な奴なんです」

だけど『あなたに振られたからあんな男に走ったんだ』と言いたい気持ちもどこかにあった。責任転嫁なのは承知の上で。

先生からはなんの相槌も返ってこなかった。

「——待たせてごめん。こっちのほうのベンチで撮影することにしたから」

大きな声で叫びながら林田が噴水の向こうで手を振る。高木さんの意見に決まったらしい。優太君は先に向こうへ行ってしまっている。先生と二人、同時にベンチから立ち上がった。

「百のうち九十九が気に入らなくても、そのうちの一でも気に入ったんだったら仕方がないよな」

呟くような声だった。振り返ると、後ろを歩いていた先生はちょっと戸惑《とまど》うような表情をした。

「嫌な奴だって言ったからさ…そうじゃないかと思っただけだ」

散々人を待たせたくせに、林田は焦《じ》れたように『急いでくれ』と二人を呼んだ。

「俺は付き合ってると言っただけで、好きだとは言ってません」

先生は立ち止まった。

「お前が気づいてないだけだろ」

断言するようにそう言われた。

「何を根拠にそんなことが言えるんですか。俺のことなんか何も知らないくせに」

思わず喧嘩腰になる。先生を相手に乱暴な口をきいたことに驚いて、だけど飛び出した言葉はもう収拾がつかなかった。

「お前が遊びで人と付き合うような奴には思えなかっただけさ。別に根拠はない」

それだけ言うと先生は足早に林田のいるベンチへと歩いていった。体は汗をかくほどに火照《ほて》っているのに、心臓の周りだけが凍りついたように冷たかった。橋本のことを話してしまったことを、遊びだと白状したことをすぐさま後悔したのは言うまでもなかった。


最初は先生に会ったその日のうちに橋本を抱いてしまうことに抵抗があった。純粋だと思っている先生への気持ちを、橋本の体を味わってしまうことで汚してしまっているような気がして、裸の胸に指を這わせるのを何度も躊躇《ためら》った。けれどそんな罪悪感にもそのうち慣れた。

『オドネルのコンサートに行ける』

少し冷たすぎるほどに冷房を効かせてセックスしたあと、掛川の胸に鼻先をこすりつけながら橋本はそう言った。一瞬なんのことかわからなくて返事ができずにいると、『眠ってるのか』と頬《ほお》をつねられた。

「君が聞きたいと言っていたレオナルド・オドネルだよ。行けるかどうかわからないと言ったがどうやら大丈夫そうだ」

嬉しいだろう、とベッドの上で頬杖をついて掛川の顎《あご》の線をさすりながら橋本は笑った。

「ああ、最初に言っておくけどあまりいい席じゃないから」

突然の事態に、そこで言うべき感謝の言葉が浮かばなかった。嘘だ、嘘だと頭の中で繰り返す。チケットは捨てた。細かく千切《ちぎ》ってトイレへ流した。戻ってくるはずがない。あれは幻の上司の奥さんに献上《けんじょう》されたものだ。

「チケットが見てみたい」

橋本は文句の一つも言わずに裸のままでベッドを抜け出し、ローブだけ羽織《はお》って部屋を出ていった。すぐに封筒を片手に戻ってきて、中からチケットを取り出すと掛川の目の前でひらひらと振ってみせた。そのうちの一枚を抜き取ってじっと眺《なが》める。確かにこの前とそっくり同じ、オドネルのチケット。狐につままれたような感じだった。

「これ、高いよ」

まるで初めて見た…というふりをする。

「クラシックはこれぐらい普通だよ。俗っぽい軽薄な音楽とは質が違うからね」

もう十分だろう、そう言わんばかりに橋本はチケットを取り上げ封筒の中に入れて、少し迷ったあとにサイドテーブルの引き出しの中にしまった。

よく考えれば不思議なことは何もない。チケットをなくしたと思った橋本はまた新しく買ったのだ。掛川がトイレに捨てたものを何万もかけて…俺が行きたいと言ったから。

「寝ないのか」

そう聞かれた。

「あまり眠たくないな」

「珍しい。いつも終わったら五分もしないうちに眠るのに」

今日のことを思い出した。先生が『百のうち九十九が気に入らなくても、そのうちの一でも気に入ったんだったら仕方がないよな』そう言ったこと。こんな関係ももうすぐ二か月になる。終わらない理由は、性懲《しょうこ》りもなく自分が続けているから。『寂しいから』という言い訳が通用しなくなった今まで。確かに先生の言っていることは当たってるかもしれない。セックスするのは気持ちがいい。橋本道也《みちや》の一はきっとそれだ。

「橋本さん」

「なに」

橋本は目を閉じたまま、わずかに肩を揺らした。

「片思い、したことある？」

「したことのない人間のほうが珍しいんじゃないか」

したことがある、そういうことだ。

「相手に好きだって言った？」

「言わなかった」

「どうして」

橋本は軽くため息をついた。

「見当はつくだろう。同性だったからだよ」

当たり前のようにそう言われた。

「俺も片思いをしたことがある」

どうして橋本に話す気になったのかわからないけれど、妙に喋りたい気分だった。橋本はぱっちりと目を開けて、いつになく興味深そうに掛川の顔を覗き込んだ。

「それで」

続きを促《うなが》される。あまり癖《くせ》のない橋本の髪の毛を指先ですく。

「高校の先生だったよ。優しい人で、二年間思い続けて、決死の覚悟で告白したら『好きな人がいる』と断られた。あとになってその『好きな人』が自分の友達、しかも男だとわかってショックだった」

「だから今度は先手必勝というわけかい」

「えっ」

「僕に対してアクション起こすのが早かっただろう」

一瞬、答えに詰まった。

「ああ、そう」

口ごもりながらそう答えた掛川に、ちょっと笑って橋本は横を向いた。

お前はただのダッチワイフだ、心の中で何回も繰り返したそんな台詞《せりふ》をこの時に限って毒づけなかった。


映画の撮影は話の通りに進んでいくわけじゃない。だから極端な話、一番最後の場面を最初に撮ってしまうこともある。とりあえず少年期、青年期に分けはしたものの少年期の時もひどく時間がかかった駅のシーンは、青年期の撮影の時ものびのびとなってしまい、結局最後まで残ってしまった。

朝方の混み合う駅の階段で、という設定の撮影は通勤ラッシュの一般サラリーマンに言わせれば迷惑千万。針のような視線を受けながら、それでも林田は根性でフィルムを回した。駅員に見つかったら注意され撮影をやめさせられることがある。だから手早くすませてしまいたいのに、こんな時にまで監督根性を丸出しにして林田はリテイクを繰り返した。

会社へ行く青年という設定だったから、服を持っていない掛川のために、林田が姉の旦那だという人から半袖《はんそで》のシャツとネクタイ、グレーのスラックスを、先生からは鞄《かばん》を借りた。

「前から思ってたけど、掛川君てちゃんとした格好すると十代に見えないわよね。すっごく渋いわ。かっこいい人って何着たって似合うのね」

ネクタイが窮屈《きゅうくつ》で、何度も襟許に指を差し込む掛川を眺めながら高木さんはそう呟いた。

朝の七時から始めて、一時間を経過しても繰り返される「もう一回」の掛け声にうんざりしながら何度も階段を駆け上がる。あと一シーンなのになかなかＯＫが出ない。青年が階段を走り上がる途中で階段を踏みはずし、慌てて振り返る。それだけのシーンなのに。

階段は薄暗くて決定的に光が足りず、階段の途中でライトを掲げたまま立っている先生も、疲れたらしく小さなため息をついていた。

二度目のリテイクですれ違いざま先生は「リテイクが悪いとは言わないけど、あいつはいささか多すぎるかもな」と言って苦笑いしていた。

何度も階段を走り上がるから額に背中に汗が吹き出す。ラッシュがピークを過ぎてきてだんだん人が少なくなってくる。

「はいＯＫ」

ようやく待ちわびた言葉を聞いて、ホッとする。肩の力がすっと抜けた。

「掛川君」

名前を呼ばれ、驚いて振り返った掛川に橋本はにっこりと笑いかけた。橋本も半袖のシャツにネクタイ姿で、愛用の鞄を小わきにかかえている。汗だくの掛川に比べて、橋本は夏だということを一瞬忘れてしまいそうなほどに涼しげな顔をしていた。

「そんな格好だったから一瞬誰だかわからなかったよ。どこへ行くんだ？　就職活動っていっても早すぎる

を見回した。

下で林田が名前を呼ぶ。橋本の顔が一瞬にして強張《こわば》り、落ち着きない瞳が声の主を突き止めようとあたりを見回した。


「掛川ぁー。早く下りてこいよ」

「僕はここが乗り換え駅だからね」

「どうして、橋本さんは…」

し」


「友達が一緒だったのか。呼び止めて悪かったね。じゃあまた…」

早口にそう告げ、橋本は急いで階段を駆け下りていった。発車までまだ少し時間のある電車に逃げるように飛び乗り、奥の車両に歩いていく。すぐに姿は見えなくなった。

先生は先に階段の下まで下りていて、掛川がやってくると、『さっきの人は知り合いか』と聞いてきた。

「……母方の従兄弟《いとこ》です」

正直に答えることなどできなかった。橋本なんか先生に見られたくなかった。気づかれたかもしれない、そう思うのは考えすぎだと自分に言い聞かせる。結局、先生にはそれ以上何も聞かれなかった。

「すっごくハンサムな人だったわよね。掛川君の一族ってみんな美形ぞろいなのね。羨《うらや》ましいわ」

感心した高木さんの口調に、林田は首をひねった。

「そんないい顔だったか。なんだかキツネみたいだったぞ」

キツネ…あの橋本を捕まえてキツネ…。

「確かにあの人は美形だよ」

少しだけ橋本に加勢してやる。

「本当に失礼よ。これだから美意識のない人は嫌なのよ」

高木さんは半分本気で林田を小突いていた。けれどその林田の能天気な意見が掛川をホッとさせたのは確かだった。


「映画だって」

朝方、駅で鉢合わせした時にスーツを着ていた理由を橋本に説明した。友達が撮影している映画に主演している、そう言うと料理を作る手を止め驚いた顔をした。

「もちろんアマチュアだよ。十五分ぐらいの短いやつだけど、コンテストに応募するとかで友達が撮ってるんだ」

残業のせいで八時近くに会社から帰ってきた橋本とマンションの前で会った。二人とも空腹で外に食べに出ようかと言ってた矢先に雨が降りはじめた。濡れるのが嫌で、結局橋本がパスタを作った。

「映画、ね」

最初に驚いた顔はすぐに興味の逸《そ》れたものになる。

「明るい話じゃないけど面白いよ。音楽と効果音だけで俺は一言も話さなくていいんだ。見てるだけでわかるような話の作りになってる」

橋本はできあがったパスタを皿に盛り分け、カウンターテーブルで待っている掛川に手渡しながら『そうか』と気のない返事を返した。

「できたらダビングをして見せてやるよ」

隣に座っても視線を逸らし気味だった橋本はようやく掛川の顔を見ると、フッと鼻先で笑った。

「僕が大学の時にもいたよ。映画監督志望だなんて奴がね。三歳年上だったがろくに講義も受けずに何回も留年して、結局卒業したのは同じ年だった。大学を出てからも就職もしないでふらふらして、あげくの果てに同じ高校・大学の出身というだけで自主制作映画発表会のチケットを売りつけられて迷惑したんだよ」

それは自分の知り合いと掛川の友達が同じレベルのものだと言いたいのか。橋本風の失礼極まりない言葉の使い方だった。

「映画監督や役者になるんだと言っている奴に多いんだよ。社会不適応者っていうのかな、人と合わせられない、だから夢の世界に逃げ込む、そんな人間がね。学生のうちはそれでも許されるかもしれないが、社会人になってまではどうかと思うね…」

すべてをひっくるめて畳みかけるような言い方が気に障《さわ》った。

「林田は真面目《まじめ》でいい奴だし、社会不適応者だとも思わない。映画に対して真剣に取り組んでる。才能があるかどうかなんて俺にはわからないけど可能性は誰にだってあるだろう」

「可能性か。都合のいい言葉だよね」

橋本には最初から取り合う気がない。すました横顔を見ているとどうしても林田のことを認めさせたくなった。

「目標があるっていいじゃないか。橋本さんも子供の時から商社に勤めたいなんて思ってなかっただろう」

橋本は苦笑いした。

「極端な話だな。僕は昔から特別何になりたいとも思わなかったよ。たまたま条件がよかったから商社に決めただけだ。大学を出て就職せずにいるなんて親に申し訳ないし、自立できないだろう。それに社会的立場も悪くなるしね」

「社会的立場ね、橋本さんの口からそんな言葉を聞くとは思わなかったな」

強い調子で言い返す。するとそれまで穏やかだった橋本の表情が一変して険しくなった。

「なんだって」

苛々《いらいら》とした言葉が返ってくる。いつもならこんな風に言い争ったりしない。喧嘩をするとあとが面倒臭いし、後々の行為にもそれなりに支障をきたすから、言い争う前に自分のほうが適当に折れていた。これ以上言ってしまったら橋本が怒るのはわかっていたけど、今日に限って歯止めがきかなかった。

「男が好きで、男とセックスしてるってことだけで十分社会的立場は崩壊してるだろ」

嫌味っぽくそう言ってやる。ガチン、と鈍い音がした。橋本の皿の上にフォークが無雑作《むぞうさ》に投げ出される。

「それなら君も同じじゃないか。生意気を言うんじゃない」

「俺は橋本さんほど大げさに正論ぶってないからね」

橋本はきつく掛川を睨みつけ、唐突に椅子から立ち上がる。

「帰ってもらえるか、今日は気分が悪い」

この時にはまだ橋本にも感情を押し殺そうという努力が見え隠れしていた。

「気分じゃなくて機嫌が悪い、だろ」

知りつつ追い打ちをかけた。

「とっとと帰れ、やりたいだけのくそガキ」

顔を真っ赤にして怒鳴《どな》った橋本は、掛川の腕を乱暴に掴《つか》み玄関まで引きずると表に押し出して鍵をかけた。

合鍵などもらっていないから入りようもないのにご丁寧《ていねい》にチェーンまでかける音がする。

背中に雨の音が響く。冗談じゃない雨足の強さだった。

「橋本さん、傘貸してくれよ」

何度インターカムで呼びかけても、返事はないしドアも開かない。

仕方がないから濡れて歩いた。閉め出されて雨に濡れて道を歩いても、不思議と腹が立たない。怒らせたくて怒らせたのだから自業自得だ。

乱暴な雨に街の色もかき消される。すれ違う人も自分のことに精一杯で濡れ鼠《ねずみ》の男一人、一度は目に留めても振り返りはしない。冷たくなっていく頭の中で、橋本道也という男について考える。嫌味で少しも優しくない、嘘つきな男について、掛川の知り合いに見つかってしまっただけで慌てて逃げ出した気の小さい男について考える。橋本は変われないのだろうか、今まで思いもしなかったことを考えた。時間の無駄だと排除していたこと。

「可能性、か」

呟きも唇を流れて落ちる。水の中に消える。別に橋本が変わろうが、変わるまいが掛川には関係ない。橋本が変わったら…何かが変わるのだろうか。でも、一体何が。

急に全身が寒くなって、慌てて掛川は地下鉄の駅まで走った。


八月後半、二十日過ぎにようやくフィルムの撮影が終わった。編集は終わってないけれども、あとは高木さんと林田の二人で大丈夫ということでとりあえず打ち上げをすることになった。場所は林田のアパートで、少し遅れて七時過ぎに行くと、あの狭いアパートの六畳間いっぱいに酒やつまみが散乱していた。

「遅いぞ、主賓《しゅひん》」

顔は真っ赤ですでにできあがった感のある林田がビールを掛川に差し出した。冷たい缶を受け取り一口飲んで息をつく。真っ白なTシャツにジーンズ、髪をすっきり留め上げた、少年みたいな高木さんが、いつの間にか掛川の隣に座っていて目が合うとにっこり笑った。高木さんは撮影の間中持ち歩いていたリュックの中から封筒を一通取り出した。

「ご協力、ありがとうございました。大したものじゃないけど受け取ってね。先生には先に渡しちゃったけど」

手渡された封筒の中身はビール券、高木さんは舌を出して笑った。

「お金なくて…もらいもので悪いんだけど」

酒盛りは長く続いたけれど、林田に独占されて先生と話す機会はほとんどなかった。二人は古い洋画について論争を始めてしまって、そうなると掛川は話についていけない。『そうですか』と適当な相槌を打って話を聞いているしかなかった。

林田が酔っぱらって眠り込む頃には、先生もかなりできあがり、それでも午前様になる前に帰っていった。立ち上がった先生に、『家まで送ります』と言ったけれど『女の子のほうを送ってやれよ』と言われてついていくことはできなかった。

「高木さん、家まで送るよ」

どれだけ揺すっても起きる気配を見せず、ガーガー高いびきをかいている林田を横目にそう言うと、彼女はゆっくり首を振った。

「ここに泊まっていく。どうせ明日も編集するのに来なきゃいけないし」

いくら気心の知れた仲でも、男のアパートに女の子を残して帰るのは気が引けた。

「俺も泊まっていこうか」

そんな気遣いを知ってか、彼女は笑った。

「別に気にしなくてもいいよ。面倒な時なんて二、三日泊まり込んだことあるし。それにまずいことになったって困ることないもの」

そう言われるまで気がつかなかった。驚いた顔をしていると『本当に気がつかなかったの』と膝《ひざ》をかかえて笑っていた。


いい奴だけど今一つ冴えない友人、林田も、高木さんのビジョンを通してみれば違った風に見えるらしい。

『まるで運命みたいに一目惚《ひとめほ》れした』と臆面《おくめん》もなく言う姿に、掛川のほうが気恥ずかしくなった。

高木さんの要望に応《こた》えて高校の時の林田の話をした。文化祭用にクラスで映画を作った時の話をすると、そのビデオを見せてもらったことがあると言った。

「面白かったわよ。主演の女の子がすごく綺麗だった」

もの思いにふけるように遠くを見ていた高木さんは不意にぽつりと言った。

「この映画の脚本ね、『凡庸《ぼんよう》を憎め』って言葉を聞いた時に思いついた話なの」

「悲しい話だよな」

「そうね、救いようがない」

平然と彼女は相槌を打つ。

「見てるほうも悲しくなるだろうな」

彼女は考え込むように首を傾げた。視線は色気のない格好で眠る林田に注《そそ》がれている。

「人の心を動かすのは悲しいことと楽しいことのどちらのほうが多いと思う？」

難しいことを聞かれた。高木さんはじっと掛川を見つめて返事を待っているけれど、掛川は答えることができなかった。

「私はね悲しいことのほうが多いと思う。人を引きずる力があるのは悲しいことのほうが絶対に強い」

寂しそうな横顔は、それでも誰かに慰められることを拒んでいるように見えた。

「凡庸って嫌な言葉。誰だって自分は非凡だと思いたいのよ。だけどどうしても思い知らされてくでしょ、自分自身がどれだけちっぽけな存在なのかを…だから」

見せつけてやるの、笑いながらそう言った。

「誰の深層心理にもこれぐらい潜《ひそ》んでるって見せつけてやるの。時々ね、私って本当に映画が好きなんだなって思う瞬間がある。だって食べて寝る以外の時はいつもそのことを考えてる。最近は林田君が割り込んできてるけど」

空《から》になって転がるビール缶を高木さんは爪先《つまさき》で転がした。

「私の話ばかりしても面白くないわ。掛川君の話が聞きたい。教育学部よね。将来は先生になるの？」

「多分ね」

「曖昧なの。もしも教師になるのが嫌になったら役者やらない？　専属で雇ってあげる」

「そんな才能はないよ。好きだった人が教師だったから教師になりたいと思ってたけど…」

「先生に恋してたんだ」

高木さんは体を乗り出すようにして顔を近づけてきた。

「まあね」

「告白しなかったの？」

「告白したよ。でも駄目だった」

「……」

「手に入るならなんでもしようと思ってたのに…好きな人がいる、もう会えないと言われて悲しかったな」

「今は」

「今？」

高木さんはこっくりと頷《うなず》いた。

「好きな人がいるんでしょ」

「付き合ってる奴ならいるよ」

「やっぱり」

どうしてわかる、と聞くと『そんな顔しているもの。恋している人は顔つきが違うから』と根拠のない答えが返ってきた。

「嫌味で嘘つき、最低な性格の奴なんだ」

ぼんやりと橋本の顔が頭に浮かぶ。この前、自分をマンションから追い出した怒りまくった男の顔が。

「でも好きなのよね、仕方ないわよ。恋ってそんなものだもの。熱病みたいなの」

彼女は断言した。

「恋なんかじゃないよ。俺としては文句も言わず抱かれてくれる奴なら誰でもよかった。嫌な奴なら気が楽だし罪悪感もない」

言いすぎた、気がついた時には高木さんの顔が歪《ゆが》んでいた。

「そんなの相手に失礼だわ」

「でも嫌な奴なんだ」

橋本の悪行を並べたてようとする前に高木さんが言葉を遮《さえぎ》った。

「嫌だわ、鳥肌が立つ。駄目なの、そういうのって」

高木さんは眠りこける林田のそばまで体を引いた。

「ごめんなさい、潔癖症《けっぺきしょう》でもないのに」

彼女の態度が、胸の奥の、いつも忘れている場所にあるものを揺さぶり起こす。罪悪感という名前の塊《かたまり》。

「勝手な言い分かもしれないけど…そういうのってよくないわよ、多分…心に」

「俺、不健康だから」

高木さんは笑った。けれどそれも一瞬。一度入った目に見えない亀裂を修復するにはそれだけじゃ全然足りない。気まずい雰囲気に『もう帰るよ』と腰を上げると、高木さんはその場で小さく手を振った。

「早く健康になってね」

背中に追い打ちの言葉。こんな時なのになぜか無性に橋本に会いたくなった。


腕時計は真夜中の三時、林田のアパートから歩いてくるとそんな時間になっていた。普通の人なら眠っている時間。いくら明日が日曜日でもこの時間の訪問は非常識極まりない。橋本が出てこなくても文句は言えなかった。これで出なかったら帰ろうと、三回目のドアチャイムを鳴らしかけた時、中からくぐもったような声が聞こえた。

「どなたですか」

「俺だよ、掛川」

鍵は開き、チェーンもはずされる。橋本はパジャマ姿で腕組みをして、大きなため息をつきながら玄関先で靴を脱ぐ掛川を見ていた。

「少しは常識でものを考えてくれないかな。近所迷惑だし僕も困るんだよ。ところでこんな時間にわざわざ訪ねてきた理由はなんだい。さぞかし大切な用事なんだろうね」

目の前に立つと、橋本はやや威圧されたように後ずさった。

「この前、謝ってなかったから」

「ああ、君が僕に失礼極まりない暴言を吐いた時のことか」

男の顔にかすかに浮かぶ優越感。

「大したことじゃないとは思ったけど、橋本さんは怒ってたから、一応」

『大したことじゃない』『一応』、などの言葉が気に障ったらしく、真夜中に叩き起こしたわりに機嫌がよかった橋本の態度が一変した。

「それが人にものを謝る態度かい。それに今何時だと思ってる。夜中の三時だぞ。これだから子供は常識がなくて困る」

「謝りに来たなんて嘘だよ。急に橋本さんの顔が見たくなったから」

「酔ってるのか」

酒臭い息がばれたのか、橋本は眉をひそめた。

「酔っぱらいに付き合ってる暇はない。僕は酒臭い男は嫌いなんだ。非常識な子供もね。タクシー代は出してあげるから家に帰りなさい」

橋本は押し出そうとするけれど、わざと抵抗した。いくら腕を引いても体を押しても動かない掛川に橋本はだんだん本気で怒りはじめた。

「笑ってるんじゃない、帰れっ」

怒鳴られても動かない。表に放り出すことは無理だとようやく悟ったのか橋本は掛川を乱暴に壁に押しつけると、派手な足音をたてて寝室に戻っていった。

すぐあとを追いかけた。暗い寝室の、ベッドの上にある細長い体の影。

「橋本さん」

返事はない。シーツをめくり、服のまま隣にもぐり込むとようやく反応した。

「帰れと言っただろう。君の相手はしたくない」

苛々とした声。背中から抱きしめた。服越しでも温かかった。パジャマのボタンをはずす。どこが一番感じるのかは知ってる。脇腹をそっとなぞるとビクリと震えた。仰向けにしてキスする。頭の芯が痺《しび》れるような長いキス。自分の思考回路も麻痺してきて、キスだけがすべて、そんな風に思えてくる。

暗くって顔なんてよく見えない。けれど吐息で、かすかな息づかいで橋本がどんな顔で自分を見ているのかわかる。

「す…」

好きだなんて何万回も囁《ささや》いた言葉。それなのに何か喉《のど》の奥に詰まってしまったみたいに言葉が出なかった。

急に黙り込んで動きを止めた掛川に、続きを促《うなが》すように橋本が体を抱き寄せた。

「…やっぱり帰る」

橋本を押し退《の》け、ベッドを抜け出す。とうとうおかしくなってしまった頭をかかえて、表に飛び出した。明け方近くの闇の中、時折走り抜ける車の音を聞きながらすれ違う人もない歩道を歩く。地下鉄の駅にもシャッターが下りて中には入れず、仕方がないから横道に逸れて高架線の下を歩いた。

深く息をつく。胸の底が揺さぶられる。いつまでもびくびくと震える。気がつくと一駅、二駅行き過ぎてずいぶん長い時間歩いていた。少しずつ闇が薄くなっていく。空が黒から濃紺へ変わっていく。そのうちに雲一つない水色になる。変わることが当たり前のように。

突然、眠っていた獣が起き出したように高架線の上を始発電車が走り抜けた。

足が止まる、認めなくてはいけない。戸惑って、驚いたけど困ったとは思わなかった。一人笑う。意識した瞬間に何も言えなくなった自分が滑稽《こっけい》でおかしかった。

橋本は変わるかもしれない。可能性の問題。橋本は変われるかもしれない。俺が変えることができるかもしれない。

どこがよかった？　そんなのわからない。けれど会いたいと思う、こんなに会いたいと思うのに。恋は理屈じゃない。思い知らされたような気がした。

それなりに対処の仕方も変わってくる。話をして苛《いら》つくのならそれをそのまま口にすればいい。不機嫌な顔をすればいい。そうすれば相手も考える。それでも続けるようなら言い返して、怒って喧嘩の一つでもすればいい。

夜中に訪ねてきたと思ったら急に帰ったりと最近の君は変だよ。次の日の夜、今度は七時頃とまともな時間にやってきた掛川に橋本はそう言った。確かに変だ。お前なんか好きになりかけてるんだから。

それによく喋るし、何かあったのかい。心配そうな顔で聞かれておかしかった。今まで知りたくなかったものが急に知りたくなったんだから仕方がない。目で見える橋本道也以外に、そのバックグラウンドまで知りたいと思うのだから。

あんまりしつこく聞くから最後には橋本もうんざりしたらしく、いい加減にしてくれと呟いた。

「僕の家族のことは君に関係ないだろう。それとも私立探偵にでもなるつもりかい」

「そういうわけじゃないけど」

橋本の父親は役所に勤める公務員で母親は専業主婦。兄弟は五歳離れた姉が一人。ふだんあんまり上品ぶるからどんなハイソな家系かと思ったらなんのことはない、一般市民だった。

橋本は家族のことを話す時は少し優しくなった。人並みに両親を尊敬しているらしい。特に美人で優しい姉は自慢らしく、思いつく限りの賞賛の言葉を並べたてていた。

「俺にも兄弟がいるよ」

すると少しだけ興味を示した。

「へぇ」

「橋本さんと違って弟だけどね。今は小学生で、生意気だけど可愛いよ」

さっきまで掛川に翻弄《ほんろう》されていた体はしっとりと汗ばんで、触れると指が吸いつくように密着した。シャワーを浴びたいという橋本を、もう少しと引き止めて抱きしめる。

橋本の顔を覗き込む。林田にはキツネと称された切れ長の瞳にすっきりした鼻梁《びりょう》。形のいい唇。キスして耳許に好きだと言ってみた。甘い言葉を囁いている自分に酔う。

顔も体も整って綺麗。あとはこの性格がどうにかなればいい。もう少し優しく、人の気持ちが考えられるように、俺の気持ちだけでも考えてくれるようになればいい。最悪な性格も、ほかの人間が寄りつかないと考えればそれでもいいか、と思いもした。けれどそれは橋本のためにならない。やっぱり教育し直す必要があるかなとか、考える。

「橋本さん」

「なんだい」

腕の中で抱いたまま、名前を呼んだ。

「聖書を読んでやろうか」

半分本気でそう言った。

「本当にどうしたんだ。頭は大丈夫か」

橋本は呆れ果てたように眉をひそめた。

試写会をすると林田から連絡があった。撮り終わったのは八月の終わりで、それがきちんとした映画の形になったのは九月の初め。蒸し暑さは少しも変わらないのに暦《こよみ》だけが一足先に夏を置き去りにしていた。

学校の始まった先生に合わせて、土曜日の午後に全員が林田のアパートに集まった。この前に来た時はまだ人一人寝る隙間があったはずの林田の部屋は、映写機やフィルムの屑《くず》なんかで足の踏み場もないほど散らかっている。それでも一応上映会場らしく窓には暗幕が張られ、壁には大型のスクリーンが吊るされていた。

部屋の隅にいた高木さんは目が合うと小さく笑いかけてきた。打ち上げの時に妙に気まずくなっていたのが気がかりで、今日も会うのが不安だった。けれど高木さんはそんなことを少しも覚えてないふりで掛川のそばに近づいてきた。

「自画自賛って思われてもいいわ。最高の出来よ」

すぐに先生もやってきて、息を呑《の》む緊張の中、フィルムが回りはじめた。

最初、スクリーンは真っ白だった。真っ白な画面に行き交う車の音がかぶさりだんだんと画面の焦点が定まってくる。

少年が見える。バスを待つふりで、好きな女の子がバスに乗るのをただ見ている少年。

音楽が好きで、いつかデビューすると仲間と約束し、怖いものは何もない、そんな自信でバンドコンテストのポスターを破り捨てる少年。

朝の駅で中年の男がドリンク剤を飲みながら仕事に行く姿を嘲笑《ちょうしょう》する少年。

音楽と呼べるものはほとんどついてなかった。車の音、雨の音、駅の雑踏、ありふれた音が画面に流れている。

急に画面が変わった。目覚まし時計の音で飛び起きたかつての少年は、髪を整えネクタイを締める。

スーツの上着を摑んで走る。駅でドリンク剤を買ってごみ箱のそばで飲み干す。駅の階段を上がる途中で足を踏みはずす。少し前につんのめって振り返る。雑踏の音が止まり、男は振り返ったその先に、昔の自分を探す。

大きな会社の前で、その中に入れない。男はもと来た道を戻る。公園のベンチに腰掛けてうなだれる。

子供が砂場で遊んでいる。隣に母親がいる。その母親が好きだった少女だと気がついた瞬間から真っ黒な画面と、スローモーションになった男の姿が交互に映し出されるようになる。カーン、カーン、遮断機《しゃだんき》が下りる音に似たゆっくりとした鐘の音が黒い画面にかぶさる。男は子供に近づき、その首を絞める。

『HATE　MEDIOCRITY』

黒い画面に白抜きの文字。それで終わった。後半部分は息がつけなかった。画面の中のあれは誰だ。まるで知らない誰かだ。自分と同じ顔の、誰か。

部屋の灯がついて周りがぱっと明るくなる。スクリーンにはもう何も見えない。

「すごいよな。掛川にこんなにこの役がはまるなんて思わなかったよ。最初に見た時は背中がぞくぞくした」

耳許で林田が興奮した口調でまくしたてる。ぞくぞく、そんなもんじゃない。背筋がぞっとした。

「なんだか怖いよ」

正直、そんな気持ちだった。脚本を読んで、わかったつもりでわかってなかった。撮影は場面場面を切り取ったようなものだからこんな感覚はなかった。

喉が締めつけられる。恐ろしくネガティブな映像。

「先生はどう思う」

高木さんは先生に振り返った。スクリーンから視線が離れなかったあの人は顎《あご》に片手をあてて口許を押さえた。

「これを見て…」

言葉が切れる。

「明るい気分になる奴はいないだろうな。でもこういうものを撮りたかった気持ちはわかる」

そうして苦笑いした。

「もっと歳《とし》のいった奴ならともかく、こんなものを、大学生のお前たちが撮るっていうのが不思議だよ」

映画を見ただけで試写会は早々に切り上げられた。もう少し残っていくという高木さんを置いて先生と二人、アパートを出た。

バイクで来ていることを黙って、先生の隣を歩く。いつも地下鉄で帰る先生は駅の入り口まで来ると少し歩調を緩《ゆる》めた。

「相談に乗ってもらいたいことがあります」

歩いている間も、先生が何度も腕時計を覗き込んで時間を気にしていたのに気がついていたけれど、切り出した。今話さないともう会う機会はない。二度と話せない気がした。

「どうしても話を聞いてもらいたくて…」

先生は掛川の顔を覗き込み、それからふっと笑った。

「ちょっと待ってろ」

少し離れた場所で携帯電話をかける。そして戻ってきた先生は、

「どこへ行く」

そう聞いてきた。


こぢんまりとした喫茶店に入った。コーヒーの香りがたち込める狭い店内の、一番奥にある二人がけのテ

ーブルを選んで向かい合わせに座った。

注文をすませて、いざ話す段階になっても話のきっかけが摑めないことに気がつく。先生は何も言わずに掛川が話し出すのを待っている。何から話そう。どこから話そう。この人は何も知らないのに。

あなたに振られて悲しかったから、腹いせみたいに最低の男と体だけの関係を続けていたこと。だけどそんな不自然な関係は長く続かなかったこと。

「映画って面白いよな」

不意に先生が口を開く。そして煙草を取り出すと、火をつけた。

「何もないところからできるんだ。それに、できたものには絶対に触れられない。フィルムの中だけの世界だ。煙草の煙みたいなもんだよ。あやふやで…頭と心の中にしか残らないくせに一生を左右するんだ」

相槌も打たない掛川の顔をチラと覗き込み、それきり先生は黙り込んだ。カチカチと、何も話し出せない掛川を追い立てるように柱時計の音が耳に響く。夕方近い時間で少しずつ店が混みはじめる。静かな店が騒がしくなってくる。

自分に都合の悪いことを言わないでいるのは無理だった。ドロドロとした嫌な部分もすべてさらけ出して初めて理解してもらえる。たとえその理解が嫌悪という形になってしまったとしても。男と付き合ってることは話していないけれど、先生もそうなのだから躊躇うことはないはずなのに切り出しにくかった。

「何か迷ってることがあるのか」

口火を切られる。顔を上げて先生を見ると小さく笑っていた。

「急《せ》かしてるわけじゃないから焦らなくてもいい。話したくなったら話せよ。無理するな。俺なんかに話して楽になるんだったらいくらだって聞いてやるから。お前の問題だから、解決はしてやれないけどどな」

「はい…」

緊張して渇いた喉をすっかりぬるくなった水で潤《うるお》す。テーブルの上のコーヒーはとうに空。長居するのも店長の視線が痛くて、結局何も言えないままに店を出た。

六時を過ぎていたけれどあたりはまだ明るくて、表で遊んでいる子供も多かった。先生は先に立ってずんずんと歩いていく。どこに行かれるのか、もしかして帰られてしまうんじゃないだろうかと不安で追いかけるようについていくと、行き着いた先は公園だった。

あの、映画の最後の場面を撮った公園。走り回る子供をよけながらベンチに座った先生は、突っ立ったままの掛川を手招きした。隣に座る。風が涼しい。真夏とはやっぱり違う。

遠くで子供を呼ぶ声がして、一人二人と砂場から子供の姿が見えなくなっていく。先生の視線は母親と帰る子供の姿をぼんやりと追いかけていた。

「不思議だよな。俺にもあんな頃があったはずなのに少しも覚えてないなんて」

細いため息が聞こえる。子供の背中は小さくて頼りなくて、大きな力に一息で押し潰されてしまいそうだった。

「思い出さないのは、思い出す必要がないからじゃないですか」

「かもな」

小さな唇の上の薄い笑い。いつかこの人のことも思い出す必要がなくなるんだろうと考えておかしくなった。そう思えるのならもうなんでも言えるような気がした。

「嫌な奴と付き合ってるって、前に言いましたよね。最近少し考え方を変えることにしました」

臆病な自分を認めてやる。臆病で情けなくてずるい自分はもう子供じゃない。少しぐらいの隠しごとも許される。先生はゆっくりと振り返った。

「嫌な奴でも、俺がいい奴に変えてやればいいかって」

先生はニッと笑い、不意に掛川の髪の毛をかき回した。愛しくて仕方がない、そんな風な仕種で。

「お前らしいよ」

それだけの言葉なのに褒《ほ》められているような気がしてくすぐったくて、胸が熱くなった。

「人を好きになるって不思議だと思わないか」

先生は呟いた。

「最初はあんな奴、と思ってもいつの間にか気になる存在になる。どうしてそうなるのか自分でも理由なんてものはわからないよな」

先生は頭を掻いた。

「厄介《やっかい》だよ。恥ずかしくて、情けなくて、自分が浮わついてるのがよくわかる。でも会いたいのを止められないんだ」

自分でも何を言ってるのかわからなくなった、と先生は笑った。

「お前はちゃんと周りを見ていられる奴だ。自信を持ってろ」

「俺は…」

今なら言えると思った。

「ずっと先生が欲しかった。好きな気持ちに変わりはないけど、今はもっと好きな人がいます」

先生はかすかに微笑《ほほえ》んでるように見えたけれどすぐに横を向かれてしまって、はっきりとした表情まではわからなかった。煙草一本分の沈黙のあと、先生は腕時計を覗き込んで立ち上がった。

「帰るか」

「そうですね。途中まで送ります」

「俺は近くで待ち合わせしてるから…」

先生は指先で頭の後ろを掻いた。

「じゃここで。今日はすみませんでした」

「かまわねえよ。じゃあまたな」

先生は足早に歩きはじめる。

「先生」

呼び止めると立ち止まって振り返った。

「明智は優しいですか」

驚いた顔は一瞬。それから困ったような顔で苦笑いした。

「まあまあ、だな」

公園の入り口で左に曲がる、姿が見えなくなる好きでたまらなかった人。これは自分の中でのけじめだ。前の恋をきっぱりと切り捨てること、それは新しい恋への出発になる。


家に籠《こ》もりがちの橋本は、掛川と二人だと外に、まして遊びに出掛けようとはしない。誰かと鉢合わせしたら言い訳が面倒だというのがその主たる理由。同じぐらいの歳だったら会社の同僚とか、同級生と誤魔化《ごまか》せるかもしれないけれど掛川じゃそれは通用しないし、従兄弟《いとこ》だと嘘をついても三十も過ぎたいい大人が、ひと回り年下の男の従兄弟とつるんでいるというのは誰だってちょっと首を傾げる。

仕方がないとわかっているけど、掛川としては夜だけじゃなく昼間も会いたいし、いろんな場所に行ってみたい。あの橋本相手に今すぐあそこに行きたい、ここに行こうと言っても無理なのはわかっているので少しずつ誘い出していこうと密《ひそ》かに計画している。

唯一、二人で遊びに出掛ける、と言えるのがオドネルのコンサートだった。以前オドネルのCDを買って聞いたと橋本に言ったけれどあれは困らせるための嘘で、実際には一度も聞いたことがない。だからコンサート自体にはそう期待してなくて、ただ橋本と二人で出掛けるのが楽しみだった。橋本も心待ちにしていたようで、コンサートのある前の日から妙に機嫌がよかった。

コンサート当日は、ジーンズにシャツとラフな格好で橋本を迎えに行った。

「そんな服で行って僕に恥をかかせないでくれよ」

呆れたようにため息をつかれる。橋本はカジュアルなスーツの上下に草色のシャツ、胸許には濃い緑のスカーフと、雑誌から抜け出してきたような垢抜《あかぬ》けた格好をしていた。そんな風に言われても成人もしてない大学生がスーツなんかに縁があるはずもなく、『持っていない』と素直に告白すると『貸してやる』と言われた。

たかがパンツとシャツ、ネクタイの組み合わせなのに掛川はバービー人形のように何度も着せ替えさせられた。

「君に一番似合う服を見つけたいんだ」

本当のところは自分の好みに仕立てたかったんだろうな、と思ったけれど口には出さない。橋本が怒るのがわかっていたし、楽しいデートの前の喧嘩は避けたかった。

オドネルのコンサートが開催されたのは大きなホールで、入場前からロビーには人が溢《あふ》れかえっていた。ほとんどはスーツ姿の男女だったけれど、ジーンズにシャツとラフな服装の学生然とした人もいないわけじゃなかった。

そう期待してなかった生演奏。けれどこの時だけは橋本に頭が下がる思いがした。コンサートはよかった。クラシックにそう関心がなかった素人の掛川にさえヴァイオリンはものすごい楽器だと知らしめたのだから。時に繊細に、時に恐ろしく大胆に体中を震わせる。あの小さな木片の響かせる無限の音の可能性。隣に座る人のことも忘れて、しばしその音に聞き入っていた。

橋本のマンションに帰り着いてからも掛川の耳からあの音の響きは消えなかった。なかば放心状態の掛川に橋本は得意げに笑ってみせた。

「やっぱり本物は違うだろう。席があまりよくなかったのは残念だったけどね」

破り捨てたチケットの席は、もっとよかったのだろうか。橋本は何かを口ずさみながらキッチンのカウンターテーブルの上に鍵を置き、点滅する留守番電話の再生ボタンを押した。

ジャケットを椅子の背に放り、スカーフを抜き取る指。薄い草色のシャツの下にある柔らかい背中。橋本の肩の動きに合わせて筋肉はゆっくりと上下する。抱きたい、と思う。シャツを剝《は》いで、その下にある体に今すぐ触れたい。

背中から強く抱き締める。少し体をよじった橋本は、鬱陶《うっとう》しそうに、『さかるな』と呟いた。それと同時に巻き戻された録音テープの再生が始まる。

『…みっちゃん、お母さんよ。留守なのね、困ったわ…』

腕の中の体がビクリと震えて、掛川の腕を逃れようともがいた。母親からの電話が気恥ずかしいのか、そんな橋本がおかしくてからかうつもりで抱く腕に力を込めた。

『仕事が忙しいのかしら、大変ね。無理はしちゃ駄目よ。とりあえず用件だけ言うわね。麻美《あさみ》さん方の出席者の葉書を預かったわ。こちらの分と合わせて予定通り三百人ちょっとになりそうよ。これで式場のほうには連絡しておきますからね。お席も早く決めなくちゃいけないから一度家に戻ってきてちょうだい。あと旅行会社のほうから新婚旅行の宿泊先について変更があったと連絡があったわ。あなたと直接話をしたほうがいいと思って電話番号を教えたけれどちゃんと連絡はついたのかしら。あら、キャッチホンが入ったわ。あとから電話するわ。一度切るわね』

硬直した掛川の腕を振り払い、橋本は電話まで駆け寄ると録音を消去した。振り返った橋本は悪戯《いたずら》がばれた子供の、気まずい、ばつの悪そうな顔をしていた。

「誰か結婚するの…」

橋本は何も答えない。それが不安を煽《あお》った。

「まさか、橋本さんじゃないよね」

「僕の話だ。十一月に結婚する」

言い切った顔は完全に開き直っていた。

「俺は何も聞いてない！」

声が大きいと、橋本は眉をひそめた。

「聞いてなくて当たり前だよ。話してなかったんだから」

「どうして…」

「面倒なことになると困るからね」

面倒なこととはなんだろう。おかしい。まるで細胞の動きが止まってしまったみたいに、頭が働かなくなる。ものごとを順序だてて考えることができない。大げさなため息が鼓膜に響く。ちょっと肩を竦めた橋本は、ぼんやりと立ち尽くす掛川の手首を引いた。

「まあ、座って」

促されて、カウンターの前に座る。橋本はキッチンの奥に入り、湯を沸かした。

「いつか話さなきゃいけないと思ってたからちょうどよかったよ。半年前だったかな、上司に勧められて取引先の娘と見合いしたんだ。条件もよかったし、僕もいい歳だし、そろそろ結婚してもいいかと思って決めたんだよ」

「俺がいるのに」

自分でも情けない、縋《すが》るような問いかけに橋本は吹き出した。

「その時は知り合ってもなかっただろう。それに君といたって仕方がないじゃないか。結婚できるわけでも、子供をつくれるわけでもない。まして親にも紹介できない」

じゃあ、どうして俺と付き合ったりしたんだ。本当にただの、体だけの関係だったと言うのだろうか。手許にコーヒーが置かれる。

「それでも飲んで、気を落ち着けて」

橋本も自分の分に口をつけた。

「僕も考えなかったわけじゃない。君は生意気だけど可愛いよ。…最初は一晩限りのつもりだった。けど君は真剣に好きだって言うし、僕も恋人と別れたばかりでフリーだったから暇つぶしのつもりで付き合いはじめて…まあ意外と相性もいいし、君だと気を遣わなくてもすむから楽でずっと続けてきた。でもいつまでも二人きりってわけにもいかない、わかるよね。僕もいつまでもひとりじゃいられない。独身だと信用されないし、会社での立場もある」

切り捨てられる予感。『別れる』特権は自分にあったはずなのに、こんなはずじゃなかったのに。あんなに何度もセックスしたのに、好きだと言ったのに…俺は…この男が好きだと気づいたばかりなのに。

一口飲んだだけで、もう口をつけることができなくなったコーヒーを啞然《あぜん》と眺める。指先が、慰めるように掛川の頰を撫でた。

「もっと早くに言ってあげようと思ったけど、君の気持ちを考えるとなかなか言い出せなかったんだよ」

俺の気持ちを考えたからじゃない。面倒を起こされるのが嫌だと自分で言っていたじゃないか。結婚話を聞いた掛川が逆上して、縁談をぶち壊しにでもかかったら面倒だと考えたんだろう。わかりたくないのにわかる。手に取るようにわかる。もったいぶって俺のためだなんて言っているけれど、結局は自分のためだ。自分だけのためだ。橋本道也はそういう人間だ。

「祝ってほしいと言っても無理だろうけど、少しだけ我慢するんだよ。結婚するからって今までの関係が変わるわけじゃないんだから。けどこれだけは言っておく。邪魔しようとだけは思わないでくれ。いい子にしてたらずっと付き合ってあげるから。もちろん僕にも僕の生活ができるから今みたいに頻繁には会えなくなるけど…」

耳を疑う。『いい子』にしていたら会ってやると橋本は確かにそう言った。

「結婚しても続ける気なのか」

橋本は大げさににっこり笑ってみせた。

「嬉しいだろう」

頭がくらくらする。橋本の思考回路についていけない。

「奥さんはどうするんだよ、そんな…」

橋本は眉をひそめる。怒った時の癖だ。

「ばれなきゃいいじゃないか。君さえ黙っていれば絶対に大丈夫なんだから。君だって僕に会いたいだろう」

反論する気力もなくなる。喋る力を根こそぎ引っこ抜かれた。最初からわかっていた。こんな奴だとわかってて橋本道也を選んだ。遊びにはちょうどよかったから。

だけど本気になるような相手じゃなかった。


甘い夜が一瞬で最悪の夜になる。泊まっていかないのか、そう聞いてくる橋本の無神経さに吐き気がするほど腹が立った。あんな話を聞かされたあとなのに、それでも何ごともなかったように平然と抱けるものか。

「頭を冷やす」

玄関で靴を履く掛川に、腕組みしたまま見送っていた橋本は、

「自棄《やけ》は起こすな」

そう言った。自棄になって何もかも目茶苦茶にしようと思うな、と。結局、掛川がどれだけショックを受けて傷ついたかということよりも、何か自分に都合の悪いことをしやしないか、そればかり気にしている。

まっすぐ家に帰る気分になれなくて、地下鉄の駅を通り過ぎた。そこから先には行ったことがないから、何があるか知らない。けれど不思議と不安はなかった。市街地を抜けると大きな川があった。片側三車線の

大きな橋が川岸をつなぐ。橋の手前で右に曲がって河川敷《かせんじき》に下りた。

遊歩道には広い間隔で街灯が灯《とも》っている。薄明かりの中で水面は暗く、水の音はかすかだった。時折吹く風にはどぶのような異臭が混ざっている。

胸の中を埋め尽くすのは『後悔』という名前の感情。もう少し細かく分析するなら悔しさ、怒り。そんなものがごちゃ混ぜになったどろどろの波。

「どうしようか」

わざわざ口に出してみなくても、結論は出ている。それを引き出すのが悔しくて悔しくて仕方なかった。

別れる。当たり前だ。橋本には家族が、家庭ができる。そのうち子供だってできるに違いない。付き合い続けることは橋本の家族にとって迷惑なばかりか、家庭を壊す原因にもなりかねない。壊れても掛川に責任は取れないし、そのことで一生負い目を感じ続けるのも嫌だ。

歯噛みする。悔しくて悔しくて、そして何より我慢ならなかったのは、あんなつまらない男に振り回される自分だった。どうしてあんな男のために自分がこんなに傷つけられなくてはいけないんだろう。

前に、前に失恋した時はこんなんじゃなかった。悔しくて悲しかったけど、相手を好きになったことを、そんな自分を決して後悔しなかった。


一人の時は平気だった。別れることは簡単、『もう会わない』と言って終わり。そして二度とここに来なければいいんだと思っていた。

だけどいざ橋本を目の前にすると、どこに潜んでいたのか気の弱い虫が喉許に迫《せ》り上がってきて、なかなか思うように言葉が出なかった。

「心配してたんだよ。あの日、話を聞いたあとに真っ青な顔をして帰っただろう」

橋本はさも心配そうに掛川の顔を覗き込んだ。覚悟を決めて橋本のマンションに行ったのはあの結婚話を聞いてから二日後だった。玄関先に立ったまま早々に『別れ』を切り出そうとして、けれど何も言い出せなかった掛川の腕を摑んで橋本は部屋の中に招き入れた。

「美味《おい》しいコーヒー豆をもらったんだ。味見してみるかい」

掛川をカウンターテーブルの前に座らせ、不自然に明るい調子で話しながら橋本は湯を沸かした。

「別れるよ」

橋本の顔を見ないでそう言った。

「結婚してからも続けるなんて不自然だ。俺も結婚した橋本さんから奥さんや子供の話を聞かされるのは嫌だ。それに続けてて万が一橋本さんの奥さんが俺のことを知ったら傷つくだろう。俺はそこまで責任が持てない」

嘘は言ってない。どれも本音だった。だけど橋本は眉をひそめて、納得がいかない、そんな顔をした。カウンターテーブルの向こうで無言のまま、コーヒーカップを何度も口許に運んでいる。カップの中身が底をつくと、今度は冷蔵庫の中からビールを取り出した。蓋を開け行儀悪く立ったまま一口飲んで、橋本は首を傾げた。

「まあ、潮時といえば潮時かもしれないね。そんなに言うなら別れようか。僕のほうは別にかまわないよ」

あっさりとした一言。飲みかけのコーヒーの苦さを舌の上に思い出す。

「無理して続ける必要もないし、君がしたいようにすればいいよ」

橋本に持ちかけた別れは、そっくりそのまま自分に返ってきた。

「したいように…」

反復しかけて、言葉が詰まった。別れると言えば終わりになる。

「俺は…」

好きで別れるわけじゃない。そんな言葉が浮かんで消えた。橋本が結婚するなんて言い出さなければ別れるなんて考えなかった。言葉が出ない。決められない。躊躇って顔を上げるとそこには笑いを含んだ橋本の顔があった。

「無理をするなよ」

テーブルまで戻ってくると、橋本は掛川の頬を撫でた。橋本の癖だ。

「時々君がたまらなく可愛い時がある」

まだ橋本は笑っていた。

「僕が結婚するのが許せない。だけど好きでたまらないんだろう」

涙が出そうになる。だけどこんなことで泣きたくなかったから必死でこらえた。悲しい、そんな涙じゃない。悔しかった。歯ぎしりするほどに悔しかった。好きか、そう聞いて笑う橋本が許せなかった。俺は本気なのに、どうしてこんな時に笑えるのか、信じられなかった。

「深く考えなきゃいいじゃないか。君は考えすぎなんだよ。ばれたらばれたまでさ。まあ、僕はそんな失敗をやらかすつもりはないけどね」

ばれたらばれたまで。もしそんな風な状況になっても言葉通りに橋本が割り切れるとはとても思えなかった。下手をしてばれて、何を一番先に責めるかと言えば恋人の自分に決まっている。

出会ったことを恨まれて、別れていなかったことを後悔されて、責任を全部自分に押しつけるに違いない。怖いぐらいに先が読める。

顎を引き寄せられる。柔らかい唇に吸われながら『別れなくてはいけない』そう思った。見たことのない橋本の奥さんになる女性のために、…橋本のために、そして何よりも自分自身のために。


抱き慣れた体。初めての男で、何も知らなくて、今思えば橋本の好みに仕込まれてしまったような気がする。

最中には何も考えたくない。最後だと思うと肌をなぞる指も切なくて、何度も動きを止めた。もっと長引かせたくて、焦らせるだけ焦らした。けれどそれにも限界、終わりがある。

終わったあとで満足そうに目を閉じて隣で眠りかけた橋本の頬を撫でて、キスしてなかば無理に起こした。

「別れる」

眠そうな橋本の両目は今にも潰れてしまいそうだった。

「もう、好きにすればいいだろう」

いい加減にそう言い、もう眠たいんだと言わんばかりに首を振って橋本は小さく欠伸した。

「電話もしないし、ここにも来ない。最初は慣れなくてもそのうちにきっと忘れられる」

「まだそんなこと言ってるのかい」

うんざりしたような口調。橋本は掛川に強く体をこすりつけ、猫のような仕種で甘えた。

「君が僕から離れられるものか」

どうしてそんなことがわかる。自分だって思いもしなかった、そんな気持ちをどうして橋本はそんな風に確信することができる。

「どうして」

問いは情けない響きがした。

「見てればわかるよ」

自信に満ちた答え。橋本は掛川の目をじっと覗き込んだ。

「君はわがままだよ。どうして今のままで満足できないんだい。僕は君が好きだし、これからもできる範囲で付き合っていこうと思ってる。君は最初から自分が幸運だったたって気がついてないんだろう。僕が、いくら見た目がいいからって趣味でもない年下の男の誘いに乗るなんて、しかもそれを続けていこうと思うなんて百分の一の可能性だったよ」

「でも…」

それでも何か言いかけた掛川に橋本は大きなため息をついた。

「僕の家族に悪いから別れると君は言うけど本当のところはどうなのかな。君一人の僕になってほしい、そう思ってるんじゃないのかい。そういうセンチメンタリズムがわからないわけじゃないし、わがままな君も可愛いと思うけどもう少し聞き分けよくしてもいいんじゃないのか。僕を独占したいと思うのは君のエゴだよ。君の都合だ。僕には僕の生き方がある。君に縛られる必要はない」

…何も言い返すことはできなかった。

あの映画と呼べない短い作品が『フィルム・フェスタ』の最終審査に残り入賞したと聞かされたのは十月の初めだった。Tシャツ一枚で過ごすのに吹く風は時折はっとするほど冷たく、カサカサと足許を転がるように吹かれていく落ち葉には夏の気配は微塵《みじん》も残っていなかった。

授業にも身が入らず、色ボケもいい加減にしろと自分自身に言い聞かせながらも、そんな様《さま》が情けなくて、奈落の底に穴を掘るような気分で毎日を過ごしていた時だった。

『今、事務局のほうから連絡があってさ…』

携帯越しでも林田《はやしだ》が何度も息継ぎをし、興奮しているのが伝わってきた。

「すごいな、やったじゃないか」

口先では称賛しながら、心は少しもついていってない。映画なんてそんなこと、もうどうでもよかった。橋本《はしもと》に会わなくなってから二週間、何をするにもやる気がなくて、そして暇があれば橋本のことを考えていた。

夜中になると無性に会いたくなって『誰にもばれなきゃいいじゃないか』橋本的思想が乗り移って玄関で靴を履きかけ、そんな自分に気がついて背筋がぞっとしたりもした。自分が変える、どころか変えられそうになっていたことが怖かった。

『それで再来週の日曜日に都内のホテルで授賞式があるんだ。主要メンバーの人に出席してもらいたいって言われたんだけど掛川《かけがわ》は行けるだろ』

予定はなかったけれど、授賞式なんてものに興味もなかったし、出席したいとも思わなかった。第一そんな気分じゃない。

「どうしても出席しなくちゃ駄目か」

『できるだけ出席してくださいとは言われたけど。用があるなら無理には…』

林田の声が不安げに小さくなっていく。

「いいよ、行くよ」

ごねて断るのもなんだか可哀相になる。それに今は意地悪な人間になりたくない。

『悪いなあ…ステージに呼ばれるらしいから司会に何か聞かれるかもしれないけど』

掛川が乗り気でないのを察したのか林田はしきりに謝った。

「かまわないよ」

声の調子を上げてそう答えてやる。林田の言葉が途切れて、用件が終わりだったら切ってやろうと携帯を耳許から遠ざけた時だった。

『掛川…お前、大丈夫か』

そんな声が漏れ聞こえた。

「何が」

『いや…声にも元気がないなと思ってさ。風邪でもひいたのか』

「失恋しただけだよ」

受話器の向こうの相手は再び口ごもる。

『…もしかして、先生か』

おそるおそる、そんな風に問いかけてきた。撮影の時に何も言わなかったから、忘れていたのかと思っていたけれど、高校の時の告白を林田は覚えていたらしい。じゃあ、気を遣って今までは何も言わなかったのか。

「違うよ、別の奴だ。それに先生にはもう恋人がいる」

納得した、そして先生に恋人がいると言っても驚いた風のない林田の言葉に、もしやと思った。

「そうか、そうだよな」

まあ…なあ…と曖昧《あいまい》な返事が返ってくる。

「林田、先生の恋人が誰か知ってるのか」

強い調子で問い詰めるとようやく答えらしい答えが聞けた。

「知ってるのか」

『もしかしてって相手なら…でもはっきり聞いたわけじゃないから』

「誰だよ」

『言えないよ』

「明智《あけち》だろ。どうして知ってたんだ」

詰問《きつもん》のような掛川の口調に、林田は困りきった調子で答えた。

『高校の時に、二年生の終わりだったかな、先生が異動するって話をした時に、明智が泣いてたからさ…そんなにはっきり好きだって聞いたわけじゃないけど、でも似たようなことは言ってたから。この前に『明智と会ってますか』って先生に聞いたらしょっちゅうだって笑ってたし』

「そうか…」

知らなかったのは自分だけ。けれど不思議と怒りは湧いてこなかった。そうだったのかと思うだけ。明智が言い出せなかったのも無理はないと今ならわかる。あの頃は…好きだと独占欲も露《あらわ》にして、先生に寄らば噛《か》みつく、そんな雰囲気を隠しもしなかったから。素直にそう思えるのも先生が終わった恋の人だからかなと、ぼんやり感じた。

先生の話はそれきりで、掛川は電話を切った。

その夜、高校の時のことを思い出した。玩具《おもちゃ》みたいな映画を、そんなに乗り気でなかったのに先生が参加するから、それだけの理由で現金にもやる気のあるふりをしていたこと。

おかしくて切なくて懐かしくて、少し胸が痛んだ。


授賞式は新宿《しんじゅく》駅の近くにあるホテルで行われた。先生は仕事があると、出席できなかった。授賞式といってもアマチュアの映画コンテストだからと軽く考えていた掛川は、予想をはるかに上回る厳粛《げんしゅく》さと豪華さにはっきりいって気後《きおく》れした。何を着ていこうかと迷って、ちょっとした洒落《しゃれ》のつもりで映画の一番最初の場面で着ていたジーンズとTシャツを選んだことを後悔する。スーツ姿の人間も多かったし、あの林田でさえ小綺麗な格好をしていたからだ。

賞と受賞作品名が紹介されてからフィルムが流される。審査員特別賞である自分たちの作品はプログラムの四番目に上映される。

コンピュータグラフィックを駆使《くし》したやつ、感覚的で意味不明のもの、色々あった。その中で自分たちの作品はメッセージ性の強いものだったことに気づいた。

主催者側が用意した席について受賞作品を見ていたけれどプログラム三番目の作品が上映される前に出番まで待機しているようにと楽屋裏に呼ばれた。華やかな表と違って、積み重ねられたダンボールや無雑作《むぞうさ》に床を這《は》い回るコード類、走り回るスタッフで裏方は戦場のようだった。

林田は進行係のスタッフに呼ばれて打ち合わせに行き、残された高木《たかぎ》さんと掛川は舞台の袖《そで》で受賞作品を見た。じっと作品に見入っている高木さんは珍しく化粧をしていて、服もいつものジーンズじゃなく初秋らしいワイン色のワンピースを着ていた。

「最終審査まで残るなんて、おまけに賞を取れるなんて思ってもみなかった」

高木さんは独り言《ひとごと》のようにぼそりと呟《つぶや》いた。

「嬉しくないのか」

「嬉しいけど、なんだか騙《だま》されてるみたいな気がする」

掛川に振り返り首を傾《かし》げて苦笑いする。指先が仕切りのカーテンをギュッと握り締めた。

「…まだ完全とは言えない作品だったし」

「俺は最高だったと思うよ」

「お世辞はいいわよ。あまり言われると本気にしてつけ上がっちゃう」

強張《こわば》っていた表情が和《やわ》らぐ。そうして掛川の瞳をじっと見つめた。

「ずっと気になってたんだけど、掛川君元気ないわよね。どこか具合でも悪いの」

橋本のことを考えないように、受賞したことが嬉しいんだと、そんな風に見えるように明るく振る舞っていたつもりなのに、気づかれた。他人からもわかるほど落ち込んで見えるのかと思うとうんざりとする。

「ちょっと嫌なことがあってさ」

「ふうん…」

プログラム三番目の受賞作品の解説が始まる。

「悪いことは続かないようになってるんだ」

呟いた一言に舞台へ移っていた高木さんの視線が掛川に舞い戻ってくる。

「悪いことって、どういうこと」

「別れたから」

彼女の表情が戸惑《とまど》うようなそれになる。

「高木さんには体だけの関係の奴がいるって話したよね。そいつが結婚するって言うんだ。だから、別れた」

「そう」

親指の、綺麗に塗られた口紅の色と同じワインレッドのマニキュアを爪でこすりながら高木さんは困ったようにうつむいた。よかったねとも悪かったねとも言えない彼女の困惑が伝わってくる。嬉しい席のはずなのに、他人まで巻き込んでずしりと気分が沈み込んだ。

「どうすればそいつのことを早く忘れられると思う?」

暗い雰囲気だけでもどうにかしたくて、返事を期待していたわけじゃないけど明るい調子で問いかけた。

「新しい恋をすればいいわ」

律儀《りちぎ》に答えてくれる。彼女は顔を上げた。

「簡単よ。油絵と一緒なの」

「油絵?」

「古い絵や、気に入らない絵は上から塗り潰《つぶ》すでしょ。そうすればまた新しい絵が描けるから。恋も一緒よ」

古い絵を潰す。結局何かを重ねて忘れろということだ。

「高木さんもそんな風に塗り潰したことがある？」

「一度だけね」

絵を潰す。忘れる。だけど今すぐにと言われても到底無理だ。目を閉じればその姿が鮮明に瞼《まぶた》の裏に浮かんでくるのに。記憶が薄れるまで待つ？　だけどいつになればなくなるんだ。薄れてなくなるまでその間ずっとこんな気持ちでいなくちゃいけないのか。

「つらいの？」

そう聞かれた。

「そうじゃない」

高木さんの指が不意に掛川の目尻を押さえた。

「目が赤いよ」

指先は絶妙に涙腺を刺激したらしくて、ぽろりと涙が落ちた。

「最近寝不足でさ」

うつむいてやり過ごす。高木さんは何も言わなかった。

「俺ってさ、人一倍独占欲が強いみたいで」

「うん、わかるような気はするわ」

「…悔しい」

ポツリと洩《も》れた。宥《なだ》めるように優しい手が掛川の手を握る。

「傷つけられたことが悔しいの？」

林田が戻ってきたけど、その手を離す気になれなかった。手を握り合う二人を見て、林田は緊張した面持《おもも》ちちで掛川の隣に立った。平静なふりで、それでもチラチラと隣を盗み見る。

「高木さん、キスしようか」

林田が勢いよく振り返った。

「冗談だよ」

林田は悲しそうな顔をする。

「冗談に決まってるでしょう。馬鹿ね」

高木さんが呆《あき》れたように呟いた。けれど手は離さない。そのうちに自分たちの作品の紹介が始まる。舞台袖からスタッフがステージに出ろ、と合図した。


授賞式のあとには受賞者だけを集めたささやかなパーティーがあった。式にだけ参加して終わればすぐに帰ろうと思っていた掛川だけど、二人に引き止められた。

「人と話をしてると気が紛《まぎ》れるわよ」

にっこりと高木さんに笑いかけられ、残ることを決めた。出席者のほとんどが映画関係者で、映画で飯を食べていこうとする林田と高木さんにはかっこうの『売り場』になるけれど、掛川にとってはあまり意味はない。

会場の隅、壁ぎわにある椅子に座りカクテルグラスに注《つ》がれた酒を飲む。忙しく歩き回る人の輪は、壁ぎわの男など気にもしない。その無関心さが気楽といえば気楽だった。目を閉じると人の喧騒《けんそう》は耳許を通り抜けてゆく。

「大学生なんだって」

前置きも何もなく肩を摑《つか》まれ、慌《あわ》てて目を開けた。がっしり、そんな印象の男が視界を塞《ふさ》いでいる。そいつはジーンズに紺色のジャケットを着て、四角い顔の目尻をニヤつかせながら掛川を見下ろしていた。歳《とし》は三十過ぎか、丸眼鏡があまり似合っていない。

「脚本の子はお前の恋人？」

受賞者か、それとも審査のほうに回っていた人間かよくわからない。けれど高木さんに目をつけたのは明らかだった。

「違いますよ」

「へえ、いい雰囲気だったからてっきりそうだと思ったけど」

「監督の恋人ですよ」

男は口をぽかんと開けて、両手をぶらぶら振ってみせた。

「あの冴えない兄ちゃんか〜。あの子も見る目がないなあ。俺が女だったら絶対にお前さんのほうを選ぶぜ」

よく知りもしない人間のことを上辺《うわべ》だけで見て判断する男に腹が立つ。

「俺のほうから言わせてもらえば、見る目がないのはあなたのほうだと思いますけど」

にっこり笑って嫌味に返す。丁寧《ていねい》な言葉尻の大きな棘《とげ》に気がついたのか、男は鼻の周囲に皺《しわ》を寄せて口を尖《とが》らせ、あからさまにムッとした表情をした。

「生意気な奴だな。冗談もわからない堅物《かたぶつ》か、つまんねえの」

文句を言いながらも男は掛川の隣に座った。居心地《いごこち》が悪くなって別の場所に移動しようかと思ったけれど、それだとなんだか『逃げ』を認めるような気がして、つまらない意地でそこに座り続けた。

男は掛川の隣から離れる気配を見せず、同じように喧騒の人を眺《なが》めていた。

「お前さんとこが作った映画の脚本は、やっぱりお前さんがモデルなんだろう」

そう聞かれた。話をしたくなかったけれど無視するのも大人げない気がして短く答えた。

「違います」

「へえ…気味が悪いぐらいはまり役だったからてっきりそうだと思ったんだが。もしかして役者志望？」

男が自分の顔を覗《のぞ》き込む。

「高校教師志望です」

いい加減に黙れ、そう思いながら早口に喋《しゃべ》る。

「つまんねえな。そんなのやめちまえ」

男は両手を大きく振った。

「つまらないか、そうでないか決めるのは俺ですから、あなたには関係ない」

チッと男は舌打ちした。

「嫌な奴だな。痛いとこ突きやがる」

呟きながら何がおかしいのかクックッと笑う。

「なあ、大学生は暇だろ。高額のバイトを紹介してやろうか」

「今の分で十分です」

話が妙な方向に流れているのが気になるし、男のしつこさも気味が悪かった。

「金額も聞かねえで袖にするのか。それに今ならすげえおまけがついてくるぞ」

下品なもの言いに、絶対ろくなものじゃないと確信する。

「あんた風俗の呼び込みみたいだな」

敬語も投げ捨て、見下すような調子で吐き捨てる。男は顔を真っ赤にして、ぐっと掛川の腕を摑んだ。

「俺がこれだけ下手《したて》に出てやってんのになんだその態度は。馬鹿には単刀直入に言わなきゃわからないか。お前は俺の映画に出るんだ」

「手を離せ、気持ち悪いな」

手首を摑む男を乱暴に振り払った。

「映画って、あんたなんだよ。俺は役者志望じゃないって言っただろ。あの映画は林田に頼まれたから出たんだ。でなけりゃ誰があんな恥ずかしいことするもんか」

男は勝ち誇ったようにニッと笑った。

「へえ…不思議だなあ。フィルムの中じゃとても恥ずかしがってるようには見えなかったぜ。見てください、同情してくださいってそんな顔で盛大に媚《こび》売ってたくせに」

瞬間、カッと赤くなった掛川を見て男は大声で笑った。

「別に悪いことじゃないさ」

男は急に真顔になり、呟いた。

「お前、いいよ。俺の映画で使ってやるから役者やってみな。個人的な意見を言わせてもらえば、映画は教師生活よりずっとショッキングだぜ」

男は事務所のものだという電話番号と自分の名前を書いたメモを強引に手渡してきた。監督だと男は言ってたけれどメモに書かれた『山岡一《やまおかはじめ》』という名前を掛川は聞いたことがなかった。

男は逃げ回る掛川に携帯番号を教えろとうるさく付きまとって、掛川としては素性《すじょう》もわからない男がうさんくさくて、適当な番号を教えてその場は逃げた。パーティーからの帰りぎわに男のメモを破り捨て、それ以降妙な男のことなどすっかり忘れていた。

授賞式から一週間ほどたった頃、その日掛川は同じ学部の友人に誘われ、女子大との合同コンパに参加していた。気分転換も必要だろうと参加してみたものの、やっぱり気分が乗らず『お前目当ての女がいるのに』という幹事のぼやきも無視して一次会で帰った。

「次の油絵作成にはまだ時間がかかる…か」

呟きながらアパートの階段を上る。もう三段で上りきる、そんな時に自分の部屋の前に人影が見えて驚いた。心拍数が跳ね上がる。

「橋本…さん」

掛川の声に振り返った男は片手を上げた。

「よっ」

ジーンズによれた紫色のシャツ、胸許には金色のチェーンネックレス。まるで飲み屋の用心棒みたいな悪趣味な服装。橋本ならまず絶対にこんな格好はしない。

「嘘つき野郎。でたらめの番号なんか教えやがって。探すのに苦労したじゃねえか」

自称映画監督のあの男だった。男がアパートの前にいるのにも腹が立ったし、そいつを橋本と勘違いして跳ね上がった心臓にもムカついた。あれほど忘れようとしているのにほんの些細《ささい》なことでもすぐぶり返す。

「あんたに二度と会いたくなかったんでね」

扉の前に張りつく男を乱暴に押し退《の》ける。

「橋本さんて誰だ。お前の恋人？」

「うるさい」

いちいち気に障る。男はにやにや笑いながらキーを差し込む掛川の耳許に囁いた。

「林田君だっけ、あの冴えない彼に聞いたら喜んでお前さんの住所と携帯番号を教えてくれたぜ」

「何考えてんだ、あいつは」

部屋に入ろうとするところで腕を摑まれた。強い力だった。

「惚《ほ》れたんだよ」

男は真顔でそう言い、掛川を見つめた。

「あのフィルムで、一番最初のシーンでお前に惚れたんだ。授賞式で映画の中のお前がそのまま舞台に出てきた時には心臓が止まるかと思うほど嬉しかったぜ。いい顔してるよ。お前は俺の映画に撮られるために生まれてきたんだ。絶対にそうだ。嫌だと言っても連れていく。絶対に引きずり出してやる」

男はニッと笑って掛川の手を離した。

「じゃあな、俺の子猫ちゃん」

わけのわからない台詞《せりふ》を残して男は嵐のように去っていった。掛川の中で一瞬だけ荒れ狂っていなくなった。旋風《つむじかぜ》みたいな男に掛川はただただ呆気《あっけ》にとられるばかりだった。

なんの冗談かと思ったけれど、次の日にはすべてがきちんとした形になって掛川の目の前に並べられた。

映画の制作事務所を通して正式に出演依頼がきた。うさんくさいあの男は（とりあえずプロの）新進気鋭の若手映画監督で自分はどうやら役者として見初《みそ》められてしまったらしいこと。かなりのワンマン監督らしく掛川が主演でないと撮らないと、散々ゴネているらしかった。

クランクインぎりぎりになっての主役交代はスタッフの間でも非難囂々《ごうごう》で、ワンマン監督の態度に腹を立てて役者も何名か降番してしまい、収拾がつかないらしかった。ミニシアター系の映画らしいがそれでも本格的に撮るとなると何千万単位の金が動くそうだ。

電話口の向こうで、監督のマネージャーの本木《もとき》という男は初対面の掛川相手に半泣き状態だった。

『もう目茶苦茶ですよ。クランクインは来月なのに怒ったスタッフの四分の一が辞めちゃうし。また人集めからやり直しですよ。ええ、いいんです。監督があんな突拍子《とっぴょうし》のない、いい加減な人だってのは重々承知してましたから。だけど今回のこれだけは僕も我慢できません。あの糞《くそ》親父っ』

マネージャーだという男に泣き落とされて、今回だけと約束して承諾《しょうだく》した。

『スタッフが足りない』そう言っていた監督のマネージャーの言葉にそれとなく『学生のアルバイトはいりませんか』と裏方に林田と高木さんを売り込むと『ぜひ』と返事が返ってきた。

映画に出演することと裏方の件を兼ねて林田のアパートに行くと、偶然部屋の前で高木さんと鉢合わせした。二人は二つ返事でアルバイトの件を承知してくれた。

林田は映画主演の話を聞くや否や掛川の両手を握って振り回した。

「すごい、すごいよ」

人ごとなのに興奮して目尻には涙まで溜めている。高木さんはそんな林田にちょっと肩を竦めて、掛川と目が合うとにっこり笑った。

「山岡一監督なんでしょう。あの人って面白いものを撮るのよね。私もファンなの」

地に足がつかないほど浮かれた林田は、雨の降る中『前祝いだ』と騒ぎながら酒を買いに表に飛び出していった。

「浮かれちゃって」

そんな後ろ姿を見て高木さんは呆れたようにため息をついた。

「けれど本当に掛川君はすごいと思うわ。それに私たちまでその映画に参加させてもらえるんでしょう。すごく嬉しい」

「承知したはいいけど、正直言うと俺、自信ないんだよ」

本音が零《こぼ》れる。

「高木さんの脚本のやつは台詞なかったし…あの映画、俺は演技なんてしてなかったから」

あそこにいたのは脚本の主人公じゃなくて自分だった。外からどんな風に見えようが、あれは紛れもない『掛川進《すすむ》』自身だった。

「あなたは…」

高木さんは口許に人指し指をあてた。言葉を選ぶようにゆっくりと話す。

「役者に向いていると思う。立ってるだけで存在感があって目が離せなくて、もっともっと見ていたいと人に思わせる何かがある。だから山岡監督も無理しても掛川君を欲しいと思ったんじゃないかな。自分は選ばれたんだって自信持っていいわよ」

それでもまだ不安な色が顔に残っていたのか、高木さんは心持ち乱暴に掛川の背中を叩いた。

「心配しなくても大丈夫よ。目もあてられないような大根だったら、山岡監督は撮影の途中だってなんだって遠慮なくお払い箱にしてくれるから」

「そうだな」

無理して笑ってもすぐに気づかれてしまう。高木さんは掛川の顔を覗き込むように体を近づけてきた。

「不安なのは、もっと別のこと？」

「まあ…色々あるから」

彼女はくすくすと笑った。

「まだ寂しいの。それならやってみればいいわ。気が紛れるし、きっと楽しいわよ。掛川君が映画に出て、それで大物俳優になったらすごいわよね。そしたらまたみんなで組んで映画を撮りましょうよ」


あの外見と突拍子もない行動だけじゃ『監督』という男を理解できなくて、高木さんに教えてもらい監督の作品を借りて何本か見た。コメディともシリアスともつかない中途半端なそれは、ところどころいやにシュールで背筋がぞくりとした。

全部の作品を一度だけ見てすぐに返却した。もしかしたら才能があるかもしれないと、認めるのがなんだか癪《しゃく》だった。


風が吹く。勢いのある風が頭の中に吹き荒れる。新しい環境に、新しい人。加速度的に広がっていく付き合いの波。頭の大部分を占めていた恋は少しずつ容量を狭《せば》めてゆくような気がする。

スタッフへの挨拶《あいさつ》。撮影の日程。脚本の読み合わせ。息つく暇もないほどに連れ回され、準備の中に組み込まれる。流される。どうでもいいと思っていても、まったくの無関心じゃいられない。

「俺が惚れた役者だ」

山岡監督はどこでも得意げに掛川をそう紹介した。

「男でも女でも惚れるような面《つら》してるじゃないか。見目で選んだんじゃないの」

「素人《しろうと》さんか。まったく…監督にも参ったねえ」

掛川に面と向かって皮肉る人もいたが…やっかみの声はすべて無視したし、そういった中傷はあまり気にならなかった。忙しい時間の流れの中にいると、何もしないでいるよりずっと気持ちが楽だ。急《せ》かすような時間の流れの中で、映画がクランクインする。上着一枚だけじゃ肌寒くてコートが恋しくなる十一月の初めだった。


最初はなんとも虫の好かない野郎だった山岡監督も、付き合ってみると意外に面白い男だと発見する。掛川が一度もお目にかかったことのないタイプ、言わば破天荒《はてんこう》な奴だった。とにかく常識がない、金の観念がない、礼儀がない、趣味が悪い。ここまでくれば呆れるのを通り越して『立派』だった。

撮影が始まった最初の頃、素人役者に対するスタッフの風当たりはそれとなくきつくて、掛川に声をかけるスタッフは若手のごく少数だけだった。そんなぎこちない雰囲気を感じていたから敢《あ》えて出しゃばるようなことはせず、出番がくるまで一人ぼんやりと隅で撮影を眺めていることが多かった。

その時も掛川は一人、スタジオの隅に逆さに積まれたビールケースの上に腰掛けて撮影を眺めていた。出番の一つ前のシーンで、女優と子役の息が上手《うま》く合わず、予定よりもう一時間以上もオーバーしていた。

掛川は腕時計で時間を確かめる。午後六時。このままだとアパートに帰るのは、掛川の出番のあるシーンがリテイクなく順調に撮れたとしても八時を過ぎそうだった。なかばうんざりしながらため息をつく、そんな掛川の背中に中堅スタッフの一人が何げなく声をかけてきた。

「山岡監督は…監督になるべくして生まれてきたような男だと思わないか」

村下《むらした》さんという三十代なかばのそのスタッフは主に小道具の制作や配置を担当している背の高いもの静かな人だった。中堅やベテランスタッフの風当たりが強い中、唯一掛川に声をかけてくれる人でもあった。

「ええ、まあ…」

スタジオの、掛川のちょうど反対側では監督の罵声《ばせい》がギンギンと鳴り響いている。リテイクを繰り返される若い女優は今にも泣き出しそうに顔を歪《ゆが》めていた。

「あの性格で一般社会に出てたらえらいことになってただろうな。いいとこヤクザか女のヒモだ」

生真面目《きまじめ》な顔で呟く村下さんがおかしくて思わず噴き出す。笑う掛川を見て、村下さんは意味深にニッと笑った。

「何度か一緒に仕事をしたけど、あれでも映画を撮ってる間はすごいって思えるから不思議なんだよな。山岡監督の一声で役者の動きがガラリと変わってくる。本当にあの人は才能あると思うよ。けどいったん監督の椅子から下りたらただのヤクザな酒飲みだけどね」

「そうですね」

何かにかこつけて飲みたがり、そのたびに大暴れする姿を思い出す。村下さんは口許だけで笑った。

「お前さんも才能あると俺は思うぜ。だからもうちょっと真面目にやってみな」

誰に呼ばれたのか、村下さんは「すぐ行く」と大きな声で返事をした。

「まあ、頑張れや」

ぽんと肩を叩かれる。うつむいたまま顔が上げられない。村下さんが行ってくれてよかったと思った。こんな羞恥《しゅうち》で真っ赤になった顔など誰にも見られたくない。

あたりに人がいないのを確かめてビールケースから立ち上がった。洗面所に飛び込み、何度も何度も顔を洗う。メイクは崩れ、綺麗にセットされた髪の毛は濡れてだらしなく額に張りつく。鏡に映る自分の顔は殴りつけたくなるぐらいみっともなかった。

真剣な人には…掛川が真面目にやってるかそうでないかの違いぐらいわかる。映画が成功しようが失敗しようが一向にかまわない。どうせこれ一作きりだ、自分には関係ないとずっと頭の中で爪弾《つまはじ》きにしていた。けれどそれを大切に作り上げている人間からしてみれば、自分の態度は不愉快極まりないものだっただろう。それを敏感に感じ取ったスタッフが腹を立て、無視しても当然だった。

穏やかな人にやんわりと警告されるまで気づかないふりをして、最後まで騙《だま》し通せると思っていた自分がたまらなく恥ずかしかった。


撮影が夜中にまで食い込み、そのたびに監督に引きずられて飲みに付き合わされるのもだんだん日常になりつつあった。酒の力というのは不思議なもので、人の当たりを柔らかくすると同時に思いもかけない本音も引き出す。

最初は素人役者を無視しがちだったスタッフも撮影が進み、掛川が真面目に役に取り組む姿勢を見せるようになると、それとなく声をかけてくるようになっていた。

それでもスタッフと掛川の間にはなんとなくしこりのようなものがあって、馴染《なじ》んだように思えてもどこかに白々《しらじら》しさが漂《ただよ》っていた。

けれど飲み会に引きずり出されるようになってからは、スタッフも酒が回るとやたらと掛川に絡むようになってきていた。

その日も、『明日一限目から講義があるから遠慮させてください』と言う掛川を『一年や二年留年したってどうってことねえよ』と監督は強引に馴染みの居酒屋〔AO〕に押し込んだ。監督は居酒屋に行くと必ず大酒食らって暴れ回り、酔い潰れて眠ってしまうまで誰も手をつけられない。こんな大迷惑な客をよくもよくも毎回愛想よく迎えてくれる店があるものだと呆れ半分、感心していると案の定、店の主人は監督の従兄弟《いとこ》だと言っていた。

居酒屋の中まで押し込まれたら掛川も降参するしかなく、注がれたビールのコップを片手に、明日の授業に響かせないよう一杯をいかに時間をかけて飲み干すかに全力集中する。

「台詞ぐらいちゃんと覚えてくるのが役者の第一条件ってもんだぜ」

最初の作品から監督と組んでいるという古株の種山《たねやま》というスタッフがいつの間にか掛川の隣に座り込み『ほれ』とビール瓶を差し出した。飲めないわけではないから断ることもできず、コップに残るビールを一息で空《あ》け、種山の前に差し出した。

「いい飲みっぷりじゃないか」

満足そうに目を細める。初めの頃は掛川に挨拶すら返さなかったスタッフだった。

「監督が最初にお前を連れてきた時には、妙にすかしてて気に食わない野郎だと思ってたけど付き合ってみるとわりといい奴だよなあ。どんなに撮影が長引いても、何回リテイクされても文句一つ言わないし、愚痴《ぐち》も零さない。やっぱり男はそうでなきゃな。あんた若いのに人間できてるよ」

そう言いながらまだ重たそうなビール瓶をゆらゆらと揺らす。掛川のグラスのなみなみと溢《あふ》れそうな中身を早々に飲み干せ、ということらしい。コップと顔を突き合わせ、掛川は心の中だけで苦笑いした。

「種山さん、俺も掛川さんと話したいんですから、独占しないでくださいよ」

種山は話に割り込んできた掛川と同世代の若手スタッフの背中を踵《かかと》で蹴《け》り飛ばした。

「なんだと下っぱ。俺が掛川と話してるのが見えないのか。それに何が『お話したい』だ。お前はホモか」

返杯に次ぐ返杯で種山を酔い潰す。討ち死にした種山を横目に、掛川はほっと息をつく。我ながら酒臭い息だった。

仰向けのままグーグーいびきをかいて眠り込む種山の顔を覗き込み、酔っぱらいの顔に大きく舌を突き出してから、若手スタッフがそろそろと掛川の隣にやってきた。けれど寄ってくるその若手スタッフも半分以上できあがってしまってるらしく掛川を見つめる目は妙に潤《うる》みがちだった。

「いつも撮影所で一緒だから、改まって変かもしれないですけど、なんか…掛川さんて話しかけづらいんですよね。雰囲気があるっていうか。俺ね…監督が前の役者を降ろしてまで掛川さんを引っ張ってきた理由がなんとなくわかるんですよ。目が離せなくなるっていうか、もっと見てたいっていうか。頭の固い古株にはわかんないかもしれないけど…」

そのスタッフは人懐っこくにっこり笑った。

「何を着せても何を持たせても絵になるんですよね。さまになるって言うか…。男の俺が見てて惚れ惚れしちゃうぐらいだから、女の子はたまんないだろうな」

掛川を見つめる瞳はぼんやりとして焦点が合ってない。何か掛川自身を通り越して別のものを見ているように思えた。

「俺のこと、好き」

「ええ、そりゃあ…」

若手スタッフの口許がにいっと緩《ゆる》む。

「もし俺がここで口説《くど》いたらどうする？」

「えっ、俺のこと？　口説くって…俺…えっ」

しゃっくりを繰り返すように途切れ途切れに喋り、ピンク色の顔を真っ赤にするスタッフがおかしくて掛川は笑った。からかわれたのだと気がついたスタッフは真っ赤な顔で頭を掻《か》いた。

「冗談はやめてくださいよ。掛川さんも人が悪いなあ〜」

「うおら、掛川あ」

若手スタッフは首根っこを掴まれて後ろに引きずり倒された。そして掛川の隣には一番来てほしくなかった人物がどっかりと腰を下ろす。今日の監督の出《い》で立《た》ちはラメ入りの黒いシャツに白いスラックスと、チンピラ風だった。

山岡監督は掛川の顔を覗き込んでニッと笑った。やられた、と舌打ちする。監督の悪癖。機嫌が悪い時に酔うと暴れ回り、反対に機嫌のいい時に酔うと自分の昔話を喋り出して止まらなくなる。今日のパターンはどうも後者らしい。

前は延々朝まで『山岡監督の歴史』を耳許で語られた。誰かが『俺は監督の自伝が書ける』と胸を張って言っていたのを聞いたことがあったけれど、それがまんざら嘘でもないのを掛川も身を持って知っている。

話の途中でうとうとしかけると揺さぶって起こされて続きを聞かされる。隣から逃げ出そうとトイレを口実にするとそこまでついてくるという始末。前は監督が眠り込むまで逃げ出せなかった。

「俺だって大学生の時は不安だったんだ。映画で飯食っていける保証なんてどこにもないだろう…」

その話は前にも聞いたぞ、と思いながらも適当に相槌を打つ。監督はとりあえず相手が目を開けて隣にいさえすればいいのだから、掛川は監督の話を右耳から左耳へと流しながら明日の撮影する場面の台詞を思い出そうと記憶の糸を手繰《たぐ》った。

「大学を卒業してもアマチュア作品上映会なんて人が集まらないだろう。券をはかすのが一苦労でさ。高校の卒業名簿を取り出して近くに住んでる奴のところに一軒一軒売って歩いたんだ。迷惑な顔されるのはわかってるけどこっちも必死だからさ…」

山岡監督は意外に涙もろく、話をしながら鼻をすすり上げた。

「気持ちよく券を買って、頑張れって言ってくれる奴もいたけど、中には嫌な奴もいてさ。同じ高校、大学の後輩で確か…橋…橋本って奴だったな…」

右から左へ通り抜けていた言葉が鼓膜に引っかかる。

「後輩だけど俺は大学で何年か留年したから結局卒業は一緒になっちまったんだ。そいつの家に前売り券を売りに行った時はひどい目にあったよ。いいマンションに住んでてさ、最初は人あたりも柔らかだったから、よかった、こりゃいけそうだと思ってたんだけどそのうちに玄関先で説教されはじめてな」

監督は昔を思い出すように、ふっとため息をついた。

「えらいハンサムな奴だったけどお上品に嫌味でさ『仕方がないからこのチケットは買ってあげるけど、今回だけだよ。もう二度と来ないでほしい。迷惑だからね』って言って券の代金を乞食《こじき》にやるみたいに玄関に落としたんだぜ。そのうえ俺の目の前で券を破って捨てたんだ。俺は本気で殴り殺してやろうかと思ったぜ。そのあともいつまでも遊んでるんじゃないとか、現実逃避はするなとかもう散々さ。ここだけの話だけど俺は家に帰ってから泣いたね。何も知らないくせに、って思って悔しくてさ。それがきっかけで俺は絶対にプロになろうと思った。いつかあいつを見返してやるってさ」

あの橋本に違いなかった。どんな態度、どんな口調で監督を説教したのか目に浮かぶ。

「俺、橋本さん知ってますよ」

「えっ、もしかしてお前ら親戚か」

監督は目許を真っ赤に染めたまま慌てて振り返る。

「橋本さんにも同じような話を聞いたことあるんですよ。前にチケット売りに来た奴がいたから説教してやったって。それって監督のことだったんですね」

「あんの野郎…今度、家に火ぃつけてやる」

監督は拳《こぶし》を握り締め、ぎりぎりと奥歯を嚙《か》む。

「橋本さんは嫌な人ですよ」

「そうだろ。やっぱりお前もそう思うだろう。そうだよなあ。嫌な奴なんだよ、あいつは」

強力な同志を得たかのように監督は掛川の両手を握り締めてぶんぶん振り回した。ささやかな逆襲。掛川はちょっとだけ苦笑いする。

目を閉じた。脳裏に鮮明に浮かぶ橋本の顔はあとどれだけたてば薄れていくんだろう…と、少し考えてみた。

ドアベルは何度もしつこく鳴らされた。昼間の撮影に疲れて、アパートに帰るなりそのまま畳の上で眠り込んでいたらしい。帰り着いた時はまだ日が高かったのに、目を覚ますとあたり一面が闇の中で、寒さにぶるっと身震いした。

手探りで明かりのスイッチを探す。その間にまたドアベルが鳴った。玄関に着くまでにまた四、五回。こんな非常識なことをするのは掛川の知る範囲では山岡監督ぐらいだった。

「うるさいな、今開けるって」

ドアの向こうの人にぼやきながら鍵を開け扉を引く。けれどそこにいたのはあの非常識で悪趣味な監督じゃなかった。橋本道也《みちや》。ここ二か月は顔を見ることもなかった人。

「いるのならさっさと出てきたらどうだい。上がらせてもらうよ」

驚いて声も出ない掛川を押し退《の》けて橋本はずかずかと部屋に上がり込んだ。恐ろしく不機嫌な顔をした男は家主の許可なしに部屋に上がり、ローテーブルの前に座った。ベージュのパンツに白いシャツという出で、上着は着ていない。橋本は断りもせずにテーブルの上にあった掛川の煙草を一本引き抜くと火をつけた。煙草を吸う姿など初めて見た。

可愛らしい新妻と過ごしているはずの甘い夜をどうして自分のアパートなんかに来たのか。結婚式の日にちなど聞かなかったから、もしかしたらまだ式は挙《あ》げてないのかもしれない。期待が胸の中に広がった。

どうしてここへ来た？　どうして今頃俺に会いに来た？　何も言わず煙草を吸い続ける橋本をじっと見つ

める。理由を推測する。だけどいくら考えたって想像する理由は、一つしかない出口みたいに、いい方向にしか流れていかない。

やっぱり自分のほうがいいと考え直してよりを戻すつもりで来たんだろうか。橋本には電話番号も住所も教えていたけれど、訪ねてきたのは初めてだった。あれだけ諦《あきら》めるときっぱり決めたはずなのに、舞い戻ってきた橋本を目の前にするとざわざわと胸が騒いで、抱き締めたくてたまらなくなる。あんなにひどい仕打ちも、自分のところに戻ってきた、それだけで簡単に許せてしまいそうだった。

「あの女」

憎々しげに呟き、煙を吐き出す。橋本は数口吸っただけで残りを硝子の灰皿にギリギリと押しつけた。

「人を馬鹿にするにもほどがある」

浮わついた心で気がつかなかった。自分を慕《した》って戻ってきた、そんな雰囲気じゃない。橋本は…ひどく怒っている。

「橋本さん…」

声をかけるとそれが起爆剤になったかのように大声で怒《ど》鳴《な》られた。

「ふざけるなっ」

橋本は右手に握り締めていたライターを掛川に向けて投げつけた。至近距離で右頬《みぎほお》にぶつけられて思わず目を閉じる。それだけじゃ満足しなかったようで、橋本はあたりのものを手当たり次第投げ飛ばした。

「いったい…」

呆気にとられて止めることもできず橋本の嵐がおさまるのを待った。手近に八つ当たりするものがなくなると、ようやくおとなしくなる。きつく握り締めた橋本の指先はブルブルと震えていた。

「あの女…」

あの女、橋本は何度も繰り返す。誰を指すのか、奥さんかそれとも掛川の知らない別の女か…。橋本は片手で額を押さえヒステリックな女のように高い声で笑った。

「あの女…式の直前になって気分が悪いと控室でゲーゲー吐き出したんだ。緊張してるのかと思ったけど様子が変だから病院に連れていったら『おめでとうございます。奥様は妊娠しています』と言われた」

子供、橋本の子供。『現実』に頭を殴りつけられる。それでも言葉が出たのは精一杯の強がりだった。

「よかったじゃないか。おめでとう」

「お前は馬鹿か」

怒鳴り声が飛ぶ。

「僕の子だったら問題はない。けど僕はあの女とまだやってないんだぞ。良家の娘だっていうから大事にしてやったのに…ほかの男と遊んでたんだよ。大したお嬢様だよ。僕は男遊びのツケを押しつけられたんだ」

橋本はテーブルをバンバン叩いた。

「そのくせあの女…僕の子だって言い張って…わかってる。親に叱られるのが怖いから嘘をついてるんだ。あんな女と結婚できるもんか。もとから好きでもなかったけど部長の得意先の娘だったから我慢してやってたのに。部長も部長だ、よくもあんな傷モノ押しつけやがって…胸クソ悪い。こんなことなら君のほうがまだましだった」

一人で喋って、一人で怒っている。橋本が熱くなればなるほど、最初の胸の高鳴りは底冷えする冷たさに変わっていく。

「結局、新婚旅行も結婚式もパーだ。全部あの女のせいなのに、あちらの親は俺に旅行代と式場代をすべて払えと言い出した。費用全部を合わせてどれだけになると思う。裁判に持ち込むつもりだったのに部長がストップをかけてきて、『穏便にすませろ』なんて言うんだ。得意先だから機嫌を損ねるなって…だから俺に払えって言うんだ。そんな金どこにあるっていうんだ。仕方ないからマンションを売ってその金で払ってやったよ。あの馬鹿女のおかげで僕はマンションも貯金もパーだ」

橋本は大げさに肩を竦めた。不意に思い出す。先生の言葉を。

『もっといい恋をしろよ』

おかしくて笑いたくなる。情けなくて、悲しくて、惨《みじ》めだ。俺が好きなのはこんな男か。こんなにくだらない男か。人の中でも最低だ。クズだ。

「結局…」

掛川の言葉に橋本は顔を上げた。

「橋本さんも同じことをしてたんだろう。彼女と結婚決まってからも俺と散々遊んでたじゃないか。彼女は女だから子供ができただけでやってたことは一緒だよ」

「僕があの女と一緒だっていうのか」

嚙みつくような勢いで橋本は食ってかかる。

「そうじゃないか、どこが違う?…それでどうして今日は俺のところに来たんだ」

橋本はふっつりと口を閉ざした。

「俺はもう橋本さんに会わないって言っただろう。どうして来たんだ? 俺に慰めてもらえると思ったのか。結婚できなくて、マンション売って貯金がなくなって可哀相ですねって」

奥歯を嚙み締めた橋本の青白い顔は、今にも後ろ向きに倒れてしまいそうだった。

「想像はつくよ。俺以外にそんな愚痴を言える相手がいなかった、だからここに来たんだろ。一度も来たことがないのに、調べるの大変だったんじゃないか」

「それは…」

橋本は口許で言葉を飲み込む。

「あんた最低だな」

教えてやることが親切だなんて、そんなこと微塵《みじん》も思わなかった。それを言ってしまうことが相手にどんな影響を与えるかなんてそんなところまで責任持つ気はなくて、ただ言いたくて言いたくて仕方なかった。

橋本の前で膝を折る。青い顔を覗き込んだ。

「橋本さんてさ、最初に会った時から嫌な人だったよね。愚痴と人の悪口しか言わない。自分勝手でわがままで、自分のことしか考えてなくて少しも思いやりがない。優しくない」

「なんだと…君は…」

橋本の言葉を遮《さえぎ》って続けた。

「俺も正直に言おうか。最初に橋本さんを追いかけて、好きだって言ったのは嘘だよ。ちょうどその頃に落ち込んでて、寂しかったから抱かせてくれそうな男だったら誰でもよかったんだ。いい人なら罪悪感があるけど、橋本さんは最初から嫌な奴だってわかってたから気が楽だった」

「お前…」

橋本の声は震えていた。

「でもやっぱり悪いっていうか、罪悪感があって俺よく好きだって言ってただろ。何回も。でも気にすることもなかったみたいだね。橋本さんも俺のこと遊びだったんだから」

橋本がごくりと喉を鳴らした。神経質に何度も頬から顎のあたりを手のひらで撫で下ろす。

「僕は君のなんだったんだ」

困惑しきった問いかけだった。

「元手のかからない専用のダッチワイフ。…最初の頃はね。でもやっぱり情が移るっていうのかな…そんな橋本さんでも好きだったよ」

橋本は凄《すさ》まじい目で掛川を睨《にら》み全身をぶるぶる震わせる。

「橋本さんて会社でも嫌われてるんだろ。俺も橋本さんみたいな上司は嫌だ。息が詰まる。本当に取り柄《とえ》って顔と体だけだよね。少しは頭もあるのかな。それで不細工だったら誰も橋本さんなんか相手にしなかっただろうね。でもかえってそっちのほうが、自分のことちゃんとわきまえられてよかったかもな」

「馬鹿にするな！」

平手打ちされる寸前で手首を摑んだ。

「まったく気がついてないわけじゃない、みんなに嫌われてるって自覚はあるんだろ。俺の前に何人の男と付き合った？　どれとも続かなかったのはその性格のせいだよ」

摑んだ右手を強く握る。

「俺も橋本さんと一緒にいると疲れるんだよ。言い方がいちいち気に障ってムカつくし、もう面倒は見たくない」

橋本は摑まれた右手をはずそうと乱暴に振り回す。白い手首には掛川の指の跡がくっきりと残っていた。

「それに俺が本気になったら、優しくて、性格のいい、わがまま言わない恋人なんてすぐにできる」

来た時と同じ、唐突に橋本は立ち上がった。両足がガクガク震えている。無言のまま出ていきかけた橋本の腕を掴む。ほとんど無意識だった。

「面倒見てやろうか」

歪んだ顔の橋本に笑いかけた。

「ただし条件がある。俺だって橋本さんみたいな厄介《やっかい》な荷物を引き受けるには覚悟がいる。橋本さんにもそれなりの誠意を見せてもらいたいね」

一呼吸置いた。

「簡単だよ。親に『昔から男が好きでした。今も好きな男がいるから結婚できません』って言うんだ」

「誰がそんなことを言えるものか。僕の家族を目茶苦茶にする気か」

「最初から期待なんかしてない、冗談だよ」

掴んでいた腕を離した。

「ばいばい、橋本さん」

肩を押して表に放り出す。

「それから俺さ、俳優になるんだ。マイナーだけど映画に主演する。売れっ子になったらテレビで俺が見られるよ。でも俳優にスキャンダルはご法度《はっと》だろ。しかも男となんて『世間体』が悪いからさ、もうここに来るな。迷惑だから」

「頼まれたって来るものか」

橋本の声は力をなくし、弱りきっていた。闇の中に消える背中は言いすぎたことを一瞬にしろ後悔するほど薄かった。

地方ロケで一週間アパートを空けた。撮影現場となった山村は掛川の住む街から車で北に五時間ほど走った場所で、鄙《ひな》びた旅館が一つあるきりの過疎の村だった。その旅館がロケ中の宿泊先になったけれど、今時珍しい古くて汚い旅館だった。お化け屋敷にでも早変わりしそうな部屋はところどころ壁が剝《は》がれかけ、カーテンは日に焼けてあちこちが破れ、壁にかけられた掛け軸は下が半分破り捨てられていた。

「おう、こんな汚ねえ旅館なんて中学校の時のクラブの遠征以来だぜ」

監督一人、やけに嬉しそうだった。近くに飲み屋の姿も見えず、この分だと地方に泊まっている間は酒盛りから解放されると思っていたけれど、甘かった。

地方ロケ一日目の夜、旅館の部屋はあっという間に宴会場に早変わりしていた。近くに商店などなかったのに、どこから仕入れてきたのかテーブルの上にはありとあらゆる種類の酒、つまみが並んでいた。酒飲みの鼻には酒屋をかぎ分けるレーダーでもついているらしい。

酒盛りに次ぐ酒盛りの連日。まともに付き合っていたら行き着く先はアルコール依存症か肝硬変《かんこうへん》だとわかっていたから、最初のうちは逃げ回っていたけれども、地方ロケ最終日も近いその夜、とうとう監督に捕まった。

スタッフの部屋に急遽《きゅうきょ》作られた宴会場に連れ込まれた時には掛川も覚悟した。次の日にもまだ撮影は残っているし、飲む量は極力セーブするよう自分に言い聞かせていたのに、その日に限って飲みすぎた。

少し疲れていたからかもしれない。やばい、と思ったのは考えるよりも先にべらべらと喋り出して止まらない自分の口に気がついた時だった。

妙に元気がないんだよな、そう言い出したのはスタッフの一人、村下さんだった。ちょっと疲れが溜まってるんですよ、となあなあで誤魔化していたのにみんな勝手に理由を推測しはじめた。勉強も忙しくって…そう言うと監督にスパンと頭を叩かれた。

「暇な大学生が何ほざく」

何を言われても笑って煙《けむ》に巻いてたけれど、スタッフの一人がまともに核心をついてきた。

「ずばり、別れた恋人絡みでしょう」

背中を思い出した。薄くて今にも折れてしまいそうだった橋本の背中。掛川の乱暴な言葉に傷ついていた目。けれどあれぐらいなんだと自分を庇《かば》う。こっちはもっと傷つけられた、ひどいことをされた。

「まあ、ね」

否定しなかったら、宴会場は思いがけず蜂《はち》の巣をつついたような騒ぎになった。

「掛川さん、恋人いるんですかっ」

そう掛川に詰め寄った男の若手スタッフは、中年スタッフにめいっぱい頭を叩かれていた。

「別れたって言ってるだろうが。いたって不思議はないだろう」

どんな女だとか、どこまでいったとかみんなして聞きたがった。監督まで身を乗り出して両耳を膨《ふく》らませている。いつもならそんな自分の色恋沙汰《ざた》など大勢の人間の前で話したりしない。けどいつになく高い血中のアルコール濃度に口が滑った。

「すごくハンサムですよ。全体的にほっそりとしていて、目が切れ長ですっとしてて、鼻も高くて、髪の毛も柔らかくて…頭よくて。性格、性格はちょっと…かなり問題あったかな。わがままで自分勝手で俺に少しも優しくなかった」

「ディートリッヒみたいな女か。まあな、綺麗なお花には棘があんだよ」

監督がわけ知り顔でそう諭《さと》す。

「結婚するって言うから別れたのに、駄目になったからって戻ってくるんですよ。信じられなくないですか」

「そうだなあ」

相槌を打ったり頷いたり反応は人様々。監督は右手のコップに残っていたビールをすべて飲み干し、聞いてきた。

「で、お前はどうするの」

「どうするって…」

「よりを戻そうと思ってるわけ。そいつに未練があるんだろ」

「そんなの…わかりませんよ」

口先でうずくまる言葉。

「そんなひどい女、やめちまえ」

監督は大声で怒鳴った。何か知らないけどノリのいい拍手までついてくる。

「でもっ…」

監督に頬を乱暴に摘まれた。

「でもなんだ。ほれ言ってみろ」

痛みにしかめられた掛川の顔を覗き込み、子供を苛《いじ》めるような調子で監督は絡む。

「あいつには俺しかいないとしたら…」

監督はカカカッと笑った。

「男にそう思わせる、それが手なんだよ。女々《めめ》しい奴だな。そんないい加減な女は綺麗さっぱり捨てちまえ。それに浮気っていうのは癖《くせ》なんだ。俺様が酒をやめられないのと一緒なんだよ。一度あることは二度あるぜ。しんどい思いをするのはお前さんだけだ」

「でも欲しがってるんですよ、体が。会いたい、抱きたい、触りたい…キスしたいって」

そのあとの記憶は途切れ途切れで覚えてない。その夜、生まれて初めて掛川は酔い潰された。次の朝、二日酔いに軋《きし》むような頭をかかえて撮影現場へ行くとすれ違うスタッフ全員に『好き者』とからかわれた。


ロケの最終予定日よりも一日早く、掛川の出る部分のフィルムは撮り終わった。一人で先に帰ってしまうのもそっけない気がしたけれど、もう飲まされるのはこりごりで、『大学をいつまでも休むわけにはいかない』と言い訳してその日のうちに帰路のバスに乗り込んだ。退屈なバスの中で外の景色を見ているのにも飽きて、ふと記憶が途切れるほどに飲んだ夜を思い出す。手繰り寄せる記憶は『体が欲しがる』自分の言葉でつまずいたまま、その先には進まない。

目眩《めまい》がするほどバスに揺られて、ようやくアパートの近くのバス停留所まで帰り着いたのは夜中の十一時。遠くに自分の住んでいるアパートの灯が見えて意味もなく安心した。

国道から脇道に入り、三叉路《さんさろ》を左に曲がって突き当たりを右に折れるとすぐそこにアパートが見えてくる。アパートの裏側にある鉄製の階段をゆっくりと、一番上まで上りきった時に、部屋の扉の前に黒い影があるのに気づいた。足音に気がついていたのか影はじっと掛川を見ている。

黒い塊《かたまり》は扉の前で膝をかかえてうずくまっていた。薄暗い灯の中でもはっきりとわかるほどに、橋本の頬はげっそりとこけ、そのうえ左頬は暗がりの中でもそれとわかるほどに赤黒い痣《あざ》になっていた。

あれだけ身なりに気を遣う橋本なのに洗いざらしのような髪を整えもせず、着ていたのは水色の無地のパジャマ、その上に綿のロングコートを羽織《はお》っただけ。似合わない茶色のサンダルからは素足が覗いていた。

「俺が中に入れないだろう」

橋本はビクンと背筋を竦ませ、それでもドアの前から動こうとしなかった。

「君のせいだ」

震える声が青白い唇から洩れた。

「もう誰も信用できない。みんな裏で僕のことを悪く言ってるんだ。そうに決まってる。部長だって…ひどいもんだ。急に北海道支社へ転勤が決まったなんて言って…体《てい》のいい左遷じゃないか。僕はあんなところに行きたくない」

「…仕方ないじゃないか」

相槌のような掛川の言葉も、橋本の耳には届いていないようだった。

「誰にも会いたくない。会社にも行きたくなくて一度休んだら癖みたいになってずるずる…クビ寸前だ」

爪を立てて髪の毛を掻きむしる。

「いい大学に入って、いい会社に就職して頑張って仕事して、全部が完璧だったんだ。パーフェクトだったのに…僕のどこがいけなかったっていうんだ。どこが悪かったっていうんだよ」

丸くなって座る、襟許《えりもと》から覗く首筋の青白さ。恥じらいもなく中心が疼《うず》く。たったそれだけの色にどうしようもなく『感じている』自分はどこかおかしい。

子供と話をする時のように膝を折り、視線の高さを合わす。けれど橋本は掛川を見ない。頭の中の混乱に対処するのが精一杯のようで、口を半開きにしたまま視線だけがせわしなくあたりを彷徨《さまよ》っていた。

「顔はどうした」

小声でぶつぶつ独り言を言っていた橋本は、優しく左頬に触れてきた指に気がついて顔を上げた。

「父さんに…殴られた。男が好きで、もう結婚しないとそう言ったら殴られた。会社の取引先の娘と別れたのもそれが理由かと聞かれて、違うと言っても信じてもらえなくて…今まで手を上げられたことなんてなかったのに。母さんは泣き出すし、姉さんは口もきいてくれない。家にいるのが苦しくて、息が…詰まりそうで…」

少しずつ鼓動が早くなる。胸が騒ぎはじめる。先走りする思考の手綱《たづな》を引き締めて、落ち着けと言い聞かせる。橋本は会社にも家にも行き場がなくなっている。雲より高かったプライドも引きずり下ろされ、自分の目の前で震えている。自分のところにしか来られなくて、親に秘密を話してしまうぐらい追い詰められて…。

今、手を差し出せば、簡単に落ちてくる。だけど最後の砦《とりで》の掛川すら突き放したらこの男はどうするだろう。十分に傷ついているのがよくわかるのに、それでももっと苛めたい好奇心が止まらなかった。

「俺…橋本さんといると疲れるって言っただろう。もしかして親に告白したら面倒を見るっていうアレを本気にしたのか」

橋本は顔を上げる。きちんと合わない歯列がカチカチと音をたて、目を細め口許を歪めて絶望的な表情をした。

「真《ま》に受けるとは思わなかったよ。冗談だってちゃんと言ってやっただろ」

軽い調子で言葉を投げかける。橋本の顔にはもう血の気もなく、人形のようだった。人形の指が強張ったまま掛川のシャツの肘《ひじ》を縋るように摑んだ。

「冗談だったって言うのか。僕がなんのために今まで必死で隠してきたあのことを家族に話したと思ってるんだ。君があんなこと言わなきゃ死んでも話そうなんて思わなかった。せっ責任を取れ…僕に責…」

邪険に指を払うと、まるで熱いものにでも触れたかのように手のひらは薄い胸許に引っ込められた。

「俺さ未成年だよ。いい大人が子供に何言ってんの」

言い聞かせるように言葉を区切る。

「誤解させたのは悪かったよ。でも可哀相にな。会社にも家にもいられなくなって、俺も嫌だって言って…これからどうするつもり？」

ゆらりと立ち上がったと思ったら、止める間もなく橋本は走り出した。脱兎《だっと》の勢いの橋本を慌てて追いかける。暗い階段を駆け下りていた橋本は途中で足を踏みはずしたのか、不安定な形に揺れたかと思うとそのまま派手な音をたてて下まで転げ落ちた。

「橋本さん！」

階段の一番下でうつぶせに転がる。慌てて抱き上げると、顔面をまともに打ちつけたらしく、盛大に擦《す》りむいた額には血が浮き、口許を押さえた指の上を鼻血がたらたらと流れていた。水色のパジャマが赤く汚れる。橋本はプッと何か吐き出す。血まじりの白いエナメル質のかけら。

「歯が折れた…」

ぼんやりとそう呟いて動かない橋本を横抱きにして階段を上る。派手な物音に階段を覗き込む隣人に頭を下げながら部屋の中に連れ込んだ。真っ先にバスルームへ連れていき、服を脱がせる。あちこち破けて血が滲《にじ》み二度と使いものになりそうもないパジャマはそのままごみ箱に叩き込んだ。

擦りむいた箇所を丁寧に湯で洗う。触れる体は驚くほど冷えきっていた。温かい湯気の中で橋本は放心したように何も言わず、されるがまま座っていた。

傷が綺麗になると、バスタオルを腰に巻いただけ、歩き方も忘れたような橋本の体を引きずってベッドの端に座らせた。ヒーターをつけて、裸の体が冷たくならないように部屋を暖める。少し頭を振った拍子《ひょうし》にまた鼻血が出てきたのか橋本は上を向いて鼻を押さえた。

右膝と向こう脛《ずね》、ひどく擦りむいている部分には傷薬を塗り込んでガーゼをあてた。額の傷は血が出ていたわりに大したことなくて、絆創膏《ばんそうこう》を何枚か重ねて貼って終わりにした。橋本は何度も鼻の下をこすって、ようやく血が止まったらしく上を向くのをやめた。ぼろぼろのひどい顔。思わず吹き出すと、何も言わず唇を嚙んでうつむいた。からかうように少し湿っぽくなった橋本の前髪を摘んだ。

「さあて、手当ても終わったし…帰ってもらおうか」

何も言わない。膝の上で握り締められた拳が細かく震える。

「服を…貸してくれないか。着てきたやつは捨てたんだろう」

くぐもった声でそう呟く。

「貸すのも嫌だって言ったら」

うつむいた顔を覗き込むと、目尻に涙を溜めていた。

「裸で帰れって言うのか。これ以上僕に恥をかかせるなっ」

「ごみ箱のやつ、拾って帰ればいい」

立ち上がろうとした橋本の肩を押さえてもう一度座らせる。

「冗談だよ」

笑いながら喋っていると、橋本は頭をかかえ子供みたいに声をあげて泣きはじめた。

「家に帰りたい、家に帰りたい」

泣き声の合間にそう繰り返す。

「帰れないくせに」

呟いた掛川を睨みつけた。

「ここより百倍ましだっ」

何度もしゃくり上げる裸の背中を上から下へそっとさする。感じたのかそれとも怯《おび》えているのか体がびくりと震えた。そっと抱き寄せる胸を押し返す両手。橋本は掛川の体を自分から遠ざけた。

「僕を…抱くのか」

初《うぶ》な女の子のような問いかけだった。

「宿泊費。安いものだろう」

うなだれた頭がゆっくり左右に振られる。

「…僕は嫌だ。もう君に傷つけられたくない」

顎を乱暴に引き上げると、怖がるようにまつ毛が揺れた。

「こんな時だけ被害者面《づら》か。その都合のいい性格どうにかしろよ。橋本さんも俺の体をいいように利用してただけじゃないか。そうでなきゃあんなに簡単に俺を捨てられるもんか」

「じゃあ僕は一体どうすればいいんだよっ！　どうすれば君のお気に召すんだ。嫌なこと散々聞かされてそのうえ、捌《は》け口に抱かれりゃいいのか。どうしてここまでこけにされなきゃいけないんだ」

涙が滝みたいに溢れて流れた。鼻をすすり上げ、瞼をこすると頬を流れた涙が腰のバスタオルに吸い込まれる。

「…もう死にたい」

ぐずる体を抱き締める。力ない抵抗を封じ込めてベッドに押し倒すと『痛い』と眉を寄せた。唇に触れても、どこに触れても『痛い』を連発した。

前髪をかき上げて、子供みたいにいくつも貼られた絆創膏がおかしくて少し笑うと、それをどう取ったのか、壊れた涙腺からまた涙が溢れる。

「これからの橋本さんの生き方は俺が決めてやる。もう考えるの嫌だろ」

首筋に口づけながらそう囁《ささや》く。

「俺の言うことだけ聞いてればいい」

バスタオルを剝いで、その下で小さくなる中心に触れる。張りのないそれは指の間でしんなりと萎《しお》れた。柔らかくて、湿っている生き物のようなそれを揉《も》み上げる。先を押し潰して、撫でる。

「なんか可愛いな」

なかなか反応しなかったそれがようやく存在を誇示しはじめる。きつくそり返る。

「生き物みたいでさ」

とろりとした透明の液が、掛川の指を伝って橋本の太腿《ふともも》を汚す。目が合った。けれど橋本はすぐに目を閉じて、服を着たままの掛川の背中に両手を回してかきついてきた。柔らかな髪を撫でて背中を抱き寄せ、遊びじゃないキスをした。少し血の味がする…。

「俺のこと、好きだろ」

そう聞くと長い時間を置いて答えが返ってきた。

「仕方ないじゃないか…君しかいなかったんだから」


夜は暗くてわからなかったけれど、朝になって橋本の顔を覗いてみるとお世辞にも綺麗とは言えず、お化け屋敷に近いものがあった。額にいくつも貼られて剥がれかけた絆創膏に、左頬の赤痣。鼻の下に残る鼻血をこすった赤い跡。それでも見とれている自分に気がついて苦笑いする。顔の傷も、殴られた跡も自分のところへ来るまでの道のりだったんだと思うとそれすら愛しくなってくる。

お化け屋敷がううん、と寝返りを打つ。飛び込んできた腕の中に抱き締めて、朝っぱらから濃厚なキスをする。浅い眠りを彷徨っていた恋人はそれで目を覚まし、抱き起こしてやると力なくもたれかかってきた。

「体中が痛い」

「派手に階段から落っこちたからな」

心地よい恋人の背中をさすっていると、首筋に腕を回して抱き着いてきた。甘える仕種が素直で嬉しくなる。けれど…。

「昨日から何も食べてないんだ」

耳許に囁かれて色気も可愛げも吹っ飛んだ。白けたムードに、それでも気を取り直して聞いた。

「外に食べに出るか」

「動きたくない」

掛川の目をじっと見つめる。その視線に誘われるようにキスしかけるとその唇を手のひらで押し留められた。

「クロワッサンとサラダとコーヒーがいい」

しっかり注文までつけてきた。

「そんなのあるわけないだろう」

「コンビニには置いてある」

買ってこい、ということらしい。

「昼に食べに出ることにして、今はコーヒーだけじゃ駄目か」

橋本は自分を抱く男の首筋に腕を回して体を密着させると、掛川の癖を真似《まね》て耳たぶを舐《な》めた。甘く囁く。

「わがままを言ってるつもりはないが、こんな細《ささ》やかな願いも聞いてもらえないのか」

「…わかったよ…」

昨日はすっかり掛川のペースだったのに、妙に上手く動かされている気がする。あんなに意気消沈してぼろぼろだったのに、一晩でこの変わりよう。橋本はけっこう図太いタイプなのかもしれない。コンビニに行くためにベッドを抜け出し服を着て振り返ると、お化け屋敷はシーツの間から顔だけ出して、ずっと自分の背中を見ていた。

「あまりわがまま言うと放り出すぞ」

牽制《けんせい》のつもりでそう言ったのに、戸惑った顔もしなかった。

「君がそう簡単に僕を見放すものか」

橋本は自信ありげにそう呟き、掛川の心を見透かしたように鮮やかに笑って手を振った。
「早く帰ってこいよ。寄り道はするな」

END

その後のセカンド・セレナーデ

厚手のセーターの上にあまり上品とはいえない原色のナイロン地のウィンドブレーカーを着せられ、念入りに黒の革手袋までさせられた時、橋本道也《はしもとみちや》は内心面白くなかった。一緒に来い、と言われて気は乗らなかったけれど仕方なく靴を履いた。

玄関にある鏡にチラリと自分の姿が映る。格好が安っぽいと中身までそうなってしまうようで気が沈んだ。表は十二月の初めとはいえ昼下がりなのでわりに暖かく、重装備をするほどに寒いとは思えなかった。こんな格好をさせて…そんな不満も知らず恋人は橋本の手を引いて歩いた。連れていかれたのはアパートの裏の駐輪場で、恋人は大きなビニールシートを勢いよく取り払った。

「これは…なんだい」

橋本は眉をひそめた。そこにあったのはオートバイ。橋本の不安を誘うように磨《みが》き込まれた深いワインレッドの車体が鈍く光った。

「ＺＥＰＨＹＲ《ゼファー》４００、っていっても橋本さんは知らないだろうね」

十二歳年下の生意気な恋人、掛川進《かけがわすすむ》はにやにやと笑いながら橋本の頭にヘルメットをかぶせた。慣れないフルフェイスの圧迫感に橋本が慌《あわ》てて首を振ると「動くな」と上から頭を押さえつけられた。顎《あご》でヘルメットを固定される。掛川も同じようにヘルメットをかぶり、バイクに跨《また》がるとその後ろのシートを指先でちょいと指さした。

「乗って」

橋本の口許が自然と歪《ゆが》む。車には乗るけれどバイクは、前に乗るのも後ろに乗るのも初めてだった。正直、怖い。躊躇《ためら》ってぐずぐずしていると掛川が急《せ》かすようにタンクをパンパンと叩いた。

「早くしろよ。まさか後ろに乗るのも怖いなんて言うんじゃないだろうな」

その言い方が嫌味っぽくて腹が立つ。橋本は無言のまま危なっかしいよろよろとした足取りでタンクを跨いだ。

「手はここ」

両手が掛川の腹で交差するように引き寄せられる。

「後ろを持つほうが安定がいいんだけど怖いだろうから。それとカーブじゃ車体を倒すけどそれに逆らったりしないように。俺に合わせて体を倒してればいいから」

バイクのエンジンがかかる。橋本は慌てて掛川の腹に回す腕に力を込めた。腹部が不自然に揺れた気がして顔を上げると、掛川が肩を震わせて笑っていた。エンジンをかけたぐらいで怖がってしがみついた自分が恥ずかしいと思う間もなく、バイクは狭い一方通行の道路へ走り出した。

風の音がすごくて何も聞こえない。橋本は腰に直《じか》に響く振動に震えながら必死で広い背中にしがみついていた。セックスの時だってこんなにしがみついたりはしないのに、とふと思う。

重装備されたせいでほかは寒さを感じなかったけれど、風が直接触れる首筋だけは凍るように冷たかった。背中に体をこすりつける。年下で生意気で意地が悪い。だけど自分はこの男のところに逃げてきた。

結婚が破談になり、会社では左遷され自分の存在価値を根底からひっくり返された。追い詰められ、息をするのすらつらくて…すべてから逃げ出した。

逃げ込んだ先も決して安心できる場所ではなかったけれど、今までの場所よりはましだった。それにしても…橋本は舌打ちする。この男の意地の悪さはどうにかならないものかと思う。付き合いはじめた頃はおとなしかったのに、長くなればなるだけ生意気になってきた。今朝も十時を過ぎた頃、掛川に起こされて遅い朝食のテーブルについた橋本は目の前に並べられたそれにうんざりしてため息をついた。

クロワッサンにサラダにコーヒー。ここ一週間同じメニューが食卓に並ぶ。

「ワンパターンだな。もう少しレパートリーを増やしたほうがいいんじゃないか」

掛川は眉毛を吊り上げて、にんまりと笑った。

「嫌だな、橋本さんが好きだからわざわざ毎朝同じメニューにしてるんだろう」

掛川のアパートに逃げ込んだ次の朝、橋本がちょっとわがままを言って食べたいと言った朝食のメニューを掛川は嫌味ったらしく続けている。黙り込むと掛川は嬉しそうに橋本の顔を覗《のぞ》き込んで笑った。

「嫌だからって子供みたいに残したりするな。自分が居候《いそうろう》だってちゃんとわきまえろよ」

無一文で大学生の恋人のところに逃げ込んだ、三十歳にして『無職』の肩書きを背負うことになった橋本に対する嫌味。胃がムカムカするぐらい腹が立ったけれど何も言い返せず出されたものを食べた。何が面白いのか掛川はそんな自分をずっと見ていた。

不意にバイクが急ブレーキをかけて止まる。信号待ちにしては長いと思っていたら『降りて』と言われた。目的の場所に着いたらしい。待ち焦がれた地面に足をつける。

ヘルメットをはずして開けた視界であたりを見回す。低い山に囲まれた見渡す限り茶色に冬枯れした野原。そんな寂しい場所に人がいる。何人もの人があちらこちらと走り回る。隣に立つ掛川の顔を見上げた。

「今日の撮影現場」

恋人は戸惑《とまど》う橋本の手首を摑《つか》んでその輪の中にゆっくりと歩いていった。掛川は友達の自主制作映画に主演したのがきっかけで、本物の映画に主演していた。その撮影現場に橋本は連れてこられたのだった。

柔和《にゅうわ》な顔をした、自分よりも少し年齢が上かと思われる背の高い男を、村下《むらした》さん、と掛川は呼んだ。そして橋本の肩を掴むとその男の前に突き出した。

「小道具に人手が足りないって言ってましたよね。新しいバイト連れてきました」

「僕はそんな話は聞いてないよ」

慌てて振り返ると掛川に冷たく一瞥《いちべつ》される。

「どうせ暇なんだろ。バイト代も出るんだから少しは働けよ」

そう言い、橋本一人を残して掛川は人が集まっている場所へ行ってしまった。ぽつんと残された橋本は拳《こぶし》を握り締めたままぶるぶると震えた。勝手に連れてこられたうえに、働けと命令される。何がバイトだ。こんなところにもう一秒だっていられるものか。

「ああ、助かったよ。本当に人手が足りなくてね」

頭の上からのんびりとした声が降ってくる。村下という男はにこにこと笑いながら橋本を見下ろしていた。

「村下といいます。えっと…」

「橋本です」

聞かれたからとりあえず返事はした。

「橋本さん、よろしくお願いします。ところであなた、裁縫は得意ですか」

裁縫が得意かと聞いた村下は橋本の手にソーイングセットと子供服を手渡した。

「さっきの撮影でここが破けちゃいましてね。衣装さんにやってもらいたいんですけどあっちはあっちで大変そうだから。大雑把《おおざっぱ》でいいですから縫っておいてください」

薄汚い白いワゴン車の横に折り畳んで積まれたダンボールの上で、怒りに震える手で針に糸を通し、橋本は破れた部分を繕《つくろ》った。頭から湯気が吹き出しそうだった。苛々《いらいら》とした心情を表すかのように荒い縫い目で仕上がった服を、それでも笑って村下に渡すと今度は女物の踵《かかと》の折れた黒いハイヒールと黒いビニールテープが目の前に突き出された。

「これもお願いできますか。こんな舗装されてない場所での撮影だから女優さんの靴のヒールが折れちゃったんですよ。あと一回の撮影だけもてばいいし、多分映らないと思うんで履きやすいように適当に高さだけ合わせてください」

これだけの道具でどうしろというのだろう。橋本は途方に暮れて折れたヒールを靴底にあてて溜め息をついた。ヒールの底をテープでくるみ、固定すべく踵を巻いているところに掛川が戻ってきた。ここに来た時とは違う、アーガイルのセーターにブラックジーンズ。髪型を変え顔に化粧を施《ほどこ》した恋人はいつも見ている橋本でさえ驚くほど華やかに見える。華奢《きゃしゃ》なハイヒールを片手に悪戦苦闘している橋本を見て掛川は面白そうに笑った。

「けっこう器用だよね、橋本さんてさ」

無視して黙々と作業を続けていると、不意に掛川の指が橋本の両手を摑んだ。慌てて指を引いたけれど放してくれない。

「冷たいな」

掛川はぼそりと呟いた。

「手袋をしてこんな作業ができると思うかい」

嫌味っぽく言い返してやると掛川が目を伏せた。少しは悪いと反省したか、そう思うと心なしか胸がすっきりした。

「ごめんな」

掛川は顔を上げて、橋本の顎を捕らえキスをした。舌までは絡めなかったけれど掠《かす》めるほどに呆気《あっけ》なくもないキス。慌ててあたりを窺《うかが》うと案の定、スタッフらしき一人が目を丸くしてこちらを見ていた。唇を離した掛川はちょっと眉を寄せて橋本の頬《ほお》に手を置いた。

「また、あとで」


掛川は撮影の待ち時間の間に橋本のところに来ているようだった。さっき来た時はどこから調達してきたのかカイロを橋本のポケットに滑り込ませた。次はリップクリーム。

「唇が荒れてるだろ。メイクさんが封を開けてないやつを持ってると言ってたからもらってきた」

自分でできると言っても、掛川は頑《がん》として聞かない。掛川の手で唇にリップクリームを塗られ、親指の先でその上をなぞられた。

「これでよし、と」

好奇の視線が注がれる。皆なにごとかと、そんな風に遠巻きに輪を作る。それが嫌でたまらなくてそっけなくするとよけいに触れてくる。

「おう、掛川の恋人が来てるって聞いたぞ。どこだ、どこだ。俺にもその性悪《しょうわる》の女を拝ませろ」

人の輪をかき分けてやってくる男がいた。歳は三十なかばぐらいか、こんな場所に不似合いなエナメルの靴に黒いロングコートの合わせからは原色が混ざる悪趣味なシャツが見える。男は大げさにあたりをうかがう様子を見せた。

「なんだ、どこにもいねえじゃねえか」

男と目が合う。悪趣味な男は怪訝《けげん》な顔で首を傾《かし》げ、そして次の瞬間には橋本を指さし叫んでいた。

「だ……誰だっ。こんな奴ここに連れてきたのはっ。摘み出せっ」

見たこともない男なのに自分を知っていることに驚きつつ、勢いに押されて数歩後ずさった。

「俺だよ」

掛川が大胆にも背中から橋本を抱く。

「俺のディートリッヒ。ハンサムだろ」

公衆の面前で頬にキスされる。目の前が真っ暗になるような気がした。掛川を選んだ時に、親に自分の性癖を話した時に、ある程度は覚悟していたもののこんなに派手に連れ回されるとは思わなかった。もっと地味に、ほかの人間には知られずにいたかったのに、年下の恋人はそんなことはおかまいなしだ。

悪趣味な男はギリギリ橋本を睨《にら》みつける。

「お前が性悪だって言ってたのが今ならわかるぜえ。こりゃ折り紙付きだよ。よりにもよってこんなの選んじまうなんてお前も悪趣味だよなあ」

悪趣味な男に、自分を悪趣味だと言われて腹の底が焼けるような気がした。自分のことを何も知らないくせに知ったふりで何を言うのか。

「僕はあなたのことを存じ上げないんですが…」

それでも丁寧《ていねい》に言葉を投げた。額を押さえてハッハッと笑った。

「存じ上げない…だと。そりゃ覚えてもいないないだろうさ」

耳許で掛川が囁《ささや》く。

「…前に橋本さん言ってただろう。昔、自主制作の映画のチケット売りに来た奴がいたって。その彼だよ。山岡一《やまおかはじめ》っていうんだ。彼、監督になったんだよ」

「ああ、あの男か。ずいぶん出世したんだね」

山岡は拳を握り締めてふるふる震え出した。

「出世したさ、ああ大出世さ。あの時、お前さんに散々けなされた俺がめでたく『監督様』だ。ざまあみろ」

吐き捨てるように言われ、このまま黙って引き下がるのも悔しい気がした。一言何か言ってやらないと気がすまない。

「あのまま一生ろくでなしかと思ったけど、世間に認められる仕事ができるようになってよかったじゃないか。でもその趣味の悪い服はどうにかならないのかい。それとも監督はそんな服装じゃないと務まらないのかい」

辺りは一瞬しん、となる。顔を真っ赤にして橋本に殴りかかろうとした監督はスタッフの数人に後ろからはがい締めにされた。

「離せっ、俺にそいつを殴らせろ」

橋本は大げさにため息をつくと肩を竦《すく》めた。

「嫌だな、最後には暴力かい。だから頭の弱い人間だと思われるんだよ。僕は監督って職業はもっと頭脳労働かと思ってたんだけど君を見る限りじゃそうでもなさそうだね」

監督は檻の中の猛獣のように、両足を踏み鳴らして殴らせろと怒鳴《どな》った。

「ホモのくせに何お高くとまってんだよ。お前なんかにゃ掛川はもったいねえ。豚に真珠だよ。その綺麗な顔か貧弱な体か、どんな手ぇ使って落としたかは知らねえけどな」

橋本の頭の中も一気に沸騰《ふっとう》寸前に達する。言われたまま黙っていることなどできなかった。ここぞと嫌味に言い返す。

「監督ともあろう人間がマイノリティに偏見を持ってるなんてね。君の作る作品の限界が見えるようだ」

お互い沈黙する。なのに一触即発の雰囲気はなくならない。

「すげえ…ハブとマングースみたいだ」

後ろのほうでそう呟《つぶや》いたスタッフが『馬鹿っ』誰かに頭を叩かれる。

「監督っ、次の撮影がありますから…」

スタッフに両肩を押さえられたまま監督はずるずると引きずられていった。猫のように逆立つ橋本の背中を、宥《なだ》めるように掛川が撫《な》で下ろす。

「君は知ってたんだな」

「まあね」

「知ってて僕をこんなところに連れてきたのか」

「知ってたけど…橋本さんと一緒にいたかったからさ」

注目の人となった橋本を残して掛川は撮影に戻っていった。橋本は…周りの言葉を無視すべく直しかけたハイヒールに意識を集中させた。そんな橋本の背中で誰か知らないスタッフの話し声が聞こえた。

「おい、ハブとマングースってどっちが勝つんだっけ」

「俺が知るかよ…」


『二度と撮影現場には行きたくない』と言ったのに、引きずられるようにして連日現場に連れていかれた。最初、掛川の人目を憚《はばか》らないアプローチは周りの人間の度肝《どぎも》を抜いたし、橋本の目の前を暗くしたけれど慣れるとそんな視線も気にならなくなった。監督との険悪な口喧嘩《くちげんか》もほぼ日常になった。

家を飛び出して掛川のアパートに転がり込んでからちょうど二週間目の朝。キスで起こされて、そのまま裸の胸に接吻《せっぷん》されてセックスになだれ込みそうな妖しい雰囲気を打ち消そうと、橋本は心持ち乱暴に掛川の耳をつねった。

「今日の撮影にはついていかないから」

掛川は首を傾げた。

「どうして？　監督が嫌なのか」

「もうあんなの気にしてないよ」

橋本が苦笑いすると、掛川もつられるように笑い、そうして張りのない橋本の前髪をそっと摘んだ。

「この前に橋本さんが一度来なかった時があっただろう。その時に山岡監督、がっかりしてたよ。小道具に文句言おうと思っても橋本さんがいないからさ。今は監督も口で言うほど橋本さんのこと嫌ってるわけじゃない」

「まさか。彼は僕のことを嫌ってるよ。今日は一度家に帰ろうかと思ってるんだ。服とか保険証とか、ほかにも必要なものがあるからね」

「一緒に行ってやろうか」

掛川は橋本の顔を覗き込む。

「いいよ、どうせ母親しかいないし君が来るとよけいに面倒なことになりそうだ」

朝食を食べてから『家まで送る』という掛川を振り切って電車に乗った。だけど、いざ家の前まで来るとなかなか中に入れず、橋本は門の前をうろうろと犬のように歩いた。何年も暮らした自分の家の敷居がこんなに高くなるとは思いもしなかった。

「みっちゃん」

名前を呼ばれ、驚いて振り返った。そこには蒼白な顔をした自分の母親が立っていた。近くへ買い物にでも行ってたのかエプロン姿のままだ。両手で口を押さえた母親はぽろぽろと涙を零《こぼ》しながら駆け寄ってきた。息子の袖《そで》を強く掴む。

「お母さん心配したのよ。寝巻のままで出ていってしまって…警察に行こうと言ったんだけどお父さんは、道也はもう子供じゃないんだからと言うし。今どこにいるの。ちゃんと食べてるの」

「心配しなくても大丈夫ですから」

安堵《あんど》したようにため息をつく母親に、橋本は男のところに転がり込んだなどと、口が裂けても言えない、そう思った。

気に入っているボストンバッグに服を詰め込む。スーツはとりあえず一着あればいい。あとは普段着とコート。あまり持って帰っても掛川の小さな簞笥《たんす》がいっぱいになってしまう。あとは免許証、預金通帳。思いのほか少ない荷物ですんだ。バッグを片手に階段を下りる。その音を聞きつけたのか、母親が居間から顔を出した。

「みっちゃん、お茶を飲んでらっしゃい。あなたの好きな月光堂《げっこうどう》のお菓子もあるのよ」

「でも…」

言いよどんでいると腕を摑まれて強引に居間へと連れていかれた。

「お父さんなら夜まで帰ってこないし、美紀《みき》も今日はお花のお稽古《けいこ》に行ったから夕方までいないわ」

橋本の不安を代弁するかのように母親はそう言った。知っていたから橋本もわざわざ父親と姉がいない昼過ぎの時間を選んで荷物を取りに来た。

居間のテーブルの上には橋本が好きな和菓子が上品な器に盛られている。その横には香りのいい新茶。掛川のアパートにはそんな質のいい茶葉などない。橋本はその匂いを十分に味わって和菓子を摘んだ。母親はそんな息子を息を詰めてじっと見ていた。

「みっちゃん」

子供のようにちゃんづけで息子を呼ぶことをやめられない母親。

「この前のこと、あれは何かの間違いよね」

同性愛者だと告白したあの夜。唯一自分の味方だと思っていた掛川に拒絶され、会社からも左遷を言い渡されて、人の噂《うわさ》が気になり神経が擦り切れていくのが目に見えるようだったあの頃。

結婚が破談になった時も、両親や姉は橋本に同情的だった。誰も自分を責めなかったしそれどころか同情し慰めてくれていた。けれどそれだけじゃ全然足りない。当たり前だった。家族には本当のことは何一つ言えなかったのだから。心の底から愚痴《ぐち》ることなどできなかった。

掛川のところへ行きたかった。あの年下の男ならいつでも話を聞いてくれたし、そう文句も言わなかった。けれどあんな風に馬鹿にされ、拒絶されてそれでも押しかけられるほどに厚かましくなれなかった。いや、本当はまた拒絶されることが怖かった。思い余って昔の恋人に電話をかけたこともあった。話を聞いてくれる人間なら誰でもよかった。

『結婚したんだって。おめでとう』

すぐに橋本だと気づいた男は開口一番にそう言った。

「ああ…」

『でもすぐに離婚したんだって』

笑いと、悪意が滲《にじ》む言葉に受話器を叩きつけるようにして電話を切った。その次の日に会社を休んだ。具合が悪いと嘘をついて一日中ベッドの中で過ごした。その次の日も、次の日も。ずる休みを重ねるごとに最初は見守ってくれていた両親も次第に意見めいたことを言うようになった。はっきりしない息子の態度にそれとなく業《ごう》を煮やしているのは伝わってきた。

「どうするつもりだ」

風呂上がりで自室に戻りかけたところを父親に呼び止められた。居間には両親と姉、家族が勢ぞろいしていた。

「いつまでも会社を休んでいても仕方がないだろう。それとも会社を辞める気なのか」

父親は諭《さと》すようにそう言った。けれど橋本はもう二度とあの会社に行きたくなかったし部下の顔も上司の顔も見たくなかった。

「そう…ですね」

明日も会社に行かなければ何を言われるだろうと思った。それを考えるだけで苦しくて胃の底がキリキリと痛んだ。ストレスのせいなのか最近は食べても吐くことが多かった。

「嫌なことがあったのはわかるけれど、もう子供じゃないんだし。いつまでも不貞腐《ふてくさ》れていても仕方ないでしょう」

姉の言葉が追い打ちをかける。

「頑張ってね」

母親は呑気《のんき》に励ましの言葉をかけてくる。背筋が寒くなった。これから先も何度この言葉を投げかけられるかと想像するだけでぞっとした。逃げ出したい。逃げ出したい。だけどここを出てもどこにも行く場所がない。ふと掛川の言葉を思い出した。

『親に「昔から男が好きでした。今も好きな男がいるから結婚できません」って言うんだ』

話したらあそこに行けるだろうか。この胃が痛むようなストレスから解放されるだろうか。だけど話したら話したで取り返しがつかなくなるのもわかっていた。

「お父さん」

「なんだ」

「僕は…」

指が震える。

「僕はもう女性と結婚しないつもりです」

「今はそうでも…そのうちにまた考え方も変わってくるさ」

父親も呑気なものだった。

「好きな男がいます。だから…結婚しません」

前に言われた掛川の言葉をおうむ返しのように繰り返す。その場が凍りついた。

「こんな時に何冗談言ってるの」

姉が軽い調子で橋本の肩を叩いた。

「本気です」

その瞬間、頬が鳴った。今まで手を上げられたこともなかったのに初めて父親に叩かれた。じんじんと痛みが滲む頬を押さえて顔を上げると、そこには今まで見たこともないほど怒った形相《ぎょうそう》の父親がいた。

「見合いした娘と破談になったのもそれが原因だったんだな」

「違います、あれはあの女が…」

言い訳は誰の耳にも届かなかった。針のような視線に晒《さら》されて、居心地《いごこち》が悪かった場所が地獄に変わる。

「本当に違います。あれは…」

瞳が冷たい。もう誰も味方ではない。押し出されるように橋本は居間を飛び出していた。玄関にかけられていたロングコートを羽織り、サンダルを履いて表に飛び出していた。

「みっちゃん、聞いてるの」

「ああ、すみません。ぼんやりして」

湯飲みをテーブルに置く。

「今なら大丈夫だから、帰ってらっしゃい。あれは魔が差しただけだって言えばいいから。お父さんだって本気でみっちゃんが出ていけばいいなんて思ってないわ。美紀だってそうよ。みっちゃん仕事辞めたでしょう。お父さんそれを心配してね、知り合いの会社で人を欲しがってるらしいって私に言ってたわ。具体的には言わないけどお父さんもみっちゃんに帰ってきてほしいと思ってるのよ」

ぐらりと心が揺らぐ。今ならここに帰ってくることができる。仕事も…ちゃんとしたところに就職できる。今ならやり直せる。

「でも…そこまで迷惑は…」

「何言ってるの。迷惑だなんて誰も思ってないわよ」

「お母さん…」

「帰ってくるわよね」

頷《うなず》いてしまいそうだった。そんな時、表を走り抜けるバイクの音が聞こえて背中がビクリと震えた。

気にしなくていい。あんな生意気な年下の男なんか。全部やり直すんだ。ちゃんとした会社に就職して、今度はもっと性格のいい女を見つけて、後ろ指さされない生活を。それから…。

名前で呼ぶなと言ったからいまだに『橋本さん』と名字で呼びかけてくる恋人。生意気な口をきくくせに、時々ひどく優しい。家に帰ったら二度と会えないんだろうな、そう思うことに躊躇う。あんな男にもう一度会うことができるだろうか。

「みっちゃん」

母親がもう一度、橋本の名前を呼んだ。

家を出てすぐの角を曲がったところで腕を掴まれた。驚いて顔を上げるとそこには恋人の顔があった。

「ずいぶん長かったな。すぐに出てくるかと思って待ってたらもう二時間だ」

日はずいぶんと西に傾いて影が細長い。

「撮影は」

「さぼった、って言うのは嘘。もともと今日は俺の出番少ないからあとに回してくれって言ってある」

視線を逸《そ》らすと優しく頬を撫でられた。

「何か言われたのか」

「別に、何も」

掛川は橋本の荷物を取り上げるとバイクの後ろに縛りつけた。

「帰ろう」

掛川は笑って橋本にヘルメットを差し出した。橋本は頷いてそれをかぶる。バイクの後ろに跨がるとすぐにそれは滑り出した。橋本のカシミヤのコートでは袖口から、胸の合わせから風が吹き込んできてひどく冷たい。橋本は温かい背中に強く自分の体を押しつけて、目を閉じた。

END

わがまま

社長が目茶苦茶に惚《ほ》れ込んだという噂《うわさ》だった。だけどその俳優はまだ学生で、本人もあまり乗り気でないのを無理に説得し、事務所としては異例の二年間限定という内容の契約を提示したらしい。

割石友和《わりいしともかず》は事務所のデスクに座ったまま乱れた髪の毛を無雑作《むぞうさ》にかき上げた。大した仕事もしていない。今まで担当していた俳優を後任に引き継いだだけなのにひどく疲れた。

割石は資料の入った袋を机の上に積み重なる本の一番上に置いた。入社して七年、色々な俳優のマネージャーをしてきたが、こんなにやる気のない新人は初めてだ。…俳優を目指す人間はそれこそ数知れない。才能を持ちながらそれを発揮する場も与えられず泣く泣く芸能界を去っていった人間を割石は何人も知っている。

デビューをさせてもらえるというだけでも幸運なのだ。チャンスは最大限に生かし、食らいついてでも仕事をしていこうという姿勢がこいつにはまったく見られない。それに二年なんて中途半端な年月で一体何を為《な》すことができるというのか。

割石は爪の先をガリリと噛《か》んだ。イライラすると自分はよく爪を噛む。細い体で爪なんか噛んでるとよけいに神経質に見えるからやめろと同僚には言われたが、喫煙よりはよほど健康的だと思っている。学生の頃から無類の芝居好き、それが高じて芸能事務所へ就職した。自分の手で世界に通用する『俳優』を作り出すのが夢だが、まだ誰にも話したことはない。

夢があるから…どんなに見込みのない新人を任されても必死になって売り込んできた。いつかどこかで花開くかもしれない才能に賭《か》けて必死で仕事をした。昨日まで割石が受け持っていた俳優は、実力派のなかなか根性のある男で、こいつならイケるかもしれないと割石は必死になって売り出してきた。苦労が実って朝の連続ドラマの脇役を取ることができ、さあこれからという時にいきなり今度はなんの経験もない、マイナー映画に一度出演しただけの素人《しろうと》を担当しろと言われた。

辞令を受けた時は、担当している俳優を連れてほかの事務所に鞍替《くらが》えしようかと本気で考えた。けれど売り出し中の俳優にとってそれがどれだけリスクになるかを考えると自分のわがままを通すこともできず、泣く泣く命《めい》に従った。

渡された新人のファイルには一度も目を通さない。それは割石のプライドでもあった。学生気分の俳優は長続きしないだろうから見るだけ無駄だ。

そいつが主演したという映画、業界ではけっこう名が知れているけれど一般受けは今一つの山岡一《やまおかはじめ》監督作品『そら』のDVDも渡されていたが、結局目を通さなかった。山岡監督とは面識があるが妙にアクの強いキャラクターだったことしか覚えてない。

「割石さん、いいんですか。もう一時間になりますよ」

隣のデスクの女の子がこそっと耳打ちする。今日から担当する噂の『新人』が応接室で自分を待っていると聞かされても、わざと一時間、事務所の椅子に座って時間を潰した。そいつに対するささやかな『歓迎』のつもりで。

割石はため息をついて椅子から立ち上がると、のろのろと廊下を歩いた。応接室のドアをノックもせずに開けると、ソファに座っていた男が振り返った。

二十歳《はたち》だと聞いていたが、想像していたよりもずいぶんと落ち着いた顔をしている。髪型も服装も今の流行《はや》りではない。確かに顔の形は整っているがパッと見で社長が無理を通すほどの『何か』があるとは思えなかった。男は立ち上がると割石がそばに来るまでに深く頭を下げた。

「はじめまして、掛川進《かけがわすすむ》です」

声質はそう悪くない。それと人に対する礼儀はそこそこ心得ているらしい。

「君のマネージャーをする割石だ」

差し出された手を無視して、割石は掛川の向かいにドッと座った。

「さっそく仕事の話をさせてもらうよ。えっと掛川君だっけ、君は俳優にどんなビジョンを持っているかな？」

「ビジョンですか」

掛川は戸惑《とまど》うような表情をした。

「どんな俳優になりたいかそれによって売り方も変わってくるからね。うちは一応基本のコンセプトを立てるけどあとはマネージャーの裁量による部分が大きい。君の意見も聞いておこうと思ってね。でもまあ最初は仕事なんか選べないけど」

「映画に出られたら、と思います」

割石はクッと笑ったあと、『失礼』と口許を隠す。

「映画は難しいよ。日本で作られてる映画は本数が少ないしくだらないのが多いからね。もし売れたいんだったらドラマから入るのがいいよ。ドラマならすぐにみんなの目に触れるから友達にも自慢できるし」

「映画の仕事以外したくないんです」

聞き分けのない坊主だ。割石はチッと舌打ちした。

「映画の仕事だけってねぇ…君、そんなこと言ってちゃ年に何度も仕事は来ないよ。小遣いも欲しいだろ。まあＡＶの男優でもいいってのならもう少し仕事も増えるけど」

ははは っと笑う。何が映画だけだ。舞台を経験したことのある実力派ならまだしもポッと出の新人が何を言う。掛川の表情が固くなるのがわかる。そう、人間関係は最初が肝心。最初から甘やかすのはよくない。

「まあね。君の気持ちもわからないでもないけど…」

割石は大きく足を組み換え、腕を組んだ。

「この話、なかったことにしてください」

そう来るか。割石は鼻先を指でこすった。

「俺の言い方が気に触ったかな。でも契約してるんだから、たとえカスでも君はうちの商品だ」

ぼろ糞《くそ》にけなすことが湧き上がるような快感に変わる。掛川は小さく首を傾《かし》げた。

「契約はまだです。俺がマネージャーになる人に会ってからとわがままを言ったから」

割石は目を丸くした。契約もまだだって。そんな話があるかっ。

「事前に映画以外の仕事はしないと俺の意向は伝えたはずです。それに小遣いが欲しいとか有名になりたいとか俺は思ってない」

掛川が立ち上がる。

「おい、ちょっと待てよ」

社長のお気に入り。こんなことで機嫌を損ねたらそれこそ俺はクビになる。

「俺は映画の仕事がしたかったんです。業界に詳しい人にこんなことを言ったら笑われるかもしれないけど、俺は…映画の中の人物として誰かの中に残りたかったんです」

二十歳そこそこの生意気な若造はそのまま部屋を出ていった。割石は呆気《あっけ》にとられたまま、だけど追いかけることはしなかった。辞めるというのだから仕方がない、これが原因でクビになってもまあいいか…覚悟して社長室を訪ねた。怒られることはある程度覚悟していた割石だが社長の怒りは、想像以上だった。

「お前なんか出てけっ！」

社長は椅子から立ち上がり拳《こぶし》を握ってまくしたてた。

「そうだ、クビになる前に掛川進を連れ戻せ。それぐらいのケジメはつけろ。俺があいつを説得するのにどれだけ苦労したと思ってる。ほかの事務所からも引く手あまただったんだぞ。あいつがここを選んだのは映画の仕事しかさせないと約束したからだ。お前に渡した資料にもそう書いてあっただろうがっ」

散々罵倒《ばとう》されて、最後は割石も売り言葉に買い言葉。『絶対に連れ戻します』と啖呵《たんか》を切って社長室を飛び出した。

とんでもないことになった。何もかも掛川のせいだ。興奮したまま事務所に戻った割石の目に入ったのはデスクの上、一度も封を開けたことのない資料とＤＶＤだった。

「割石さん、掛川進に会ったんでしょ。どんな感じの子だった？」

事務の女の子がさっそく聞いてくる。

「生意気なガキだったよ」

「そうなんだ？　映画で見るのとやっぱり違うのね」

女の子はがっかりしたようにうつむく。

「奴の映画、見たことあるのか」

「私、山岡監督のファンだから偶然だったんだけど、掛川進って『そら』に主演してたでしょう。すごくよかったのよね。セリフは少ないんだけど優しい、強いって感じがよく伝わってきて…あんな俳優見たの初めてだった。だから社長が惚れ込んだってのがわかるような気がしたもの」

割石は資料とＤＶＤを摑《つか》むと、事務所の試写室に籠《こ》もった。確かに掛川は映画の仕事のみの契約と資料に書かれてある。割石はひと通り資料に目を通したあとで、ＤＶＤをセットした。

小さなスクリーンに映像が映し出される。最初、割石は掛川がわからなかった。今日見た印象と異なっていたからだ。映画の中で掛川は大学生ではなく、二十五歳の陶芸作家だった。割石は自分が息をしていることも忘れるほど夢中になってスクリーンを睨《にら》み続けた。

指先が震えてくる。ぶるぶると震えて止まらない。割石はケチなプライドで資料にもＤＶＤにも一切目を通さなかった自分を激しく後悔した。


信号で車が止まるたびに割石はイライラとした。今日は掛川が初めてプロとして映画の撮影に参加する日だ。慣れた役者なら一人で行かせても大丈夫だが、掛川はまだ新人。割石も一緒に監督からスタッフまで挨《あい》拶《さつ》して回らなければいけない。

九時にアパートまで迎えに行くと約束していたが、五分も遅刻している。時間に余裕を持っているから少しぐらい遅れてもかまわないが、事前に打ち合わせておきたいことがいくつかある。

今日のこの日を迎えるまでの道のりの長かったこと…割石は苦労を思い出すようにゆっくりと頷《うなず》いた。掛川に契約をやめると言われた日、出演映画を見たあとですぐに割石は掛川の大学へと走った。

講義室の前で掛川を見つけ、床スレスレまで頭を下げて謝った。たくさんの人が見ている前でも恥ずかしいと思わなかった。これぐらいのことでこの男を自分がマネージメントできるのなら安いものだと思った。

なんとか再度契約にこぎつけ、退職しろと怒鳴《どな》る社長に懇願してマネージャーにさせてもらった。けれど大変だったのはそのあと。映画の仕事は限られている。キャスティングもしかり。割石はありとあらゆるコネを利用してなんとか人気タレントを起用した恋愛映画の端役に掛川をねじ込むことに成功した。

割石としては最初から大物監督の芸術作品に出演させたかったが、ドラマにも出ない、顔も知られていない、実力のほどもわからない新人を起用するほど大監督は甘くない。とにかくどんな映画にも出して名前と顔を売るのが先決だと割石は判断した。

掛川は性格もよく、礼儀もわきまえた男でわがままを言わない。そのくせしっかりと自分を主張する。そういう人間にありがちな鼻につく要領のよさも見えない。何もかも理想的だった。

五分遅れて割石は掛川のアパートへ着いた。二階へ駆け上がり、二〇六号室のインターフォンを一度鳴らした。

掛川からの返事はない。嫌な予感がして割石はもう一度インターフォンを鳴らした。まだ寝ているのだろうか。それとも友達の家に遊びに行って帰ってきてないのだろうか。今日は撮影日で、午前九時には迎えに来ると昨日も電話したのに…。

もう一度鳴らすと、ようやく部屋の中で人の動き出す気配がした。寝ていただけか。ドアの鍵が開く音に割石はホッと胸を撫《な》で下ろした。

「掛川君、おはよう」

「君は誰だい」

声が違う。割石はドアの隙間から頭を出した男の顔を凝視《ぎょうし》した。やっぱり違う。掛川じゃない。隣の家と間違ったのかと表札を確認したが確かに掛川となっている。割石はもう一度男の顔を見た。

目の前の男は限りなく不機嫌な顔をしている。そんな顔でも、男が飛び抜けて整った顔だちなのはわかる。二十代後半だろうか、男は長い前髪をかき上げた。

「ここは掛川進さんの部屋ですか」

「そうだけど…君は誰だい。さっきから聞いてるだろう。人の質問には先に答えたらどうだ」

やけに険のある話し方をする男でカチンときたが、割石は話を続けた。

「俺は掛川君のマネージャーで割石と言います。仕事の迎えに来たんですが…」

綺麗な男はため息をついた。

「約束は九時じゃなかったかい。あいつは一時間前から君のことを待ってたけど、あんまり遅いから一人で先に行ったよ。君が来たらそう伝えてくれって僕に言い残してたね。一応メールも送ったと言っていたよ」

「そうですか」

運転中は携帯をオフにしていて気づかなかった。男は腕組みをして切れ長の目でじろりと割石を睨みつけた。

「今日が初仕事だと聞いてたけど。そんな日に遅刻するマネージャーなんてとんでもなく非常識だね」

辛辣《しんらつ》な言葉にカッと顔が赤くなる。同時にどうしてこの男にそんなことを言われなくてはいけないのか理不尽に思った。

「道が混んでいたので…」

「新人が遅刻してそんな言い訳がみんなの前で通用するのかい。少し考えてやってほしいね」

「すみませんでした」

口答えもできず割石は謝った。フンと鼻を鳴らす音が聞こえる。綺麗な顔の、なんとも嫌味な男。嫌な男だと思うと綺麗な顔の効果も半減し、切れ長の目は底意地が悪そうに見えてくる。

「事務所もどうして君みたいに無能な男をマネージャーにしたんだろうね」

男の呟《つぶや》きはしっかり聞こえていたが、聞こえなかったふりで顔を背けた。急ぎ足で車に乗り込み、ドアを閉めてから割石は大声で怒鳴った。

「なんだよ、あの高飛車《たかびしゃ》野郎っ」


掛川はバイクで先に撮影現場に来ていた。もともと割石は待ち合わせを撮影開始よりも早めに設定していたので、ずいぶんと早くに来てしまっていた掛川は、大道具のスタッフと勘違いされたらしく割石が着いた時には、何人もの道具係に混じって柱に釘を打ちつけていた。

「掛川君、何してるんだよっ」

大慌ての割石と反対に掛川はしらっとしたもの。これ、けっこう面白いよと笑っていた。

「君は役者なんだよ。役者。今は役のことだけに専念してればいいから」

「そうですね、すみません」

謝られる。ずいぶんと大きい態度に出たけれど自分も遅刻したことを思い出すと妙にきまり悪くなる。

「俺のほうも今日はすまなかったね。遅れてしまって…」

「朝はあの辺混むんですよ。先にそう言ってあげればよかったですね」

遅れたことを責められず、逆に労《いたわ》られると恐縮してしまう。

「でも君のお兄さんかな、友達かはすごく怒ってたよ。こんな日に遅れるなんて非常識だってね」

苦笑いすると、掛川は急に困ったような顔をした。

「ほかにも何か言われませんでしたか。橋本《はしもと》さんの言うことあまり気にしないでやってください。あの人はアレが性格ですから」

「いやいやなかなかキツい人だよね、君の友達」

「友達じゃないですよ。恋人です」

さらりと掛川は言ってのけた。言葉の不自然さに割石がつまずいている間に、掛川は続けた。

「監督と出演者の人に挨拶しないといけないんですよね」

「ああ、そうだけど…」

「俺はあまり俳優さんの名前とか知らないんです。教えてもらえますか」

「ああ、それはいいけど…」

掛川に急《せ》かされるようにして、俳優の一人一人に挨拶をする。そして周囲への挨拶回りが終わる頃に撮影が始まった。掛川はほんの端役で、何十秒もフィルムには映らない。だけどたかが何十秒でもそれを撮りきるまで、今日はここに拘束《こうそく》されなくてはいけない。

出番がないのを見計らって撮影スタジオの外、人のいない自動販売機の隅に割石は掛川を連れ出した。

「掛川君、さっきの話なんだけどさ」

「なんですか」

勘違いだったらいいが、これは確かめておかないといけない。

「橋本って男が恋人だっていうの冗談だよね」

そうであってほしいと割石は願った。けれどあっさりと答えは返る。

「恋人ですよ」

別に恥ずかしがってもいないように見える。ごく自然体の掛川に、割石のほうが動揺してゴクリと唾液《だえき》を飲み込んだ。

「君ってホモなの」

聞くのも怖かった。

「そうなるんだろうな。あ、黙っててすみません。隠してたわけじゃないんだけど」

「いや…あの…」

こんな爽《さわ》やかな顔でホモだと言われても…異性絡みのスキャンダルはいくつももみ消してきた割石だが、こんなパターンに遭遇するのは初めてだった。あの男と掛川というのも具体的に想像できない。

「いや、恋人がいても別にいいんだよ。ちょっと秘密にはさせてもらうかもしれないけど。ただ男ってのは…いや、君はこれから売り出すわけだし、スキャンダルが命取りにもなりかねないだろ。だから遊びならなるべく早く身辺を綺麗にしてもらいたいんだよ」

暗《あん》に別れろと言った割石に、掛川は首を横に振りきっぱりと言い放った。

「橋本さんだけは駄目です。恋人と別れるのが役者を続ける条件なら、俺は役者のほうをやめます」

「おいおい、何もそこまで極端に…」

「本気です」

割石はふっと最初の出会いを思い出した。自分の条件が満たされないと役者をやらないと言い出した掛川。今、その時と同じ目をしている。

「いっいいよ、いいよ。俺もプライベートまではノータッチにする。けどお願いだからマスコミにだけは知られないようにしてくれ」

「…わかりました」

割石は頭をかかえた。なんの欠点もない最高の役者だと思っていた男の唯一の汚点。割石は親指を口許に持っていきかけて、やめた。

「いつから付き合ってるんだ？　そいつと」

「もうすぐ一年かな」

「ふうん…何してる人」

「今のところ無職。ああ、でもプログラミングのアルバイトはしてる。長く勤めたところを一度辞めてから二回就職したけどどっちも一か月も続かなかったな。だから今は俺がバイトして食わしてる。こんなこと本人の前で言ったらすごく怒るけどね」

掛川は自動販売機にもたれかかって小さく笑った。

「俺としては橋本さんが仕事しないで家にいるのが一番いいんだけど」

「それじゃ生活苦しいんじゃないか」

「まあね。でも食べさせてるのってなんだか本当に俺のものって感じがしてよくない？」

あんな男相手に自分のものも何もないだろう…と思ったが、言わなかった。趣味は人それぞれ。でもやっぱり割石は納得できなかった。どうして掛川にあの男なんだ。確かに顔は綺麗だが、お世辞にも性格がよさそうには見えない奴なのに。

掛川が呼ばれた。もうすぐメイクの準備があるという。

「またあとで…」

掛川の後ろ姿を見ながら、割石はどんな手を使えば円満に二人を別れさせることができるか…今までの経験をもとにこっそり頭の中で計画を立てた。

その日、掛川は夜の撮影で早くても十一時まで家に帰ることはできない予定になっていた。それを承知のうえで割石は掛川のアパートへと向かった。掛川の部屋の灯《あかり》はついていて、例の橋本が在宅なのが確認できる。

割石は深呼吸してインターフォンを押した。二度目で橋本が姿を現す。橋本は掛川の顔を見ると怪訝《けげん》な顔をした。

「あれ、掛川君はいないかな」

橋本が鼻先でふっと笑った。

「あいつなら夜の撮影だと言って出掛けていったよ。マネージャーのくせしてそんなことも把握してないのかい。事務所はどんな教育をしてるんだ」

一言いえばそれが十倍になって返ってくる。しょっぱなから割石は圧倒された。でもこんなところで怯《ひる》むわけにはいかない。割石は一歩身を進めた。

「おかしいな、今日は撮影は休みのはずなんだけど」

割石の演技に橋本の肩がピクリと動いた。

「さてはデートかな。じゃあお兄さんでもいいから少しお話を聞いておいてもらえますか」

「僕は…」

「いいですか、ちょっと上がらせてもらって」

計画のうちとはいえ、二人暮らしの男の部屋というものに興味はあった。部屋の中は思ったよりもずいぶんと綺麗に片づいている。橋本は机の上のパソコン画面をオフにした。

掛川の恋人は黒のTシャツにジーンズを穿《は》いている。黙って立っているとやっぱり目を奪われそうなほど綺麗で整った顔をしていた。

「で、なんの用なんだ。仕事の最中なんでね。できたら早くすませてもらいたい」

失業中のくせに、とは言わなかった。

「いえね、大したことじゃないんですけど。明日のスケジュールに変更ができたのでお伝え願います。撮影場所が南山《みなみやま》スタジオから生川《いくかわ》スタジオに変更になって、撮影もカット三十九から九十八になります。そのつもりで台本を覚えておくように言っておいてください。いやそれにしても掛川君はすごいですよね」

「何が」

橋本は割石の目の前で煙草をふかした。そんな姿まで恐ろしくサマになる。

「脇役だけど光ってますよ。まあ最初からわかってたことですけどね。監督も名前を覚えてくれて、可愛がってくれてるし。出番も増えたし。人柄もいいから撮影のスタッフとかとも仲がよくてね」

「ふうん」

少しも気のない返事だった。

「お兄さんとしても、自慢できますよね」

「くだらないな。話はそれだけかい」

「掛川君目当てで見学に来る女の子もいるんですよ。新人の女の子の役者とかも彼に注目しててよく一緒に遊びに行ってるみたいだし。あんまり頻繁《ひんぱん》だから女の子の役者のマネージャーにあんまり連れ出すなってこっちが注意されたりしてね。はは、困ったもんですよ」

不機嫌だった橋本の表情が、徐々に強張《こわば》ってくる。感情を隠せないタイプの男らしい。

「お兄さんのほうからも言っておいてくれませんかね。遊ぶのをもう少し控えてもらえないかって。ほら、俺のほうから言うと角が立つじゃないですか」

「それは個人の勝手だろう」

橋本は怒鳴り、割石はひょいと肩を竦《すく》めた。

「まあまあ。彼はまだ売り出し中なわけだし困るんですよね。そういうことがあると」

橋本は押し黙った。火種は投げ入れた。あとはこれで自然にこじれていくだろう。また頃合いを見計らって色々吹き込めばいい。

「それじゃ俺はこれで。スケジュールの件はお願いしますね」

結局茶の一つも出なかった。割石は立ち上がり、無言の橋本を前に勝ち誇った気分でアパートをあとにした。


今日は仕事に行けないと掛川から電話があった時は驚いた。撮影は快調に進んでいる。今までトラブルがなかっただけに、携帯電話を片手に割石は叫んでいた。

「何言ってるんだい。今日は君のカットも多いじゃないか。そんな行けないなんて…」

「大変なんです」

掛川の声も切羽詰《せっぱつ》まっていた。

「いったいどうしたんだよ。誰か身内に不幸でも…」

「橋本さんがいなくなったんです」

ぽつんと掛川は呟いた。

「なんだよ、そんなことか」

割石は肩の力が抜けた。橋本に火種を投げ込んだのは昨日。嬉しくなるぐらい反応のいい男だ。

「橋本さんが俺に何も言わずにいなくなるなんて今までなかったんだ。絶対におかしい」

「そんな内輪の事情で仕事を休むのは感心しないな」

プツリと電話が切れ、掛川らしくない乱暴な態度に割石は驚いた。本当に仕事へ行かないつもりだろうか。

掛川は一度言い出したら聞かない。割石は車をUターンさせて掛川のアパートへ向かった。

…掛川はアパートにいた。インターフォンを押すと慌てて外に飛び出してきて、相手が割石だとわかるとあからさまにがっかりした顔をした。

「まだ帰ってこないのか」

掛川は頷いた。泣きそうな顔を見ていると、改めて割石は目の前の男がまだ二十歳の青年だということを思い知らされた。

「昨日の夜から家にいなくて…」

「実家に帰ったんじゃないか」

「帰れないよ。橋本さんはカミングアウトしてる」

さらりと掛川は言ってのけた。

「どこかで事故にあってるのかもしれない。そんなこと考えてたら眠れなくて…」

掛川の目は赤かった。割石の視線に気づいたのか掛川は慌てて目をこすった。

「目、腫《は》れてますか」

「少しね」

掛川は苦笑いした。笑ったあとで床に視線を落とす。

「どうしよう…橋本さんに何かあったら俺…」

ローテーブルの上の携帯電話が鳴り掛川はそれに飛びいった。相手が一言二言話をして、一方的に電話は切れたらしい。掛川の『監督、監督』という声が空回りするように響く。ようやく掛川は携帯を切った。

「監督のところにいるって…今から迎えに行ってくる」

二人にはこじれてほしいが、とりあえず今は掛川に仕事に行ってもらいたい。割石も車のキーを握り直した。

「俺の車で行こう。見つかったのならそのまま仕事に行けるだろう」

掛川はそれどころじゃないという表情をしたが、コクリと頷いた。

掛川が『監督』と呼ぶ男の家は、寂《さび》れた商店街の端にあった。軽く築五十年は超えていそうなボロボロの下宿の一階、角部屋のドアを掛川がノックすると、立て付けの悪いらしいドアがギシギシと音をたてて開いた。不精髭《ぶしょうひげ》のむさ苦しい男が姿を現す。どこかで見たような顔だった。

「よう」

男は掛川を見て、ニイッと笑った。自分に視線が移るのがわかって割石は慌てて頭を下げた。

「誰、こいつ」

男は自分を指さしてそう言った。

「俺のマネージャーさんです」

「割石です。初めまして」

「ああ、そう」

男は大きくドアを開いた。Tシャツのバック全面に下品なほど大きなブランドのロゴが入っている。悪趣味に派手な男…監督…ようやく割石の頭の中で男の名前が浮かび上がってきた。こいつは山岡一じゃないか。

山岡はぼさぼさの髪の中に指を突っ込んでぼりぼりと掻《か》いた。

「あの野郎、昨日からうちに転がり込んできてな。帰りたくないって言うから泊めてやったのさ。叩き帰してもよかったんだが、手土産《てみやげ》に酒なんかちらつかせるからさ」

小汚い部屋の奥、ベッドの上で丸くなる影がある。

「朝方まで飲んでたからまだ寝てるけどな。もうそろそろ連れて帰れ。起きたらうるさいったらねえからな。最初もこの部屋が汚いだの不潔だの散々怒鳴り散らしてやがったんだ。それなら来んなってんだよ」

掛川は靴を脱ぎ散らかしてベッドに駆け寄った。ようやくほっとした表情をする。

「糞生意気で嫌味な野郎だけど、嫉妬《しっと》していたたまれなくなってここに逃げ込んでくるなんてまあ、可愛くないこともないよな。でも俺のとこに来るってのがちょーっとズレてるよな。こいつほかに友達いないのかよ」

「橋本さんみたいな人には、監督ぐらい言い合える人がいいんですよ。それにけっこう監督のこと気に入ってるよ、こう見えてもね」

監督は困ったように首を傾げた。

「ああそうだ。こいつ、お前が仕事だって嘘をついたとか、役者の女と仲がいいとか散々愚痴《ぐち》を零《こぼ》してたぜ。でもこいつも馬鹿だねえ。お前見てりゃそんなことしないってのわかるだろうになあ。これだけ甘やかされてもまだこのおっさんは満足してねえんだな」

掛川はちょっと笑って橋本のシーツを剝《は》いだ。橋本は目を覚ましていたらしく、慌ててシーツを引っ張る。服のままベッドにもぐり込んだせいか、シャツも何もかもくしゃくしゃになっている。掛川は嫌がる橋本を引き上げてベッドの上に座らせていた。

「おはよう、橋本さん」

橋本はうつむいたまま顔を上げない。掛川は橋本の顔を両手で引き上げてキスした。突然のことに割石は目を丸くし、監督は小さく舌打ちした。

「そういうことは帰ってからヤレ。朝っぱらから変なもの俺に見せるな」

監督の声も聞こえないようで、掛川は橋本の手をしっかりと握り締めた。

「今から仕事に行くよ。橋本さんも一緒に来るんだ」

「どうして僕が行かないといけないんだ。絶対に嫌だっ」

橋本は泣きそうな顔で首を振った。

「俺がほかの子と仲よくしてるとか、誰に聞いたか知らないけど心配なんだったら俺のこと追いかけてくればいい。一日中俺のこと監視して悪い虫がつかないようにすればいい。ね、そうしなよ」

「僕は嫌…」

掛川はもう一度、キスした。

「もっと根性見せてよ。誰にも俺を渡さないって気合い入れてよ」

いとおしそうに髪を撫でて抱き締める。いいムードのところで、たまりかねたように監督のダミ声が聞こえてきた。

「さっさと連れて帰れってんだろうが。痴話喧嘩をうちに持ち込むなってんだ、ちきしょうっ」

掛川は橋本を仕事場に連れてきた。割石はとても気が進まなかったが、そうしないと仕事に行かないと言い張るから仕方がない。橋本が絡むととんでもなくわがままになる男に、割石は頭をかかえた。

スタジオに着くなりどこから調達してきたのか折り畳みの椅子を橋本に渡して座らせ、出番の合間に恋人のそばに寄ってきては目を覆いたくなるような過剰な世話をやいていた。橋本は選《え》りすぐりの俳優の中に置いても見劣りすることのない綺麗な顔で、新人の俳優とよく間違われていた。

素人とわかると、それとなく事務所の人間に名刺を渡されていた。けれどその人間がいなくなってから橋本がその名刺を散り散りに破いているのを割石は見た。

「君は僕に嘘をついたな」

椅子に座って撮影を見ていた橋本が、正面を向いたまま隣に立つ割石に呟いた。内心ドキリとしながら割石はしらを切った。

「なんのことでしょうか」

「僕と掛川の関係を知っててわざとあんなことを言っただろう。卑劣な男だな。君のせいで僕は晒したくもない醜態《しゅうたい》を見せた」

内心冷や汗をかきながら割石は肩を竦めた。

「俺にはさっぱり…」

橋本は長い足を組み換えた。

「あいつは僕の言いなりだ。僕が役者をやめろと言ったらあいつは今日にでも役者をやめるだろうね。あいつを欲しがってた事務所はほかにもたくさんあったんだ。別に君のところでなくてもいいんだし」

「おい、ちょっとあんた…」

割石の顔が青くなる。橋本は悠然と笑った。

「僕を怒らせたんだ。それぐらいの覚悟はしてたんだろう」

お前程度がなんぼのものだと思いつつ、割石は自分の将来のビジョンが揺らぐ予感がした。自分の手で世界に通用する俳優を作るという…。

「ちょっと待ってくださいよ」

橋本はフンと鼻を鳴らした。割石は、細い首をきゅっと絞め殺したい衝動を抑え込んだ。

「まあ、これからの君の態度次第で考えてやらないこともないけどね。君のことは掛川も気に入ってるみたいだし」

「今回のことは…すみません」

「ふん。掛川が欲しかったら今後一切僕に絡んでくるなよ」

橋本に背を向け、割石はギリギリと歯噛みした。こいつは将来有望な若手俳優掛川進のガンだっ、いつか絶対に別れさせてやるっ、と割石は心の中で誓った。

「君、コーヒー買ってこいよ」

嫌味な声が背中に飛んでくる。振り返ると橋本が唇を尖《とが》らせ大きな声で『コーヒー』、と発音した。

「コーヒーが飲みたいんだ。無糖のヤツをね」

割石はもう泣きたい気分で自動販売機まで走った。コーヒー片手に帰ってくると、橋本に擦り寄っていく女の子が見えた。確か今年デビューした新人の女優だ。

「こんにちは」

ＣＭにも出演してけっこう名の知れた可愛い女の子。割石はふと足を止めた。

「掛川君のお友達ですかあ」

「まあね」

橋本はにっこりと笑った。

「友達なら知ってるかなあ。掛川君って彼女いるんですか？　教えてくれないんですよ」

「いるよ。僕はすごい美人と付き合っているって聞いてるよ」

橋本はいけしゃあしゃあとそんなことを言っていた。

「彼女いるんだ。それでもいいや。ねえ、掛川君の携帯番号教えてくれないかな」

橋本は女の子が首を傾げるほど大きなため息をついた。

「そういうのは直接本人に聞いたらどうかな。聞いても掛川が君に番号を教えるとは思えないけどね。あいつの好みは清純派だから」

女の子の顔がちょっと険しくなる。それでも橋本は一向に気にしていなかった。

「君さ、そのメイク少し濃くないかい。けど濃いわりには毛穴が目立ってるんだよね。ちゃんと肌の手入れをしてるのかい。肌の手入れは女の常識だろう」

ＣＭアイドルの顔が、一瞬で般若《はんにゃ》になった。

「あなたにそんなこと言われる筋合いはないわよっ」

怒って行ってしまう。なんだか割石はほっとしてしまった。あの橋本の口の悪さは別に自分に対してだけじゃないのか、と思うと奇妙な安堵《あんど》感があった。

割石に気づいた橋本は『遅いっ』と怒鳴った。割石の手渡したコーヒーをさっと取り、飲み干す。

変わったキャラクターだと思う。こんなに憎まれ口ばかり叩いていたら、こいつの回りは敵ばかりだろう。

「何を見てるんだ」

割石を睨みつけて橋本が呟く。

「いいえ、別に」

掛川がどんな気持ちでこの男を好きになったのかはわからないが…割石は少しだけこの橋本という男に興味を持った。

「橋本さんていい性格してますね」

「それがどうした」

しらっと答える。自覚あるそれがなんだかおかしくて割石はスタジオの隅で大爆笑した。

END

いじわる

空調の効いた室内から廊下へ出ると、ねっとりとした空気が全身を取り囲んだ。廊下まで冷房は効いておらず、そのかわりに窓がすべて開け放たれている。吹き込んでくる風は湿気を帯びて生暖かい。

六月もなかばを過ぎ、梅雨《つゆ》も真っ只中。今年はとにかく雨が多くて晴れ間がない。連日、傘を大学に持っていこうかどうしようかと悩むのも鬱陶《うっとう》しい。

講義室の中は乾燥していて、喉《のど》が渇いた。アイスコーヒーでも飲もうと明智拓磨《あけちたくま》は自動販売機のある学生会館のロビーへと向かった。何脚かある椅子やソファは塞《ふさ》がっていたので、仕方なく壁の隅に立ったまま紙コップを口許に運ぶ。

コーヒーを飲みながら、携帯電話を開く。…メールの受信通知はない。

「明智」

声をかけてきたのは、同級生で同じ医学部二年の嶋田庸介《しまだようすけ》だった。明智は携帯を閉じるとポケットにしまった。

「お前も三限目の授業を受けてたよな。前のほうにいただろ」

「あぁ」

「午後からの授業ってタルイよな。俺、半分寝ちゃったよ。けどお前は偉いよ。前のほうに座って、ちゃんと寝ないで授業聞いてるし、ノートもしっかり取ってるしさ」

嶋田は人懐っこい顔で笑いかけてくる。試験前に何度かノートを貸したことはあるけれど、自分の中ではそれほど親しいというカテゴリーには入れていない男だったので、馴れ馴れしく声をかけられると違和感があった。いつもより下手《したて》に出てくるし、何か頼みごとでもあるのかな…と明智は予測した。

会話が続かなくなっても、嶋田は行ってしまうでもなくそばにいる。そわそわと落ち着かない。そして不意に明智の前で両手を合わせた。

「頼む、今日の合コン、一緒に来てくれないかな」

そういうことか、と思う。

「ずいぶんと急だな」

「行くって言ってた奴がドタキャンしてさ。男の頭数が足りないんだよ。向こうには全員医学生って言ってある手前、ほかの学部の奴に頼めなくてさ」

決まった予定もないし、行ってやってもいいのだが…明智はわざと渋る素振《そぶ》りを見せた。

「けど僕も家庭教師のバイトがあるんだよな。休めないことはないけど」

嘘だった。家庭教師のバイトは月曜と木曜日だけで、金曜日は何もない。

「そこをなんとか頼むよ。お前の分の飲み代は男で頭割りするからさ」

「…仕方ないな」

渋々了承する。すると嶋田は『助かったよー』と胸を撫《な》で下ろした。無料で酒が飲めて、おまけに恩も売りつけられた。頼まれて、助っ人としてコンパに参加するのだから、これぐらいの見返りはあって当然だ。

「あ、それから僕、彼女いるけどいいの？」

嶋田は『えっ』と驚いたように瞬《まばた》きした。

「明智、彼女いたの？」

「いるよ」

そっか…と嶋田はちょび髭《ひげ》の顎先《あごさき》をさすった。

「彼女がいるなんて噂《うわさ》を聞かないからフリーかと思ってたよ。そうだなぁ、彼女持ちだと向こうのテンション下がるから、とりあえずいないってことにしといてよ。そっちのほうが明智も都合いいだろ。可愛い子いたら乗り換えられるしさ」

嶋田のノリは果てしなく軽い。

「待ち合わせは午後七時に小室《こむろ》駅の西口だから。よろしく」

頭数だけ確保できればもう用はないようで、嶋田は学生用のカフェテリアの方角へと消えていった。大学に入学して二年、医学生とはいえまだ一般教養で専門分野に別れていないので、比較的時間に余裕がある。そのせいか、やたらと合コンに誘われることが多かった。

誘われれば行くけれど、正直あまり好きじゃない。けれど断り続けていると感じが悪いのでたまに顔を出すようにしている。

午後七時からなら、一次会が終わるのは九時前後だろう。明智はフッとため息をついて、ジーンズのポケットから携帯電話を取り出した。さっき見た時と同じ、新しいメールはない。いつも返事はあるけれど、その返りが異様に遅い。下手したら半日待たされる。そのことにいつも苛々《いらいら》させられる。

携帯を乱暴に閉じて、ポケットの中に突っ込んだ。返事をよこしても、しばらく返信なんかしてやるもんか。そう思っていても、メールがきたら嬉しくてすぐに返事をしてしまう自分も予測できて、やっぱり腹が立った。

待ち合わせの小室駅西口に集合したのは、男女合わせて十人だった。集まった男のメンツを明智はザッと確認する。同じ学部なので、あまり話したことはなくても馴染《なじ》みのある顔ばかりだ。

この中じゃ、見た目からいけば自分が一番だな…と冷静に判断する。合コンなんてものは見た目から入る。そうなると自分に女の子が集中しそうな気がした。

男の一人がこちらをチラチラと見ながら嶋田に何か耳打ちする。目立つ奴を連れてくるな…そう言っているのかもしれない。

とりあえず全員集まったところで、予約していた居酒屋『MIMILOG《ミミログ》』へと移動する。居酒屋といっても、ガラス張りの窓とレンガのレトロな外観はカフェに近い。アンティーク調のテーブルと椅子も趣味がいい。どうやら昼間はカフェとしても営業しているようだった。

自己紹介の時から、女の子の視線が自分に集中しているという自覚はあった。離れた席の子から声をかけられることも多い。どの子にも魅力は感じないし、付き合う気もないけど、好意を持たれるのは悪くない。

女の子の中でも、人目を引くほど可愛い岡村茉莉《おかむらまり》も自分にばかり話しかけてくるので、ほかの男たちに優越感を覚える。

「明智さんて、彼女いるんですか」

ストレートにそう聞いてくる子がいて、明智はチラリと嶋田に視線をやったあと『いないよ』と答えた。

「えーっ、どんな女の子がタイプですか。例えば芸能人でいえば」

ありがちな質問に、明智は考え込むような素振りを見せた。

「芸能人とかあまり知らないんだよね。でもタイプってあまりなくて…そうだなあ、僕の場合、好きになった人がタイプって、そういう感じかな」

下手に限定するより、曖昧《あいまい》にしておけば門戸が広がる。女の子は『私、大丈夫かも』と思う。

女の子の視線を一心に浴びて、いい気分のままビールを飲む。席を中座して手洗いに行くと、出てきたところで嶋田と鉢合わせた。視線が合うと、苦笑いされた。

「なんかさぁ、明智の独壇場だよな」

女の子を『持っていった』ことを揶揄《やゆ》される。自分からお願いしておきながらこれだ。だけど同性からの反感は、損こそすれ得はしない。こういう場合のアフターフォローも明智は忘れなかった。

「あぁ、ごめん。盛り上げたほうがいいかと思って」

明智は不意に声をひそめた。

「嶋田だから正直に言うけど、僕って綺麗な人が苦手なんだよね」

『それって、どういうことだよ?』と嶋田は身を乗り出してくる。

「ブス専…ってまでいかないと思うけど、個性的な顔の子が好きなんだよね。今の彼女もそうだし。今日って綺麗な子が多いと思うけど、僕はちょっと苦手かな」

嶋田は『そうか、ブス専かあ…』と同情するような、安堵《あんど》したような表情を見せる。そう、明智が『本気』にならなければ、嶋田にもいいなと思う女の子があたる可能性があるからだ。

席に戻ってからも、明智は女の子たちにチヤホヤされて楽しい時間を過ごした。ブス専というのはもちろん嘘だ。女の子は絶対に、何があっても可愛いほうがいい…それは明智の持論でもあった。

「この前、女友達と二人で金沢《かなざわ》に行ってきたんです。山の中のホテルだったけど、露天風呂が広くって気持ちよくて、料理もとっても美味《おい》しかったんですよね」

美人の岡村が発した『温泉』の言葉に、明智のレーダーが反応した。

「露天風呂かぁ。いいよね。僕も温泉とか大好きなんだよね。この前車の免許を取ったから、慣れたらそっちのほうへも行ってみたいな。金沢のどのあたりなの?」

岡村と金沢の話をしているうちに、一次会はお開きになった。明智は最初の約束通り、一次会で、女の子の追いすがるような視線を振り切って退散した。退散はしたものの、五人中四人とメールアドレスの交換をした。

やり取りをする気もないが、男たちの羨望《せんぼう》の眼差《まなざ》しの中でのメール交換は面白かったし、関心を持たれるだけ魅力的なんだと思うと自分に自信がつく。…けど、いい気分で少し飲みすぎたかもしれない。ビールとチューハイだけなのに、いつになく足許がふわふわする。ガタン、ガタンと電車の揺れが心地よくて、立っていたのに駅を乗り過ごしてしまいそうになり、慌《あわ》てて飛び降りた。

いつもはもう少しにぎやかな町外れの駅、前の道路を挟んで両脇にある商店街も午後九時を過ぎると明かりが消えて寂しくなる。ぽつ、ぽつと発光するように光っているのはコンビニだけだ。商店街を抜けて、横断歩道を渡ると大きな橋が見えてくる。橋を渡らずに手前で折れて、堤防沿いに明智は歩いた。湿り気を帯びた空気は雨を予感させる。上を仰ぎ見たけれど、ただひたすら暗くて何も見えない。

五分ほど堤防沿いを歩くと、五階建ての鉄筋アパートが見えてくる。三階の部屋には明かりがついて、窓が開いている。帰ってきてるし、寝てもいないようだった。コンクリートの細い階段を上って、部屋の前まで行く。合鍵も持っているけど、とりあえずノックした。

バタバタと足音が近づいてくる。ドアが開く。

「…はい」

アパートの住人、砂原《すなはら》は、明智の姿を見ると『あぁ』と小さく呟《つぶや》いた。仕事から帰ってきたばかりなのか、水色の半袖シャツにスラックス姿で着替えをしていない。

「なんの用だ」

そっけないもの言いに、ムッとする。

「別に。近くまで来たから」

砂原は玄関から動こうとしない。部屋に上げるのを躊躇《ためら》っているような雰囲気がある。いつもなら『上がっていけ』とか一言ぐらいあるし、やたらと背後を気にしている。おかしいな…と思ってうつむいた明智は、そこに見慣れない靴があるのを見つけた。明らかに砂原の足のサイズよりも大きい。

「誰か来てるの」

「あぁ、高校の時からの知り合いだ。だから今日は…」

「ふーん」

呟きながら、明智は砂原の肩に手を置いた。

「じゃ、僕も挨拶《あいさつ》ぐらいしとこうかな」

砂原が慌てたように明智を引き止めた。

「おい、挨拶ってなんだよ」

「…心配しなくても、恋人なんて言わないよ。ただ先生の知り合いってどんな顔しているのか見ておこうと思って」

耳許に小声で呟き、阻《はば》む腕を強引に押しのけて部屋に上がった。狭いワンルームのアパート、通路を兼ねたキッチンの奥にある八畳間に男がいた。シングルベッドに腰掛けているのを見て、ムッとする。三十前後だろうか、歳《とし》相応の顔をした、とりたてて男前でもなければ、不細工でもない男だった。

「こんにちは」

明智は男に向かって小さく頭を下げた。男も会釈《えしゃく》する。遅れて部屋に入ってきた砂原は、自分のことを

『高校の時の教え子』と紹介した。

「高校は二年前に卒業したんですけど、時々先生の家に遊びに寄らせてもらってます」

砂原の友人は、人好きのする顔でにっこり笑った。

「へえ、お前もちゃんと先生してるんだな」

「ちゃんとって、なんだよ」

砂原の友人は肩を竦めた。

「いやー、俺としては高校の入学式のあと、校舎裏で煙草を吸ってたお前の姿が忘れられなくてさ。こいつ絶対にワルだと思ったら、意外と真面目《まじめ》だったりしてさ」

ばつが悪そうに砂原は舌打ちした。

「ああいうのはバレなきゃいいんだよ」

ばれなきゃねえ…と苦笑いしながら、男は腕時計を見た。

「あぁ、もうこんな時間か。そろそろ帰るよ」

男はベッドから腰を上げ、玄関に向かう。そして砂原と一言、二言言葉を交わしたあと帰っていった。部屋に戻ってきた砂原は、後頭部を掻きながらフッとため息をついた。

「俺が来て、迷惑だった？」

「そんなんじゃねえよ」

恋人はそっけないふりでラグの上に座り込んだ。そして立ったままの明智を見上げる。お前はなぜ突っ立ったままなんだ、目がそう言っている。

「昼にメールしたんだけど…」

砂原は首を傾《かし》げ、そして『あぁ、きてたな』と呟いた。

「じゃあどうしてすぐに返事をくれないんだよ」

自然と怒った口調になる。それを受けるように砂原もムッとした顔をした。

「すぐに返事がいるような内容でもなかっただろ」

「だいたいね、先生返事が遅いよ。下手したら翌日ってこともあるじゃないか」

「日中は忙しいんだよ。昼休みか放課後には返信してるだろ」

忙しいのは知っている。それでも、それでも少しぐらい自分のことも優先してほしい。いつも声をかけるのは自分から、誘うのも自分から。時折、本当に自分は好かれているんだろうかと不安になる。

「僕さ、今まで何してたと思う」

「俺が知るわけないだろう」

可愛くない返事。明智は眉間《みけん》に皺《しわ》を寄せた。

「女子大生と合コンしてた。女の子は五人来てたけどさ、そのうち四人とメールアドレスの交換をしたんだ。僕ってやっぱり、けっこうもてるんだよね」

砂原の表情がみるみる険悪になる。

「自分で言うと嫌味に聞こえるかもしれないけど、顔は整ってるほうだと思うんだよね。だからもてるのも当然かなって…」

険悪な表情がスッと消える。能面みたいな顔になる。

「女子大生がいいならそっちと付き合え。お前の自分自慢を聞いていると、胸糞悪くなる」

言い放ち、背中を向ける。明智は膝《ひざ》を折ると、砂原の耳許に唇を寄せて囁《ささや》いた。

「美人もいたな。一番人気の子が僕のこと気に入ったみたいで、ずっと話しかけてきて困ったよ」

砂原が振り返った。

「酒臭《くせ》えんだよっ。さっさと帰れ、酔っ払い」

怒った顔で怒鳴《どな》る。そんな顔を見ているとなぜかムラムラしてきて、明智は砂原を抱き締めた。

「細くて、仕種《しぐさ》のすっごい可愛い子だったなぁ。足首も細くて、きゅっとしてて…」

わざと耳許で囁く。砂原は腕の中で暴れる。けど明智は一度抱き締めたものを手放す気はなかった。揉《も》み合っているうちに、ラグの上に横転する。小さな体の上にのしかかるようにして、明智は嫌がらせを続けた。

「顔も可愛いからさ、見てるだけでいい気持ちになるんだよね」

怒った表情なのに、目尻が潤《うる》んでる。嫉妬しているのかな…と思うと、たまらなく嬉しくなった。

「怒った?」

聞いても顔を背けて返事をしない。服の上、布越しに股間をギュッと握り締めるとビクンと背中を震わせた。

「悔しい?」

潤んでる瞳から、ぽろりと涙が零《こぼ》れる。

「僕のこと好きなのに、ほかの女の子の話をするからムカつく?」

とうとう突っ伏して、顔を見せてくれなくなった。泣いている顔を見られたくないのだ。明智は震える頭をそっと撫でた。

「先生が冷たいからだよ。メールの返事は遅いし、連絡も僕からだし、友達が来てたら僕のこと追い払おうとするしさ」

抱き締めたまま、小さく揺さぶった。

「合コン行ったのはさ、付き合いだよ。どうしてもって頼まれたからさ。確かに女の子は可愛かったけど、それだけだったし…」

「じゃあ、言うなっ」

うつむいたまま、砂原は怒鳴った。

「合コンでもなんでも好きにすりゃいいだろ。お前のやることにいちいち干渉なんてしない。けど俺には言うんじゃねえよっ」

自分のことを好きで、嫉妬して、泣いてるんだと思うとゾクゾクするぐらい嬉しい。それと同じぐらい、小さな体に激しい欲求を覚える。柔らかくもないし、細くてごつごつしていると知っているけれど…。うつむいた体を強引にひっくり返す。目許が赤くなって頬《ほお》が濡《ぬ》れてる。嫌がるように背けられた顔を追いかけて、強引に唇にキスした。指先で頬を撫でる。

「僕が好きなのは先生だよ。先生だけだから」

好きだと宥《なだ》めて繰り返す。するとキスが変わってくる。嫌だと拒絶していた唇が、少しずつ馴染んでくる。

「好きだからさ、もっとかまってよ。もっと好きだって言ってよ。合コンなんか行くなって言ってもいいんだからさ」

砂原は鼻先を首筋に押しつけてくるけれど、やっぱり『わかった』とは言ってくれなかった。

サーッと雨の音が近くて、明智は目が覚めた。時計を見ると、十二時ちょうど。背中が痛かったからベッドまで移動はしたものの、面倒だからシャワーは浴びなかった。

窓が開いていたことを思い出して起き上がる。外灯の明かりの中に、細かい雨粒が見えた。窓を閉めてからベッドに戻り、全裸のままシーツにくるまって寝ている恋人の隣に滑り込む。細い背中にぴったりとくっついて、ぎゅっと抱き締める。足の間に自分の太腿を割り込ませる。複雑に絡む感じが好きだ。

カーテンの隙間から洩れる外灯の明かりに、恋人の顔がぼんやりと浮き上がる。あまり高くない鼻とその鼻から頬にかけて子供みたいにそばかすがある。薄いけど…。

頬にそっと触れる。そばかすを親指で撫でていると『ううんっ』と小さく吐息を洩らして首を振った。だけど起きない…。

顔は小さいけど、そのわりに耳たぶは大きくて柔らかい。勃起してない時の、アソコみたいに。そっと噛みつくと、抱き締めた体がピクリと震えた。

閉じられていた瞼《まぶた》が開く。あまり大きくない目が明智を見る。しばらく見つめ合ってからキスした。

「先生、夏休みになったら旅行に行こうよ」

旅行か…と砂原は呟く。

「車でさ、金沢行こうよ。露天風呂のあるホテルがあるんだってさ。料理もすごく美味しいらしいんだ」

「へえ…」

「僕も免許取ったから、二人で交代しながら運転できるよ」

「そうだな」

「行こうよ、ねっ」

念を押すと『わかった』と返事をしてくれた。

「露天風呂か…」

砂原はまんざらでもなさそうだ。明智は二人で旅行に行く場面を想像した。古い車にはナビなんかついてないから、地図を見ながらになる。せっかくだからたくさん休みを取って、途中で色々寄り道したい。観光地とかテーマパークとか。

夜はホテルでゆっくりと過ごす。二人で露天風呂に入って…途端、ムラムラしてきて下半身が熱くなった。それは密着している砂原にバレバレで、案の定『おいっ…』と指摘を受けた。

「エッチなの想像した…」

固くなったソレを、まだ熱の残る後ろに押しつける。

「もう入れるなよ…しんどい」

「入れたら、じっとしてるから」

砂原は呆《あき》れたように呟いた。

「動かずにイけるのか、お前」

「試してみる」

それまでのセックスで柔らかくなっていたのか、飲み込まれるようにスッと入った。ため息のような薄い吐息が、腰にガツンとくる。けどやっぱりじっとしたままイけるはずもなく、腰を揺さぶってようやく射精した。快感の波が去ったあとも、居心地《いごこち》よくそのままにしていたら、案の定『抜けよ』と言われた。

「あと十分…」

「お前はいいけど…俺はあると終わった感じがしないんだよ」

話の途中で携帯が鳴る。メールの着信音だ。手を伸ばすと携帯に届いた。その隙に繋《つな》がりを解こうとした細腰を逆に引き寄せた。

　メールは合コンの一番美人、岡村さんだった。二次会が終わったようで『電車の中にいます。今日はとても楽しかった。また明智さんと会いたいです』と書かれてあった。

　片手で明智は返信メールを打った。

「合コンの女の子からメールがあった。で、返事を書いてみたんだけど、どう？」

　携帯を差し出すと、砂原は泣きそうな顔をした。

「こんな時に、お前っ…」

「読んでったら」

　強引に目の前に突きつける。

「すみません。本当は恋人がいます。だからメールのやりとりもできません…って書いてあるだろ」

　砂原は小さく頷いた。

「じゃ、送信ボタンは先生が押して。先生が押すまで、僕は押さないからね。返事をしなかったら、また何度でもこの子からのメールは届くからね」

　砂原は携帯を手にしたまま、動かなくなる。どうして押さないんだよっ…と明智は見ていて苛々した。ようやく震える親指が動いて、送信ボタンを押した。それと同時に砂原は携帯を床に放り出して、突っ伏したまま泣き出した。

「…お前は最悪だっ」

　最悪だと泣いてる姿に欲情する。気持ちのいい場所にいるソレが、嬉しくって膨張する。震える体に密着した。自分でもどうしてだろうと思うほどこの人のことが好きだ。不細工で、背が低くて、ちっともかまってくれなくて、泣き虫だけど…。

「あのさ…先生、このベッドに誰も座らせないでよ。友達って奴が座ってるの見て、無茶苦茶ムカついたんだ。このベッドの上にいていいのは、俺と先生だけだからね」

『最悪』と呟く声が聞こえる。最悪でも先生は僕のこと好きなんだよ…そう言ってやろうと思ったけどやめた。


砂原が目覚めたのは、十時前だった。雨のせいなのか外が暗くて、夜が明けてもわからなかった。体中がだるくて、特に腰が重たい。昨日は結局、四回も入れられた。気持ちよくないことはないが…でなければセックスなんてしないが…疲れた。受け入れる立場だから、よけいにそう思うのかもしれない。

体も疲れたが、気持ちも疲れた。ほんの二時間ほどの間に、怒ったり泣いたりの感情を繰り返したからだ。ふだんはこれほど感情が乱れることはない。どちらかといえば、クールだと思う。それがこの男を相手にすると、調子が狂う。

七歳年下で、同性の恋人。明智はまだ眠っている。女にもてると豪語していたが、あながち嘘でもないのだろう。同性の目から見ても、整った綺麗な顔立ちをしている。

真夜中、勝手に合コンして勝手に知り合った女に、お断りメールを送信させられた一件を思い出してムカムカした。普通、ああいうことをするだろうか。そもそも、相手にメルアドを教えなければすむだけのことじゃないか。それをわざわざ自分に押させて、共犯者みたく仕立て上げるのに腹が立つ。第一、向こうの子にも失礼だ。

いくら『クソ馬鹿』と寝顔に毒づいたところで、仕方ない。こういう性格の男だとわかっていて付き合いはじめたのは自分のほうだ。嫌なら別れればいいのだ。

シーツの上で、モゾモゾと体を揺らす。ふわっと大きな欠伸《あくび》をして、明智は目を覚ました。

「せんせい、おはよ…」

寝ぼけ眼《まなこ》で呟き、明智はゆっくりと起き出すと半身を起こしている砂原に人懐《ひとなつ》っこい猫みたいにすりついてきた。

「今、何時？」

「…十時」

「そっか」

呟きながら、砂原を抱き締める。犬みたいに首筋の匂いを嗅《か》いだあと、そろそろと背中を撫でてきた。

「腰、痛い？」

「それほどでもない…」

「昨日、無理させたかなって思ってさ。ごめん」

耳許に囁かれて胸が騒ぐ。笑いかける顔は優しい。つい見とれてしまい、慌ててうつむいた。すると耳許から頭にかけて大きな手でクシャクシャと撫でられた。

「腹、減ってない？　何か食べたいものある？」

空腹はさほど気にならない。それよりも…。砂原は自分を抱いている男の背に腕を回した。

「あと三十分だけ寝たい」

本当は寝なくていい。だけど『もう少しだけ抱き合っていたい』と正直に口にするのは照れくさかった。

キスをしてセックスしても、これだけは苦手だ。明智は『わかった』と了承し、そのまま二人してシーツの上に寝ころがった。

「ねえ、先生。旅行の話、ちゃんと考えててよ」

目を閉じ、心地よさのまま頷いた。

「ベッドもさ、僕以外の奴を座らせないでよ」

寝たいと言ったのに、眠らせてくれるつもりは微塵《みじん》もないようだった。呆れる前にその子供っぽさがおかしくて、砂原はクスリと笑った。

「メールにはさ、その日のうちにちゃんと返信してよ」

「わかった、わかった。…わかったから、ちょっとだけ静かにしてろ」

ようやく静かになる。心地よさと夢うつつの狭間《はざま》で『先生』と呼び戻される。

「僕のキス、食べる?」

見つめ合う。

「……食う」

キスしながら、おかしいのは自分のほうだと思った。こんな男に夢中になっている自分のほうだ…と救いようのない恋心を持て余した。

END

あとがき

　はじめましての方もいつも読んでくださっている方も、このたびはとんでもない拙書を手にとっていただき、ありがとうございました。

　とんでもない…とつけてしまったのは、これがデビューノベルズの復刻版になるからです。絶版になっていたため、何人かの方々から『再版はしないのですか』とお便りをいただきました。私も『出してもらえればいいな』と思っていたので、再版のお話をいただいた時はすごく嬉しかったです。しかし、手直しをするために原稿を見直した時、涙が出るかと思いました。

　自分の本は世に出てしまうとあまり読み返したりせず、老後の楽しみに取っておいたのですが、楽しめるどころか…頭を抱えました。そこにあったのは赤子がむやみやたらと這い回る姿。かつてこれほど自分に激しいツッコミを入れながら直した話はありませんでした…いや、それはそれで面白かったですが。

　あとどうにもならないのが時間の流れ。書いたのは〇〇年前（二桁になるのが恐ろしい…）、私はそれまでの記憶も使って書くので、時代としてはいつぐらいなんでしょう…。あまりにも笑える表現や許しがたいものには消えていただきましたが、それでもまだレトロな匂いがプンプンと漂ってきています。

『水のナイフ』はもう手のつけようがないですが、『セカンド・セレナーデ』ではちょっとホッとしました。それなりに成長のカケラっぽいものが見えたからです。これほど恥ずかしい作品たちですが、読み返していると懐かしくてやたらと甘酸っぱいです。掛川の乗ってたバイクは私の欲しかったものだし、映画もすごくやってみたくて、誰かの自主制作の企画に乗ってちょっと参加させてもらったらあっという間に自然消滅したり、映画の脚本っぽいのも書いてボツになってみたり…。そういえば、自分のやってみたかったことを全部話の登場人物にさせていたんだなと今更ながら気づいたりもしました。

デビュー当時からお世話になっている担当様には、この本を再び世に出す機会をいただいてとても感謝しています。砂原先生に関しては、私のビョーキで『かわいいので、もうちょっとかわいくなく…』と言ってしまい、『こんな普通っぽいキャラ、いませんよ!』と熱く説得されたことが印象深かったです。今後もよろしくお願いします。

イラストを担当してくださった北畠あけ乃先生。○○年ぶりにキャラに新しい息吹を吹き込んでくださって、ありがとうございました。お話は変われないですが、新しいイラストでキャラが何倍にも生き生きしてくるような気がして嬉しかったです。

そして友人へ。今更ですが、もう一回読んでみてね。色々な意味で笑えると思うので。

最後にいつも読んでくださっている方へ。初版の方を持っていて、再び購入してくださった方もいらっしゃるかもしれません。書き下ろしが少しで申し訳ないですが、少しでも楽しんでいただけると幸いです。初版に比べると、私的NGワードが少なくなっている分、まだ読みやすくなっているんじゃないかと思っています。

それでは次の本で再びお会いできるといいなと思いつつ…。

7月某日　木原音瀬

本書は、ビーボーイノベルズ「セカンド・セレナーデ」として
'96年7月に刊行されたものに、下記作品を追加収録しました。

ONE NIGHT ／同人誌より再録
わがまま　　／同人誌より再録
いじわる　　／書き下ろし

ビーボーイノベルズをお買い上げ
いただきありがとうございます。
この本を読んでのご意見・ご感想
をお待ちしております。

〒162-0825 東京都新宿区神楽坂6-46
ローベル神楽坂ビル7階
㈱ビブロス内
BBN編集部

BBN
B●BOY NOVELS

セカンド・セレナーデ full complete version

2005年8月20日 第1刷発行
著　者――木原音瀬

発行者――牧　歳子
発行所――株式会社 ビブロス
〒162-0825
東京都新宿区神楽坂6-6 7FNビル3F
営業 電話03(3235)0333 FAX03(3235)0510
編集 電話03(3235)7806
振替 00150-0-360377
印刷・製本――大日本印刷株式会社
乱丁・落丁本はおとりかえいたします。
定価はカバーに明記してあります。
この書籍の用紙は全て日本製紙株式会社の製品を使用しております。

Printed in Japan
ISBN 4-8352-1775-6